代
作
家
论

阿城论

中国当代作家论

谢有顺 主编

杨肖／著

阿城论

作家出版社

杨肖

■ 1983年生于北京，北京师范大学中文系学士、复旦大学中文系硕士、美国西北大学艺术史学博士。在《文艺研究》《美术观察》《南方文坛》《当代文坛》《海国图志》等刊物发表文章，主要研究领域涉及美术史研究、文学、电影、当代艺术评论等。

主编说明

自从到大学工作以后，就不时会有出版社约我写文学史。很多文学教授，都把写一部好的文学史当作毕生志业。我至今没有写，以后是否会写，也难说。不久前就有一份高等教育出版社的文学史合同在我案头，我犹豫了几天，最终还是没有签。曾有写文学史的学者说，他们对具体作家作品的研究，是以一个时代的文学批评成果为基础的，如果不参考这些成果，文学史就没办法写。

何以如此？因为很多学问做得好的学者，未必有艺术感觉，未必懂得鉴赏小说和诗歌。学问和审美不是一回事。举大家熟悉的胡适来说，他写了不少权威的考证《红楼梦》的文章，但对《红楼梦》的文学价值几乎没有感觉。胡适甚至认为，《红楼梦》的文学价值不如《儒林外史》，也不如《海上花列传》。胡适对知识的兴趣远大于他对审美的兴趣。

《文学理论》的作者韦勒克也认为，文学研究接近科学，更多是概念上的认识。但我觉得，审美的体验、"一个灵魂唤醒另一个灵魂"的精神创造同等重要。巴塔耶说，文学写作"意味着把人的思想、语言、幻想、情欲、探险、追求快乐、探索奥秘等等，推到极限"，这种灵魂的赤裸呈现，若没有审美理解，没有深层次的精神对话，你根本无法真正把握它。

可现在很多文学研究，其实缺少对作家的整体性把握。仅评一个作家的一部作品，或者是某一个阶段的作品，都不足以看出这个作家的重要特点。比如，很多人都做贾平凹小说的评论，但是很少涉及他的散文，这对于一个作家的理解就是不完整的。贾平凹的散文和他的小说一样重要。不久前阿来出了一本诗集，如果研究阿来的人不读他的诗，可能就不能有效理解他小说里面一些特殊的表达方式。于坚也是一个典型的例子。很多人只关注他的诗，其实他的散文、文论也独树一帜。许多批评家会写诗，他写批评文章的方式就会与人不同，因为他是一个诗人，诗歌与评论必然相互影响。

如果没有整体性理解一个作家的能力，就不可能把文学研究真正做好。

基于这一点，我觉得应该重识作家论的意义。无论是文学史书写，还是批评与创作之间的对话，重新强调作家论的意义都是有必要的。事实上，作家论始终是中国现代文学的一个宝贵传统，在1920—1930年代，作家论就已经卓有成就了。比如茅盾写的作家论，影响广泛。沈从文写的作家论，主要收在《沫沫集》里面，也非常好，甚至被认为是一种实验。中国现代文学研究界的许多著名学者都以作家论写作闻名。当代文学史上很多影响巨大的批评文章，也是作家论。只是，近年来在重知识过于重审美、重史论过于重个论的风习影响下，有越来越忽略作家论意义的趋势。

一个好作家就是一个广阔的世界，甚至他本身就构成一部简易的文学小史。当代文学作为一种正在发生的语言事实，要想真正理解它，必须建基于坚实的个案研究之上；离开了这个逻辑起点，任何的定论都是可疑的。

认真、细致的个案研究极富价值。

为此，作家出版社邀请我主编了这套规模宏大的作家论丛书。经过多次专家讨论，并广泛征求意见，选取了五十位左右最具代表性的作家作为研究对象，又分别邀约了五十位左右对这些作家素有研究的批评家作为丛书作者，分辑陆续推出。这些作者普遍年轻、锐利，常有新见，他们是以个案研究的方式介入当代文学现场，以作家论的形式为当代文学写史、立传。

我相信，以作家为主体的文学研究永远是有生命力的。

谢有顺

2018 年 4 月 3 日，广州

目　录

前　言

在中国当代作家中，阿城最具传奇色彩。他往往被称为：奇人、杂家、有妖气者、大仙、大神、隐士、高士、天下第一聊天高手等。他的书，未必畅销，但常销。关于他这个人，到处被讲述。关于他的段子，四处流传。[①] 何以故？盖因阿城作品虽不多，但给人印象深刻；他涉猎广，见识高，凡有讲论，头头是道；人有趣，他的人生就是一部精彩的作品。

阿城是作家，有"三王"为代表作，又有《威尼斯日记》《闲话闲说》《通识与常识》等。他也介入影视，为顾问，做编剧、美术指导等。他画画，曾参与"星星美展"。

阿城还精于厨艺和木工。"我当时下乡了，还想着怎么离开这儿。我就去学烹调，我是有执照的厨子。但是那个时候还是少一根弦。做了厨子之后，没有人要我。因为我出身不好，出身不好

---

① 当然名满天下，谤亦随之。譬如残雪说："阿城那个东西不可能发展的，今天单靠传统你怎么能发展呢？……没有他的土壤了，他的理念行不通了。"参见木叶《残雪：零与零度》，http://blog.sina.com.cn/s/blog_4fe0dfec0101aiu0.html。也有人说："文坛为何推崇一辈子只写了几篇小说，总是爱开各种讲座的作家阿城？"见《文坛为何推崇一辈子只写了几篇小说，总是爱开各种讲座的作家阿城？》，https://baijiahao.baidu.com/s?id=1570623827146300&wfr=spider&for=pc。

的人不能做厨子，怕下毒。学成了之后才想到这个。……我以前跟木匠学手艺。一般师傅开始都要给徒弟个下马威，不然他不老实。为什么说要给师娘端尿盆子，你能端得了师娘的尿盆子，行，你做人可以忍。师傅说，你把这凳子给拆了。我想肯定就是拿斧子往外打呗。结果打不动，才发现里面是榫。这个榫很复杂，你越摇这个椅子越结实。中国的老椅子不怕摇。越摇越结实。"①自述如此，可见传说他厨艺不凡、能修明清家具等，当是事实。何其多能也？非天纵之圣，当与长期居于社会边缘有关，少也贱故多能鄙事②。又因为阿城"不试，故艺"。

阿城自我调侃："因为想起在大陆我常是公共厕所，朋友急了，就跑来解决，因此甚么样的屁股都帮忙擦过。"③他帮人修改烂尾电影，因其固然，竟能化腐朽为神奇。他帮李爽整理自传，成《爽》。"公共厕所"乃"及时雨"之象，既见其热心，又见其神通广大。能擦各种屁股，必也致广大而尽精微。非广大，不能擦各种屁股；非精微，不能解决好各类疑难杂症。

2016 年，《阿城文集》七卷本出版。稍加浏览，叹其博观。深究其文，佩服其见识。文集是一个人能量的总汇，是其能量分布的记录，是其成长足迹。观文集，可知阿城大略。

笔者对于如何定位阿城一度颇踌躇。思之思之，遂以"东西南北之人"定位阿城，亦以此名书。"东西南北之人"为孔子自道行迹与境界④，用来论阿城似亦恰当。

---

① 阿城：《〈孩子王〉留下的是，面对主流权力，你自己可以选择什么》，http://www.anyv.net/index.php/article-285365。
② 刘基有书，曰《多能鄙事》。
③ 阿城：《七天》，《阿城文集》之四，江苏凤凰文艺出版社 2016 年，第 87 页。
④ 《礼记·檀弓上》，孔子既得合葬于防，曰："吾闻之，古也墓而不坟。今丘也，东西南北之人也，不可以弗识也。"于是封之，崇四尺。

这些年阿城从流东西，任意南北。少年居北京，青年辗转山西、内蒙古、云南，成年归京，不久去美，中年归京，诚合郑玄对"东西南北之人"的解释——"居无常处"。

阿城追求百科全书式知识结构。他说："不是一个职业作家，是个'专业'作家，职业作家是靠写小说吃饭的，而专业作家写什么凭的是兴趣。什么东西哪一个专业吸引我了，我就会去追随它，多长时间我也不管，这就是因为自学形成的性格，你对这个感兴趣了你就追这个，你对那个感兴趣就追那个。"① 追兴趣而动，不拘一处，这种境界亦合"东西南北之人"象。他以文学名世，但提及文学大都语气轻蔑，做文学失足青年状："我以前在云南的山里去寨子里玩耍，几个人随身带着烈酒。所谓烈酒。就是用化肥硝胺酸沤甘蔗渣蒸馏出来的一种烈酒。我就是被这种烈酒喝坏了，智商本来就不高，结果又下降一大截，再加上偏头痛，记忆力衰退，基本上就不能想严肃的事儿，只能弄写写小说之类的轻脑力活动了。"② 鲁迅尝论曹丕曹植："曹丕说文章事可以留名声于千载；但子建却说文章小道，不足论的。据我的意见，子建大概是违心之论。这里有两个原因，第一，子建的文章做得好，一个人大概总是不满意自己所做而羡慕他人所为的，他的文章已经做得好，于是他便敢说文章是小道；第二，子建活动的目标在于政治方面，政治方面不甚得志，遂说文章是无用的了。"③ 阿城应也是小说作得好，遂说小说小道，不足为。《闲话闲说》虽还与文学有关，但纵横捭阖，出入儒释道，格局恢弘；《洛书河图：文明的

---

① 《阿城：我不是职业作家，而是"专业"作家》，http://www.jiemian.com/article/761993.html。

② 阿城：《洛书河图：文明的造型探源》，中华书局2014年，第138—139页。

③ 鲁迅：《魏晋风度及文章与药及酒之关系》，《鲁迅全集》第三卷，人民文学出版社1981年，第504页。

造型探源》格局完全超乎文学之外。阿城有实力，故可作如是言。阿城与周勤如谈音乐，与孙晓云讨论书法，同姜文聊电影，和刘小东谈美术，与查建英讨论文学，辩才无碍，各领域出入无间，高见迭出，令人神往。观其聊天记录，知其涉猎广泛，思想上亦不滞留。

阿城不与体制合作，他不愿处乎"家庭—单位"单向街状态。他跳出体制外，不在体系中，为自由职业者，乃"游民"，故生活状态亦合"东西南北之人"象。

对于"this guy"①，对于"东西南北之人"，怎么条分缕析地描述他？虽然如此，阿城依然有迹可循，故东西南北之人以东西南北之方式描述。

文学与人生密切相关，人生影响文学，文学亦影响人生。阿城经历与鲁迅有相似处，少年居困，二十余载处人生低谷，居社会边缘，甚至为基本需求疲于奔命。然而，阿城"知其不可奈何而安之若命"，呼马为马，呼牛为牛，呼吸暗积，待时势一变，既出离困境，亦见知于世人。大名鼎鼎之际，转身去国，以工养读，游览阅读，格局日新。今则居京，深居简出。故是书先述阿城生平，列其行事，次其时序，使知其生平大略。好在阿城谈论其经历颇翔实，关于他的访谈亦甚多。故此章以阿城说阿城，以为主体。为免孤证之讥，故亦取他人见闻与记录，以为补充。本书所谈阿城经历及所附年谱只言大概，有些细节或未必十分准确，但虽不中亦不远。尝听艾恺与梁漱溟聊天录音，艾恺屡问什么事在哪年等，梁漱溟答曰，这不重要，不用执着。笔者亦曾与阿城会

① 阿城说："张北海称我为 this guy，我在美国体会到此称之意后，觉得张北海才可真正被称为 this guy。"见《侠的终结——张北海这家伙》，《阿城文集》之七，江苏凤凰文艺出版社 2016 年，第 75 页。

面，问及相关年份，阿城或说未必记得清，或说此"车轱辘话"。故言阿城平生，此书未敢称精当。考察阿城平生，关键之处不在于弄清具体史实，在乎通过行迹了解阿城如何锻成，所谓"钢铁是怎么炼成的"，借鉴其居困与处贵两方面经验，以小观大见出时代变迁，亦看时代变迁中人应该如何自处。

知识结构分别境界，知识结构决定差异。阿城之所以与众不同，其作品之所以独特，其知识结构最为关键。故第二章研究阿城知识结构。先论阿城知识结构如何养成，次则因其言察阿城知识结构，然后论其读书之法。

师是所法者，为模范；友是同声相应者，如切如磋、如琢如磨。察师友结构，可知其人大概。故第三章论阿城师友结构。先论阿城所师法者。次论朋友眼中的阿城。再论阿城眼中的朋友。朋友互看，纤毫毕现，莫显乎此。

文艺是能量的一种显现形式，故最后论阿城文艺成就。阿城通家，能文，能电影，能画。"五项全能"者，排列次序比较困难。青藤自谓，书一，诗二，文三，画四；白石自谓，诗一，印二，字三，画四。青藤次序合乎实际，白石恐全盘颠倒方为恰当，因其诗格调诚然不高，曾为王闿运讥为"薛蟠体"。如何排列阿城所长者？他当有自己的排列方式，或画一，电影二，文三。笔者则按其目前成就大小排列：小说一，是为本书第四章；因"三王"地位尤为突出，故单列，是为第五章；文二，是为第六章；电影三，是为第七章；画四，是为第八章。

需要声明的是，本书讨论的阿城作品并不全面。据说，阿城还有很多稿子藏之抽屉、存于电脑，《文集》七卷不过部分而已。本书所论《文集》七卷亦非面面俱到，只择要而论。所以这部《阿城论》算是抛砖引玉，期待后来者基于更全面的材料做更翔实研究。

第一章 经历

1984 年，阿城为《作家》杂志写过一个小传。2016 年，《阿城文集》七卷本依然用之，可见阿城对此传记是满意的。"我叫阿城，姓钟。今年开始写东西，在《上海文学》等刊物上发了几篇中短篇小说，署名就是阿城。为的是对自己的文字负责。出生于 1949 年清明节。中国人怀念死人的时候，我糊糊涂涂地来了。半年之后，中华人民共和国成立。按传统的说法，我也算是旧社会过来的人。这之后，是小学、中学。中学未完，文化'革命'了。于是去山西、内蒙插队，后来又去云南，如是者十多年。1979 年返回北京。娶妻。找到一份工作。生子，与别人的孩子一样可爱。这样的经历不超出任何中国人的想像力。大家怎么活过，我就怎么活过。大家怎么活着，我也怎么活着。有一点不同的是，我写些字，投到能铅印出来的地方，换一些钱来贴补家用。但这与一个出外打零工的木匠一样，也是手艺人。因此，我与大家一样，没有什么不同。"

小传虽简略，大概讲清楚阿城 1984 年前行迹。[①] 阿城不说

---

① 赵园曾解读这篇小传："阿城的确'入世近俗'，其小传，其小说，却又证明了思路未出雅俗区分的文化视野（而非《庄子》提倡的'不别析'——其实《庄子》也不能不折不扣地做到这一点）。"见其《"重读"两篇》，《当代作家评论》1991 年第 5 期。

"生在新社会、长在红旗下"，而强调"我也算是旧社会过来的人"，固是戏谑，但或能见其立场。强调出生日期为"清明节"，虽似不动声色的玩笑话，但可见其怨。小传对于父亲遭遇只字未提，或因碍于时势，有所避讳？或不欲别人知其父亲为谁？或不愿回首往事？"如是者十多年"，看似轻描淡写，其中多少辛酸泪。阿城插队居困，好比王阳明的"龙场悟道"，是其人生的关键时期。"也是手艺人"云云，不唱"灵魂工程师"高调，颇有"反对崇高"之风，可见出阿城对小说的态度，不高视之，也不卑下之。

下文结合阿城自述、他人追述等材料，述阿城经历。研究古人，恨材料少，不足以见其全；研究时人，恨其材料多，材料称为障蔽，反不易见出事实真相。下文于各种材料，力图准确选择，合理剪裁，期望能见阿城生平大略。

第一节 "电影锣鼓"风波

1949 年，阿城出生。他自述："我是公元第一千九百四十九年、中华民国第三十八年四月生人。中华人民共和国同年十月成立，所以我呢算是民国出生，共和国长大。"① 阿城屡言"我也算是旧社会过来的人"，又说"民国出生，共和国长大"，不完全是戏言。观阿城大略，知其知识结构、格调、品位、师友结构等确属"旧社会的人"。他与"新社会"未必协调，故言出生日郑重写下两个时间："一千九百四十九年""中华民国第三十八年四月"。某某年云云，涉及奉正朔问题，不可不重视之。前者为耶稣纪年，

---

① 阿城：《闲话闲说》，《阿城文集》之五，江苏凤凰文艺出版社 2016 年，第 2 页。

今则通用为标记客观时间而已①；后者则是国号。理解"中华民国第三十八年四月生人"与"中华人民共和国同年十月成立"之间张力，对于理解阿城，思过半矣。

关于名字，阿城说道："我出生前，父母在包围北平的共产党大军里，为我取名叫个'阿城'，虽说俗气却有父母纪念毛泽东'农村包围城市'革命战略成功的意思在里面。十几年后去乡下插队，当地一个拆字的人说你这个'城'字是反意，想想也真是宿命。"②王忠明转述钟惦棐的话："'人要经得起出名。'阿城之'名'，原本就很平常，无非是进城那年生的，故取名'阿城'。"③阿城之名，有钟惦棐的寄寓、憧憬和感慨，展现那一代知识分子对新中国的情感。钟惦棐说："对于中国无产者终于有了一个国家，是处在怎样的兴奋状态之中。"④为儿子取名阿城，即此状态之见。⑤可是，谁能料到后面的变局。这个参与新中国缔造的文艺工作者，忽一朝成为右派。阿城这个城市出生者，反而流落农村十余年。阿城坚持用此名，既有"对自己的文字负责"之意，或亦有尊父思父之意。

讨论阿城，不能绕过其父亲钟惦棐，故下文稍详叙之。钟惦棐被"打倒"，阿城的日常生活和精神状态都受到很大影响，此其人生第一大变。此后，阿城的立场、格调、生活和写作状态均与

----

① 晚清之际，奉谁以为纪年，曾有争论。有奉孔子者，譬如康有为；有奉黄帝者，譬如章太炎。有奉耶稣者。此诸神之争。最后，耶稣纪年胜出，亦可见社会风气。

② 阿城：《闲话闲说》，《阿城文集》之五，江苏凤凰文艺出版社 2016 年，第 2 页。

③ 王忠明：《愿声声爆竹，佑你平安——痛悼钟惦棐老师》，《电影锣鼓之世纪回声》，中国电影出版社 2007 年，第 365 页。

④ 钟惦棐：《陆沉集·题记》，中国电影出版社 1983 年，第 1 页。

⑤ 名字受时代影响。阿城的《成长》写道："建国长到七岁，上学了。第一天老师点名，叫王建国，站起来两个，还有一个也叫建国但姓李，没有站起来。"见《阿城文集》之二，江苏凤凰文艺出版社 2016 年，第 65 页。

此有关。

1983 年，钟惦棐作自传："钟惦棐，四川江津人，1919 年生。初中一年后失学。1937 年赴延安，入抗大，次年转鲁艺。1939 年去敌后，在华北联合大学文艺学院任教。1943 年到冀中游击区。1948 年调华北局宣传部。次年调文化部筹建艺术局。1951 年调中央宣传部。现任中国社科院文学研究所研究员。自 1950 年开始写影评至 1956 年，有关评论收入 1983 年出版的《陆沉集》。1979 年后至 1982 年间的评论另编《电影文学断想》，在印刷中。"[1] 由此大概了解钟惦棐生平。"四川江津人"，言籍贯也。"初中一年后失学"，知家境一般，昔尝艰苦，但亦说明家庭成分好，此新政之资也。"1937 年赴延安"，根正苗红，嫡系部队。"抗大""鲁艺"云云，知在延安接受了高等教育，知其知识结构。"去敌后"，"到冀中游击区"，知曾接受了全面锻炼。"文化部""中宣部"云云，知乃文艺领导干部，曾在重要岗位。小传有二十二年空白期，此其人生低谷，钟惦棐只字未提，似毫无怨言，君子人也，君子人也。《电影策·序》称："书以策名，一点要说明，一点要辩正。说明是说明我至今还是个电影社会学者，总是以社会学的角度看待电影艺术的发生、发展和作用的。并认为美学和电影美学的核心问题，也仍然离不开这点——包括不接触任何社会问题的电影。辩正是辩正我在电影社会中，又更多留心的是'策'，但我从来也不是个决策者。……'策'前'策'后。甚至'策'里'策'外，我都是作为一名信奉共产主义的宣传干部，从不以为自己是什么电影行家。"[2] 受难二十二年，复出之后依然自我定位为"宣传干

---

[1]　转引自仲呈祥《千古文章一生磊落——恩师钟惦棐先生逝世 20 周年祭》，《电影锣鼓之世纪回声》，中国电影出版社 2007 年，第 14 页。

[2]　转引自仲呈祥《千古文章一生磊落——恩师钟惦棐先生逝世 20 周年祭》，《电影锣鼓之世纪回声》，中国电影出版社 2007 年，第 15 页。

部"，将作品命名为"策"，初心不改，立场坚定。1981 年，钟惦棐谈及《电影的锣鼓》："从这里我们还得进一步提到具有很大现实意义的工农兵题材问题。这在艺术上，首先是标志着我们的艺术之异于历史的、现状的其它艺术的本质所在。《电影的锣鼓》在表述这个重要问题上是有缺陷的，因而引起过不小的误解。我将引以为戒。"①受冤而平反，《电影的锣鼓》本可以是新时期政治待遇、学术待遇、生活待遇的"资本"，钟惦棐先生却能反省此文"缺陷"。小传可见前辈风采及人格魅力。

"20 世纪 50 年代前期，钟惦棐的人生道路可谓花团锦簇。1951 年 5 月 20 日毛泽东发表了《应当重视〈武训传〉的讨论》后，6 月份就组织了一个'武训历史调查团'赴山东进行调查。调查团的主要成员是江青、袁水拍和钟惦棐。他们三人执笔写成的《武训历史调查纪》经毛泽东亲自修改在《人民日报》连载。能够直接参与毛泽东文化战略部署中重要文章的起草，足见钟惦棐当年的分量。"②毛泽东批评《武训传》，并组建"调查团"，钟惦棐同"第一夫人"一起参与，可见毛泽东对其非常器重。某种程度上，钟惦棐可谓毛泽东的"电影秘书"。钟惦棐回忆道："1951 年批《武训传》，中央组织了个调查组，去武训家乡调查，周扬叫我参加——以后被说成是周扬派我'打进去搞破坏'！最后形成一份调查报告，毛泽东读后很满意，请全体调查人员吃饭。毛泽东亲自把我安排在上席，还划着火柴给我点烟，当时真有点受宠若惊，可后来却……"③

---

① 钟惦棐：《中国电影艺术必须解决的一个新课题：电影美学》，《钟惦棐文集》（下），华夏出版社 1994 年，第 87 页。

② 罗艺军：《钟惦棐的人品与文品》，《电影锣鼓之世纪回声》，中国电影出版社 2007 年，第 9 页。

③ 彭克柔：《钟惦棐谈话录》，广宇出版公司 2010 年，第 17 页。

从钟惦棐发表《电影的锣鼓》起，事情忽然起了剧变。

1956 年 5 月 2 日，毛泽东在最高国务会议闭幕式上提出："在艺术方面的百花齐放的方针，学术方面的百家争鸣的方针，是有必要的。"1956 年 6 月 13 日，陆定一发表《百花齐放、百家争鸣——在怀仁堂的讲话》，拉开了"双百运动"的大幕。[①] 在此背景下，《文汇报》针对当时电影业出现国产电影普遍上座率不高等问题，于 1956 年 11 月 14 日开始，至 1956 年 12 月 22 日截止，发起一系列以'为什么好的国产片这样少？'为题头的文章，共计 40 篇，随后，从 1956 年 12 月 25 日起至 1957 年 3 月 24 日止，又以'电影问题讨论'为题头，发表讨论文章约 15 篇"[②]。

罗学蓬写道："1956 年 11 月里的一天，《文汇报》驻北京办事处一个叫姚芳藻的女记者，来找时在中共中央宣传部电影处工作的钟惦棐，鉴于国产电影受到群众冷淡，她准备在《文汇报》上发起一场电影界如何贯彻双百方针，解放思想，拍出好片争取群众的讨论。……钟老回忆道：'我当时就对她说，电影界目前的问题非常多，完全值得讨论。我提议，讨论应抓住三个要点，第一，群众为什么不喜欢国产影片？第二，领导的干涉是否太多太过？第三，电影人的创作潜力是否得到了较好的发挥？围绕这三个问题，我一口气谈了大概两三个钟头。……而我们目前的电影，已经很不景气，观众不掏钱买票，不要说电影事业的发展，连国家每年从电影上取得的丰厚的经济收入也全泡了汤。总而言之，姚芳藻对我那一天的谈话以及我给她看的材料很感兴趣，她也认

---

① 参见占善钦《"双百"方针是如何出台的？》，《光明日报》2012 年 4 月 21 日。亦可参见麦克法夸尔《剑桥中华人民共和国史》，中国社会科学出版社 1990 年，第 222—232 页。

② 金冠军、付永春：《朝花夕拾：再读"为什么好的国产片这样少"的讨论》，《电影锣鼓之世纪回声》，中国电影出版社 2007 年，第 281—282 页。

为把这些问题拿到报纸上去讨论，很有价值，很能贯彻双百方针的精神。'"①

《文汇报》经过系列讨论后，需要一篇带有总结性的文章，于是又找到钟惦棐。钟惦棐回忆道："解放后，眼看我们的文艺只能写工农兵，题材、主题越来越单一、简单，路子越来越窄！朱老总都说：'我打了一辈子的仗，不想看舞台上还打仗！'我当时忧心如焚，反对还提'文艺为工农兵服务'的口号，觉得《讲话》不适用了！但又不能这么说，那就换个说法'要发展'吧，可也没人说这个话。我只好站出来说了，于是写了《电影的锣鼓》。"②

《电影的锣鼓》以《文艺报》评论员名义发出，该文称："为什么，文艺为工农兵服务的方针明确了，工农兵及一般劳动人民的生活水平也有了显著的提高，而国产影片的观众却如此不景气！这是否就同时暴露了两个问题：一、电影是一百个愿意为工农兵服务，而观众却很少，这被服务的'工农兵'对象，岂不成了抽象？二、电影为工农兵服务，是否就意味着在题材的比重上尽量地描写工农兵，甚至所谓'工农兵电影'！""这种以行政方式领导创作的方法，完全可以使事情按部就班地进行着，而且条理井然，请示和报告的制度都进行得令人欣慰。但是最后被感光在胶片上的东西却也如请示、报告、开会一样索然。广大观众不欢迎这类国产影片，岂不是并不需要太高深的理论也可以明了的么？""电影既是最重要的，既然它和群众有着最密切的联系，对它的领导须注意符合电影创作和生产的规律。""管的人越多，对电影的成长阻碍也越大。事实证明，当1951年文化部门成立电影

---

① 罗学蓬：《钟惦棐和〈电影的锣鼓〉》，《炎黄春秋》2001年第12期。
② 彭克柔：《求教钟惦棐》，《电影锣鼓之世纪回声》，中国电影出版社2007年，第359—360页。

指导委员会时期，领导力量比任何时候都强大，但结果，却是全年没有一部故事影片！""国家也需要对电影事业作通盘的筹划与管理，但管理得太具体，太严，过分地强调统一规格，统一调度，则都是不适宜于电影制作的。"①

关于工农兵电影的议论，直接触及《在延安文艺座谈会上的讲话》的基本原则，挑战了文艺的宪法。国产电影为何不上座？或因"最后被感光在胶片上的东西却也如请示、报告、开会一样索然"。电影创作要遵照电影创作规律和生产规律，减少行政干涉。"管理得太具体，太严"，则与赵丹"遗言"类似："管得太具体，文艺没希望"②。这些论点，可谓"新时期"文艺政策先声，但在彼时肯定不为接受。

"《电影的锣鼓》的发表，引起了海内外舆论的注意。1957年1月15日，《香港时报》转载了台湾大道通讯社所发的一篇名为《重重压迫束缚下，大陆电影事业惨不堪言》的通讯。作者从其立场出发，大量引用《电影的锣鼓》中的材料，别有用心地在文章结尾时说：'身陷大陆的全体电影工作者，被迫害压抑得太久了，现在居然敲起了反暴的锣鼓。'""2月27日，毛泽东在最高国务会议上作《关于正确处理人民内部矛盾的问题》的报告时，严厉地点名批评说，共产党里也有右派有左派，中宣部有个干部叫钟惦棐，他写了一篇文章，把过去说了个一塌糊涂，否定一切。这篇文章引起批评了，引起争论了，但是，台湾很赏识他的文章。"③钟惦棐的论点挑战了《在延安文艺座谈会上的讲话》，又被敌方拿来说事，被毛泽东严厉点名批评，可想而知。

① 钟惦棐：《电影的锣鼓》，《陆沉集》，中国电影出版社1983年，第448—454页。
② 赵丹：《管得太具体，文艺没希望》，《人民日报》1980年10月8日。
③ 罗学蓬：《钟惦棐和〈电影的锣鼓〉》，《炎黄春秋》2001年第12期。

之后，钟惦棐受到批判。罗艺军写道："由于敲响了《电影的锣鼓》，钟惦棐成为钦定的电影界头号'右派'，这个批判大会就是电影界反右派斗争进行决战的主战场。老钟总是坐在听众席一排稍偏的座位上，低头记录大家的批判发言。没有人和他打招呼，他座位的两边，总留下空座位没人坐。这显眼的空白地带，意味着大家与他划清的政治界限。"[①] 这是钟惦棐在单位的"待遇"，昔日的同事与朋友大都与之划清界限。

钟惦棐被打成右派，对钟家是沉重打击。钟惦棐爱人张子芳回忆道："惦棐的问题经过无数次的批判之后，便由中国作家协会宣布开除他的党籍，罢官，去唐山柏各庄劳改农场监督劳动。我和五个孩子也从中宣部宿舍搬了出去。九口人（五个孩子，母亲和弟弟，我和惦棐）挤在两间阴暗潮湿的小屋里。夏天，蚊子多，孩子们被咬得在地上打滚；冬天，北风吹，冷得我直打哆嗦。物质生活上更差。惦棐每月只发 26 元生活费，我有时是几元工资，却要养活九口人。那个时代，我们只能靠棒子面和窝头糊口，从不敢买新鲜菜，只能买按堆处理的菜。秋天，我常带孩子们去乡下摘白薯尖，回家炒来给孩子们吃。孩子们高兴得欢天喜地。有一次五岁的女儿姗姗路过饭店门口时，里边的烤鸭、烧肉香味扑鼻。她拉着我的手说：'妈妈，咱们在这儿呆会儿，这儿多香啊！'我禁不住掉下眼泪。"[②] 当事人说当时事，极为客观。所历之艰难困苦，今天读之亦为动容。张子芳最不易，政治压力、精神压力、家庭重担全落于她肩。钟惦棐被"打倒"后，为不牵连爱人，一度提出要和张子芳离婚，但被她严词拒绝。钟、张二人

---

① 罗艺军：《钟惦棐的人品与文品》，《电影锣鼓之世纪回声》，中国电影出版社 2007 年，第 7 页。

② 张子芳：《回忆老钟》，《电影锣鼓之世纪回声》，中国电影出版社 2007 年，第 429—430 页。

情感之笃，张子芳先生之坚贞，感天动地。①

多年以后，阿城回忆道："母亲在一九五七年以后，独自拉扯我们五个孩子，供养姥姥和还在上大学的舅舅。我成年之后还是不能计算出母亲全部的艰辛，我记得衣裤是依我们兄弟身量的变化而传递下去的，布料是耐磨的灯芯绒，走起路来腿当中吱吱响，中式剪裁，可以前后换穿，所以总有屁股磨成的四个白斑，实在不能穿了就撕开由姥姥糊成布嘎渣做鞋，姥姥总说膀子疼，一年二十多只鞋要一针一针地做。养鸡，目的是它们的蛋。冬日里，鸡们排在窗台上啄食窗纸上的糨糊，把窗户处理得像风雨后的庙。当时，全国的百姓都被搞得很艰难。由于营养的关系，小妹妹姗姗体弱多病；三弟大陆去和母亲拔红薯秧来家里吃，兴奋得脸上放光；四弟星座得了一次机会做客吃肉，差点成为全家第一个死去的亲人。谁都难，但不知道父亲在劳改中怎么过。"②这是从阿城视角看待家庭遭遇，家庭陷入极度物质匮乏状态，家人政治上受到影响等，可为张子芳回忆补充与佐证。

钟惦棐从文艺干部成为右派，从中心堕在边缘。阿城失去诸多参与政治的资格，只能处边缘，做"看客"。阿城说："我七八岁的时候，由于家中父亲的政治变故，于是失去了参加新中国的资格，六六年不要说参加红卫兵，连参加'红外围'的资格都没有。"③今日固然轻描淡写，彼时看同学们"风光""运动"，应颇感失落。阿城又说："六十年代我已经开始上到初中了，因为我父亲在政治上的变故，好比说到长安街去欢迎一个什么亚非拉总统，

① 亦可参考贾植芳、任敏夫妇的经历。参见陈思和《感天动地夫妻情——记贾植芳先生与任敏师母》，《文汇报》2002年5月24日。

② 阿城：《父亲》，《阿城文集》之六，江苏凤凰文艺出版社2016年，第327—328页。

③ 阿城：《闲话闲说》，《阿城文集》之五，江苏凤凰文艺出版社2016年，第16页。

班上我们出身不好的就不能去了。尤其六五年，这与当时疯狂强调阶级斗争有关。要去之前，老师会念三十几个学生的名字，之后说：没有念到名字的同学回家吧！我有一回跟老师说：您就念我们几个人，就说这个念到名字的回家就完了，为什么要念那么多名字？老师回答得非常好：念到的，是有尊严的。"[1]"小事"过去多年，阿城依然记得，可见确曾对其造成影响与困扰。老师班上公开点名，又说"念到的，是有尊严的"，对孩子是颇为残酷的打击。少年阿城，就不得不直面这样的困境。

少年阿城因为失去参与政治的资格，所以养成"靠边站"心态，形成了不合作的态度。这些深深影响了阿城的性格、站位，也影响其创作。

第二节　插队

1968 年，阿城离京插队，四处漂泊，先后在山西、内蒙古与云南三地。1979 年，回到北京。前后共计十一年。

插队时，阿城十九岁。钟惦棐被"打倒"已十一年，阿城从儿童转变为成年人，心志曾苦，筋骨已劳，身亦空乏，谅已动心忍性，曾益其所不能了。鲁迅说："有谁从小康人家而坠入困顿的么，我以为在这途路中，大概可以看见世人的真面目。"[2]阿城因为父亲的变故，或应已了解"世人的真面目"。阿城说："你必须

---

[1] 阿城：《与查建英对谈》，《阿城文集》之七，江苏凤凰文艺出版社 2016 年，第 167 页。

[2] 鲁迅：《呐喊·自序》，《鲁迅全集》第一卷，人民文学出版社 1981 年，第 415 页。

面对你的'右派'家庭出身，才能生存。"①这是经历诸事沉痛之言。虽不得已，亦须以逆为顺。

阿城插队时的状态，或从《棋王》可略窥一二。"父母生前颇有污点，运动一开始即被打翻死去。""我虽孤身一人，却算不得独子，不在留城政策之内。我野狼似的在城里转悠一年多，终于决定还是走吧。"②虽是小说中言，颇符阿城当时状态。

阿城插队辗转山西、内蒙古，最后在云南落脚。阿城尝与陈村谈及原因："每个村子成分不能太高。成分你知道，地富反坏右，这种人在村子里多了的话，村子里成分就高起来了。高起来有坏处，就是救济少了。遇上荒年，救济少了是要命的事。……人家不愿意要你呀，你是属于可被教育好的子女，你一下把人家成分弄高了。而且我们几个同学一块去，都是出身不好的。……全村受害。救济额下来了，害一村子的人。所以人家就不欢迎你在这儿。很难过嘛，就离开吧。内蒙有另外的政策：假如接收了一个知青，好比他生了一个孩子，多一个人在内蒙古你就可以有二十五亩的开荒权。……当时的一个政策，其实是想把草原全种上粮食。你想他妈一个人二十五亩啊，那个地都是处女地啊。……但拿到这个额的时候他希望你不在。拿到额而你不在，这不是很大一个便宜么。"③在《专业》里，阿城稍有流露："一亩粟，一人是种，十人也是种，却不会因十人种而产十倍粟。夺口中粮，贫下中农，不但贫下中农，队里，大队里，公社里，县里，地区里，都不情愿再教育一下这些肠胃正旺盛的知识青年。"④阿城不能见

① 阿城：《与查建英对谈》，《阿城文集》之七，江苏凤凰文艺出版社2016年，第226页。
② 阿城：《棋王》，《阿城文集》之一，江苏凤凰文艺出版社2016年，第2页。
③ 阿城：《与陈村对谈》，《阿城文集》之七，江苏凤凰文艺出版社2016年，第231—232页。
④ 阿城：《专业》，《阿城文集》之二，江苏凤凰文艺出版社2016年，第32页。

容于北京，插队亦因成分不好，被踢来踢去。北京不见容，插队也辗转迁居，阿城困顿心境可想而知。

插队之始应还稍具新鲜感，但很快就会对现实有清醒的认识，《树王》描写了转变过程。阿城说："上个世纪七十年代，对我来说，度日如年。有一天我在山上一边干活儿一边想，小时候读历史，读来读去都是大事记，大事中人，一生中因为某件大事，被记了下来，可是想想某人的一生，好像也就那么一件大事，那么，没有大事的一天天，怎么过的呢？也是如此度日如年吗？七十年代正是我人生中最好的一段时间，无穷的精力，反应快捷，快得我自己都跟不上自己，常常要告诫自己，慢一点慢一点，你有的是时间，你甚么都没有，但你有的是时间。时间实在是太多了，因为田间劳作并不影响思维，尤其是分片包干，简直是山里只有你一个人。天上白云苍狗，地上百草禽兽，风来了，雨来了，又都过去啦。遇到拉肚子的时候，索性脱掉裤子，随时排泄。看看差不多可以收工了，就撕掉腿后已风干了的排泄物，让它们成为蝼蚁的可疑食品。在溪流里洗净全身和农具，下山去。当时都想甚么呢？杂，非常杂，甚至琐碎，难以整理。本来想到甚么，结果漫漶无边，直至荒诞。"[1] 此阿城插队生活真实写照。阿城屡言"度日如年"，当是真实感受。边劳作边思维，身在云南心在别处，身心不一。脱掉裤子，随时排泄，劳动罢再净身，昔年生活困苦可知。

插队久之，回城无望，就会陷入失望。阿城的母亲张子芳说："老二阿城下放云南，喜爱画画，想在昆明美术办公室工作。业务上没问题，也因为父亲是右派，不予录取。"[2] 因为父亲的政治问

---

[1] 阿城：《听敌台》，《阿城文集》之六，江苏凤凰文艺出版社 2016 年，第 344—345 页。

[2] 张子芳：《回忆老钟》，《电影锣鼓之世纪回声》，中国电影出版社 2007 年，第 430—431 页。

题，阿城调动工作无望，逐渐由失望而绝望。阿城说："度日如年中，我开始研究树木，判断它们中的谁是好的木料。我和别人各执长解锯的一端，破开树干，锯成板材。我开始打家具，实实在在在这里生活下去。"①又言"度日如年"，可见这种感受之强烈。研究树木，此为写《树王》重要生活积累。打家具，准备要"扎根"云南。阿城又说："我也一样，在乡下插到第十个年头的时候，已经没有'插'的意识了，已经就是农民了，时刻准备着偷，抢。暴动我一定冲上去，人民的解放军一来，我一定抱头鼠窜；逮着了，我一定下跪，说下次不敢了不敢了，就把我当个屁放了吧；判刑了，太好了，监狱是有饭吃的地方啊！做苦工？平常不就是做苦工吗？一辈子不就是个苦吗？活着干，死了算。"②是知青，还有"插队"概念，一旦"插"的意识都没有，真是实现了"改造"，就是农民了。监狱有饭吃，何其沉痛。"一辈子不就是个苦吗"，见其绝望之情。

1978 年，云南知青为争取回城，爆发了知青大罢工，历时一百余天，阿城也参与其中。这次罢工颇悲壮惨烈，从云南闹到中央，好在最后终得善果，云南知青得以回城。③

1984 年，阿城总结知青生活道："'一穷二白'成为实实在在的一日三餐，变成终日的古典耕作，变成肮脏灰暗的房舍和泥泞与尘土的道路，变成工分日值不可想象的低，理想很快被广阔天地的风雨吹淋得塌下来。知青们很快地退守到最基本的动物性要求一线进行挣扎。他们这才明白什么是农民，什么是农村，什么

---

① 阿城：《听敌台》，《阿城文集》之六，江苏凤凰文艺出版社 2016 年，第 351 页。
② 阿城：《盲点》，《阿城文集》之六，江苏凤凰文艺出版社 2016 年，第 335 页。
③ 具体过程可参见王心文《1978 年云南知青大返城事件爆发的前前后后》，《世纪风采》2010 年第 8 期。

是中国，什么是幻想以外的生活。"① 始之怀抱理想，终之"退守到动物性要求"，这一代人的心态可知。插队十几年，就真正明白了什么是现实，什么是农民，什么是农村，什么是中国。

插队期间，阿城一直在读书，此其进步重要积累。阿城说："我记得六九年在内蒙古插队的时候，插在一个叫东新发的屯子里。冬天，外面当然是风，我却意外在新结识的朋友手里得到郭路生的《酒》，于是就在炕沿上抄下来。"② 《酒》内容如下：火红的酒浆仿佛是热血酿成／欢乐的酒杯里溢满疯狂的热情／如今酒杯在我的手中颤栗／波动中仍有你一双美丽的眼睛／我已在欢乐之中沉醉／但是为了心灵的安宁／我依然还要干了这杯／喝尽你那一片痴情。③ 《酒》有今昔之慨叹，往日之事涌上心头，不得已从酒中求得安宁。"你一双美丽的眼睛"或可解为爱情，应特别可以打动青年时期的阿城吧。此诗或可上接屈原"香草美人"传统，有家国之叹，当然阿城彼时未必能够意识到。与阿城一起插队的王学信说："比起其他知青，阿城带的书要算最多的，有好几箱，装满了中外名著、美术之类。在枯燥单调的农场生活中，每到夜晚闲暇时，很多知青便聚到他住的茅草房，听他讲故事，大仲马的《基督山伯爵》、维克多·雨果的《悲惨世界》、巴尔扎克的《高老头》，以及列夫·托尔斯泰的《复活》等等。通常是一盏煤油灯下，人坐得满满的，烟头儿一亮一亮的，讲到关键处，

①　阿城：《生活理想与审美理想》，见钟惦棐主编《电影美学：1984》，中国电影出版社 1985 年，第 299—300 页。

②　阿城：《昨天今天或今天昨天》，《阿城文集》之六，江苏凤凰文艺出版社 2016 年，第 315 页。

③　"文革"期间，郭路生的诗潜在地广为流行。譬如李爽说："那会儿我透过'玩儿闹'的关系读了几首郭路生的诗，《四点零八分的北京》、《相信未来》、《人生舞台》、《疯狗》、《落叶与大地的对话》。"参见《爽——七十年代私人札记》，新星出版社 2013 年，第 82 页。

要休息一下，吊一吊听众的胃口，于是，有人便忙着给递上一支'春城'烟、往茶缸子里续水，并急不可待地询问：'后来怎么样了呢？'"[1]所言"中外名著"较笼统，可见阿城带书之多。阿城"三王"虽是笔记小说底子，但现代小说的技术非常成熟，当是长期浸染《复活》《基督山伯爵》《悲惨世界》《高老头》等小说的自然流露。阿城讲小说，倒是向传统说书人的复归，也是一种写作的训练。

阿城居困二十余载，历经磨难，今天看来，或恰是成就他的重要原因。一切障碍即究竟觉，得念失念无非解脱。阿城在困境中解脱，逐渐看到了社会真相，个人也在生活的磨砺之下逐渐强大起来。

第三节 回城

1979 年，阿城回到北京。阔别十多年，北京变得熟悉而陌生，他一度甚至不适应城市生活。阿城说："七十年代末，我从乡下返回城里。在乡下的十年真是快，快得像压缩饼干，可是站在北京，痴愣愣竟觉得自行车风驰电掣，久久不敢过街。又喜欢看警察，十年没见过这种人了，好新鲜。"[2]甫一回京，阿城要接受城市再教育，适应城市生活。"久久不敢过街。又喜欢看警察"，两句写尽其回京之初感受。

---

[1] 王学信：《阿城印象》，《北京纪事》2010 年第 12 期。阿城的《兔子》描写了知青们灯下讲故事的情节。"冬天活计少，晚上又无聊，大家就讲故事。"见《阿城文集》之二，江苏凤凰文艺出版社 2016 年，第 28 页。

[2] 阿城：《且说侯孝贤》，《阿城文集》之六，江苏凤凰文艺出版社 2016 年，第 95 页。

回京后，阿城一度协助钟惦棐撰写《电影美学》。俞虹回忆当年情况："这样周三座谈会的规模就扩大了。起初参加的多半是中青年创作人员，像谢飞、黄健中、张暖忻、李陀、郑洞天、倪震等，阿城也常来。"[1] 这是撰写《电影美学》时期的讨论会参与者的部分名单，阿城"也常来"。

1979 年，阿城参与"星星美展"，协调、布展，也提交了作品。此不赘，后文将有详论。

阿城与罗丹婚后的生活状态，朋友们也有记述。莫言写道："在几个朋友的引领下，去了他的家。他家住在一个大杂院里，房子破烂不堪，室内也是杂乱无章，这与我心里想的很贴。人多，七嘴八舌，阿城坐着吃烟，好像也没说几句话。他的样子让我很失望，因为他身上没有一丝仙风，也没有一丝道骨，妖气呢，也没有。知道的说他是个作家，不知道的说他是个什么也成。但我还是用'真人不露相，露相不真人'来安慰自己。"[2]"住在大杂院"，"房子破烂不堪"，可见当时阿城住房条件。没有仙风道骨，所谓平常心。赵玫说道："屋里极杂乱的。沙发上堆满各种书刊报纸信件；小桌上亦是极杂乱的，连茶杯也是要狠挤一挤才能放上去的。沙发的对面是一排暗影里的书架，书当然是阿城慢慢看过又丢进去的，而你身边，脚下，却堆满了羊头、羊角、画板，或者可称为艺术品的古玩。你动转不能，你于是只有头的左顾右盼，你后来终于发现，一个硕大无比的案台，伏案疾书或是疾画或是疾其它什么手艺，肯定就是在那个平板上的。"[3]"屋里极杂乱的"，

① 俞虹：《四十年的探求》，《电影锣鼓之世纪回声》，中国电影出版社 2007 年，第 117 页。

② 莫言：《我眼中的阿城》，https://www.douban.com/group/topic/34204700/。

③ 赵玫：《瞧！这个阿城》，https://www.douban.com/group/topic/8237823/。

"小桌上亦是极杂乱的",知其生活习惯。"书刊报纸",与阅读有关。"信件",与朋友、交往有关。"可称为艺术品的古玩",可见阿城对古玩的爱好。"硕大无比的案台",或与手工、绘画有关。2018年年初,笔者拜访阿城,所见与赵玫记述类似,屋里依然乱,亦有一个很大的案子,地上桌子上有各种古玩。可知,阿城的生活状态一直没有较大的调整。

阿城曾在中国图书进出口公司工作。马立诚回忆道:"又知道他在中国图书进出口总公司办的《世界图书》杂志作美术编辑。当时阿城岳父家在中国青年报社旁边,他常来这边走动;在胡同里领着几岁的儿子玩耍。儿子蹒跚捉虫,他坐在路边的圆木上抽烟晒太阳沉思。被汗水磨掉亮色的金边眼镜滑到鼻梁上,这个印象至今十分清晰。一天,他抱着儿子慢悠悠经过报社门口,正逢我从里边出来。他问我:'你在这里工作?'我说是。他说:'好大的衙门',就没话了。"[1]此为阿城闲居状态。弄儿、晒太阳,幸福闲适。评说中国青年报社是"好大的衙门",虽是闲言,也能见其态度。

1984年,《棋王》发表,旋即引发较大社会反响,阿城逐渐被"公共生活"包围。传说,前来见阿城者甚多,几天内喝掉四斤茶叶,一天要煮多次面。

1984年,杭州会议是"寻根文学"的重要会议。陈村回忆了当时的情景:"初识阿城在杭州的会上。他穿着合体的中式棉袄,坐我旁边喝酒,喝黄酒。那晚他有点兴奋,频频与人干杯,一杯杯地喝着,非常豪爽。我问他喝没喝过这东西,他说没有,说像汽水一样,好喝。我告诉他黄酒性子慢,也会坑人。阿城还是干杯,和为他'改错别字'的《棋王》责任编辑干杯。酒后,众人

---

[1]　马立诚:《奇人钟阿城》,https://www.douban.com/group/topic/1398282/。

纷纷离座，阿城走得更加飘逸。走着走着，双腿半蹲，两手搂着柱子转圈。我以为他又要出什么洋相。后来，果然出了洋相，人事不省地被李陀和郑万隆抬将上楼，抛在床上。第二天见他，已换去中式棉袄，穿着借来的洋装，另有一种派头。他再不喝黄酒。"[①]此为阿城趣事。阿城穿中式棉袄，给人仙风道骨之感；穿洋装，又能"另有一种派头"。可见阿城无可无不可，中西出入无间，自有风采。

1985 年阿城辞职，与芒克等办文化公司。朱伟说："阿城急匆匆地辞职，拉了一个什么文化公司的牌子，一会儿搞广告生意，一会儿好像要到什么地方去投资建个什么烧陶的窑。每日午夜是他的公司成员碰头的时间，于是写稿的事只能安排在碰头散席后烟气腾腾的冷清之中，交稿日期当然也就只能一拖再拖。找他，必须午夜碰头之时或早晨九点之前。我熬不得夜，每次选择早晨八点后登门，那门总是虚掩着，屋里烟气酒气臭气混杂在一起，床上总是蜷缩成的一团，从被窝里钻出来的声音总是：'讨债的鬼又来了？''还没到年底，你就讨得那么凶。'终于有一天，那堆被子倦倦地说：'债清了，桌上放着，你自便吧。'"[②]朱伟的回忆，能见昔年阿城"创业"艰难。一会儿搞这，一会儿搞那，可知公司没有基础业务。"每日午夜是他的公司成员碰头的时间"，辛苦可知，亦知阿城不以创作小说为志业。

阿城也谈及辞职办公司事："八四年夏天，中国已经开始经济改革，我和芒克去秦皇岛与人谈生意，以为可以赚点儿钱。芒克一到海边，就脱了鞋在沙滩上跑，玩了很久。芒克很漂亮，有俄国人的血统，我躺在沙滩上看着美诗人兴奋地跑来跑去，想，如

---

① 陈村：《阿城的传说》，http://www.sohu.com/a/125255287_488277。
② 朱伟：《接近阿城》，《钟山》1991 年第 3 期。

果我们能赚到钱的话，可能是老天爷一时糊涂了。"①阿城一直不处乎专业作家状态，文学上刚有起色，不乘胜追击，反而忽然转身，下海去也。专业作家容易局限自身经验，处小圈子，做宅男宅女，于世事懵懂不知，于人情未必详悉，这样格局之下的写作，难矣达乎上乘。

第四节　赴美

1987 年，阿城赴美。2000 年，归京。阿城用"以工养读"四字总结十三年旅美生活，他做各种"不用动脑子的工作"，包括刷墙等，有时间则读书。阿城在名气渐盛之际转身，从公共生活中退出，甘于寂寞。工作养身，读书养神。十余年，是其呼吸暗积阶段，是其调整知识结构阶段，是其寻找新的写作生长点阶段。阿城归国，写出《洛书河图》规模宏大的作品，当得益于居美的积累。

关于去国缘由，阿城说："我 1979 年才从农村回来，我出去十多年，而且是十几岁的时候出去，所以回北京以后没有社会关系。你知道在北京、在中国没有社会关系很难生活下去。一个人如果认识什么人，那是他的资源，可不认识关系的话，就跟哪个民工一样，一直到现在都是这个样子。那个时候正好发了《棋王》那些，到美国去参加一个国际写作计划，去了我发觉那边不需要关系。你不需要认识人，你只要做工，反而那边比北京好活。第二次开会再去的时候我就留下了。因为我在这边也没有单位，所

①　阿城：《威尼斯日记》，《阿城文集》之三，江苏凤凰文艺出版社 2016 年，第48—49 页。

以留下也没有问题，就离开了。"①十余年居乡下，回京生活千头万绪，因为"没关系"，肯定经常捉襟见肘，如同"民工"。彼时阿城恰辞职，办公司亦不成功，又有受益在身，于是选择留在美国。

朱伟回忆阿城去国前情况："他说我写小说就像是自己涨出来的水慢慢流下来，水流干了，自然就不写了。他说你说了一大圈，都说得有道理，也许我以后还会写，但现在是肯定不可能再写，你再让我写就是在逼我。他说我现在再写，只会是对自己的重复，什么事情都要见好就收，才不让人感觉腻烦。一件再好的事，只要重复干三次，肯定就毫无意思。他说，只有等我觉得不会重复的时候，我才能再写。那时候我才会有原来写小说的兴趣。"②临别之际，朋友之间，当吐真言。阿城写出"三王"等，几乎是家学、"旧书店"知识结构、插队多年经历、阅读、思考积累的总爆发，自然而然，水到渠成。可是，一旦水尽，依然强写，既害读者也害自己。阿城这些话对很多作家不啻"棒喝"。以写作为职业，恐为文学界、市场、读者忘记，一年一部长篇，动辄有集。所写小说水分太多，差不多成了笑话。所以多见文学界有黔驴技穷但依然笔耕不辍者，诚不知"知止"之诫。

谈及居美感受，阿城说："我在世界上走，到美国、到法国、到意大利、到日本等等，哦，原来世界上没变，常识还在。"又说："还高兴，因为发现常识还在，比如说最基本的信用，比如助人。你知道在美国经常碰到有人来问：要帮忙吗？这个中国原来就有，'要搭把手不？''不用，谢谢了，您忙您的'，到'文革'，尤其是到现在，没有了，以前有啊！这是最起码的教养啊！搞来

---

① 阿城：《大家对我有误解》，《阿城文集》之七，江苏凤凰文艺出版社 2016 年，第 337 页。
② 朱伟：《接近阿城》，《钟山》1991 年第 3 期。

搞去半个世纪了，我们还没到起点！还在向基准迈进。连这个都没到，咱们就什么都别提了。……另外，我从小就被推到边缘，习惯了不在主流。八四年发了小说之后，公共生活围过来，感觉像做贼的被人撒网网住了，而且网越收越紧了。到了美国才知道，边缘是正常的啊！没人理你是正常的啊！大家都尊重对方的隐私，这是个常识啊！所以在外国我反而心里踏实了。"[1]又说："我很踏实了嘛，安心了。你只需要跟人家说真话，你做什么不做什么都很安心嘛。不会想到什么建功立业，或者什么打入主流社会。在美国要进入主流的中国人，在中国就是主流里的人。你在中国即使处于边缘，还是有不安全感，出去反而有安全感，而且马上就感受到。……只要你按照久违了的常识去做，你就不会出错。安心。所以，我等于出去休息了十几年。能休息就挺好的。"[2]经过"文革"，"四旧"荡然，传统教养亦被污名化，"最起码的教养"丧失。阿城在美国发现了中国，发现了美国有古代中国优良的品质、品德。在中国，阿城本即居边缘，惟《棋王》等发表后一度处风口浪尖，居美复处边缘，反觉得踏实。"休息了十几年"，做工，读书，再深入认识自己，调整思想，逐渐想通很多问题，气象日益恢弘。

在美国的读书情况，阿城说："我是逢旧书店就进去一下，为的是旧书便宜，陆陆续续买了不少。有些书的扉页上玛丽们写着'这本书对你很重要'，大概是彼得们认为不重要，卖掉了。洛杉矶有几家中文书店。店里有些卖不出去的书，就会归置到一

---

① 阿城：《与查建英对谈》，《阿城文集》之七，江苏凤凰文艺出版社 2016 年，第 207—208 页。

② 阿城：《与查建英对谈》，《阿城文集》之七，江苏凤凰文艺出版社 2016 年，第 208 页。

处，插个牌子，写明的价格低到你忍不住要检视一番，无非是再次证明没有人买。当然有漏网之鱼，端看网是什么网，鱼是什么鱼。"①阿城小时候就喜欢在旧书店游荡，这个习惯一直保持到美国。既可以淘书，又可以观察美国人读什么书。又说："当然还有图书馆。我在国内是没有资格借到某些书的，你如果不是教授，不是副教授，不是研究员，不是什么几级干部，那你是借不到某些书的。突然出国了，那里的图书馆是服务性的。那些图书馆不在于它藏多少书，业绩在于哪怕只有一本书，却借出过一千次。我们是藏了一千万本书，就不给你看！所以，在国外趁这个机会赶紧看书。为看书开车跑来跑去，有个时候老要跑旧金山UC Berkeley 东方语文系，那里有许多赵元任在的时候购进的书，陈世骧先生去世后，他的藏书也捐到那里。有意思的是，发现好多书我已经在旧书店里看过了，很亲切，跟我少年的记忆连上了。或者有的书呢，把以前看过的残破本看完整了。"②美国的图书馆对阿城有很大的帮助，他读完很多想看而找不到的书，看完很多以前看过的残本。阿城毕竟是读书人，"为看书开车跑来跑去"，用功甚勤，求学心笃。

关于阿城在美国的写作情况，何立伟曾见证："我今年六月访美，在他那里小住四天。我睡了，他开始写作。我在他的电脑轻轻的嗡嗡声里眠去。我醒来，他刚睡熟，桌子上是他完讫的可以见出印刷效果来的文章，《意大利皮萨》，俨然以一学者口吻，考证风行美国的意大利煎饼（皮萨），馅何以敷衍在上面而不夹于其

<hr>

① 阿城：《轻易绕不过去》，《阿城文集》之七，江苏凤凰文艺出版社 2016 年，第 134 页。

② 阿城：《与查建英对谈》，《阿城文集》之七，江苏凤凰文艺出版社 2016 年，第 209—210 页。

中，原来是马可·波罗同志忘了元朝皇帝教给他的中国北方馅饼的制法，而草草从事，以致谬种流传，时至今日。这自然是阿城给世界上可爱的人民开的一个更加可爱的玩笑。这也正是上面提及的他给朋友帮忙应急的幽默文字。"[1] 夜里写作，上午睡觉，与鲁迅一个习惯。俨然学者口吻，引经据典，反复考证，却以小说笔法写出，故趣味横生。后来的《洛书河图》亦是如此笔法。

第五节　归国

阿城说："九八年的时候开始来来往往，主要在上海，我妹妹在上海。大概是二〇〇〇年之后吧，刘小淀帮助我，就基本在北京了。"[2]

阿城回北京之后，依然未进入体制，还是自由职业者。他深居简出，偶尔露面。他夜里工作，"早晨从中午开始"。他做各种"杂事"，电影、策划、讲课、做研究等。或将重释《论语》《老子》等——余闻诸阿城。

2016 年，阿城出版《洛书河图：文明的造型探源》，后文将详论。

---

① 何立伟：《关于阿城》，https://www.douban.com/group/topic/4005448/。
② 阿城：《与查建英对谈》，《阿城文集》之七，江苏凤凰文艺出版社 2016 年，第206 页。

第二章　阿城的知识结构

　　阿城处乎"新社会"和"旧社会"缝隙。他本是红色知识分子家庭子弟，是新社会的"当权派"，站在具有文化领导权一方。可是，其父亲一旦被"打倒"，他迅速被边缘化，游荡在旧书店，插队在农村。这些地方固已历社会主义改造，但毕竟与"旧社会"有千丝万缕联系，难以改造彻底，故难免受到熏染，所以阿城"沾染"了"旧社会""习气"。阿城形成奇特文化景观。他是"新社会"人，却有着"旧社会"品位和格调；他本应是"新社会"文艺工作者，却似"旧社会"文人。

　　所以，对于左派的知识结构、品位，阿城未必以为然。对于左派人物，阿城未必能够相与。阿城曾与陈映真有过不愉快的交流："我记得陈映真问我作为一个知识分子怎么看人民，也就是工人农民？这正是我七十年代在乡下想过的问题，所以随口就说，我就是人民，我就是农民啊。陈映真不说话，我觉得气氛尴尬，就离开了。当时在场的朋友后来告诉我，我离开后陈映真大怒。"[1] 陈映真在台湾扛起"新文学"大旗，以启蒙民众为己任，虽经牢狱之灾，依然立场坚定。阿城甘以农民自居，陈之"大

---

[1]　阿城：《与查建英对谈》，《阿城文集》之七，江苏凤凰文艺出版社 2016 年，第 163 页。

怒"，固在意料之中。

第一节　旧书店培养出来的知识结构

父亲落难，在外地接受改造。故在阿城的成长过程中，父亲是缺席的，他没有受到父亲左翼思想的影响，没有被其父亲培养出左翼知识结构和品位。母亲须照料大家庭，要为衣食奔波，未必有太多时间管束阿城。在学校，又为老师和同学排斥。学校是时代知识结构重镇，但学校对阿城的影响亦甚微弱。

于是，阿城就有了四处游荡的时间和机会。在游荡过程中，阿城逐渐看到与其日常经验不同的世俗景象，感受到与革命文化不同的文化，读到与家庭藏书和新华书店不同的图书。眼界不复在一种文化中，于是有了参照坐标，逐渐意识到世界的复杂和丰富。

阿城自述："使我的观念或者经验起到非常大的转弯的、震荡性的东西，第一次是我到出身资本家、一九四九年前是中产阶级的同学家，之后是七十年代到农村。"[1]"非常大的转弯的、震荡性的东西"，可见这些景象给予阿城巨大的冲击力。"转弯"言由一条路而走入另一条路，"震荡"言由以为天经地义而发生怀疑。阿城又说："说实在宣武区有点儿像南方了，商店多，饭馆儿多，戏园子多，娼妓多，灯红酒绿。我这个同学的家就是这样适合人居住的小四合院儿，他的母亲大概是民国时名气不大，但是在地区上有点名气的一个明星。他给我看他母亲和他父亲的一些照片

---

[1]　阿城：《与查建英对谈》，《阿城文集》之七，江苏凤凰文艺出版社 2016 年，第 225—226 页。

发在当时那种蓝油墨印的杂志上，他母亲拿个花儿啊什么的。他家里中式的西式的小玩意儿特别多。于是你看到一种生活形态，四九年后这个生活形态因逐次运动而消失，现在又成了时髦了。还记得有一个同学也是邀我到他家去看他发现的他父母的照片。是他父母在美国留学拍的裸体照片，天体的。"[1] 宣武区是世俗的景象。阿城父亲是延安出来的文艺干部，想来是严肃的、保守的、刻板的，对于资产阶级的生活方式、情调是排斥的、革除的。阿城的家庭日常生活，想来应是其父亲格调主导下的生活氛围。阿城骤见"拿个花儿啊什么的""西式的小玩意儿""裸体照片"等，这另"一种生活形态"与他的家庭日常及1949年之后的日常生活不尽相同，故对其触动很大，始知生活可以有另外的形态。

　　阿城盘桓旧书店久之，心态逐渐发生变化，知识结构亦悄然改变。阿城说："我习惯没有尊严，歪打误撞，另一方面，对我来说，回家就是你可以有自己的时间了。大家都上那个锣鼓喧天的地方去了，那你就得自己策划了，那我上哪儿去? 你被边缘化，反而是你有了时间。那时我家在宣武门里，上的小学中学也在宣武门里，琉璃厂就在宣武门外，一溜烟儿就去了。琉璃厂的画店、旧书铺、古玩店很集中，几乎是免费的博物馆。店里的伙计，后来叫服务员，对我很好，也不是我有什么特殊，老规矩就是那样儿，老北京的铺子都是那样儿。所以其实应该说他们对我没有什么不好，对我来说，没有什么不好就是很好了。我在那里学了不少东西，乱七八糟的，看了不少书。我的启蒙是那里。你的知识是从这儿来的，而不是从课堂上，从那个每学期发的课本。这样就开始有了不一样的知识结构了，和你同班同学不一样，和

① 阿城:《与查建英对谈》,《阿城文集》之七, 江苏凤凰文艺出版社 2016 年, 第173—174 页。

你的同代人不一样，最后是和正统的知识结构不一样了。知识结构会决定你。"[①] 又说："有时还不在于你是一个画画的，我是搞音乐的，他是搞理工的，大体上来说，你如果是共和国时代，好比是说六五年，或者七二年的，虽然搞的是不同的艺术语言，但知识结构是一致的。后来，你发现不但知识结构起了变化，连情感模式都一样了。情感本来应该是有点个性的，可一看，都是一个情感模式。"[②] 又说："我的知识结构可能跟一个九十岁的人一致，或者和一个二十岁的人一样，我们谈起话来就没有障碍，没有沟。但是我跟我的同龄人，反而有沟，我们可是年龄上的一代人啊！"[③]

阿城没有资格去"锣鼓喧天"的地方，于是游荡在琉璃厂这个"免费的博物馆"，看各类古玩和各种旧书，学到各种杂知识，逐渐知识结构与同代人不同，甚至与时代不同。"知识结构会决定你"，甚至也决定了情感模式。为何而喜怒哀乐？并非完全自然，亦与知识结构决定下的情感模式有关。阿城说，北岛喝得差不多时就唱《东方红》，朗诵"天是黑沉沉的天，地是黑沉沉的地"。醉酒后言行举止，是潜意识迸发，是情感模式自然流露。代沟缘何而成？根本原因在于知识结构不同。知识结构类同，无代沟，可做忘年交；知识结构差别大，有代沟。笔者是晚辈，阅读阿城觉无障碍，与阿城见面聊天亦觉无代沟，盖亦因知识结构近似。今动辄言"代沟"，盖因社会变化太快，不同年龄阶段者知识结构

---

① 阿城：《与查建英对谈》，《阿城文集》之七，江苏凤凰文艺出版社 2016 年，第 168 页。

② 阿城：《与查建英对谈》，《阿城文集》之七，江苏凤凰文艺出版社 2016 年，第 171 页。

③ 阿城：《与查建英对谈》，《阿城文集》之七，江苏凤凰文艺出版社 2016 年，第 170 页。

不同致之。①若有经典可以一之，任时间飞逝，虽百世可知也。有何代沟？

阿城又说："我永远要感谢的是旧书店。小时候见到的新中国淘汰的书真是多，古今中外都有，便宜，但还是没有一本买得起，就站着看。我想我的启蒙，是在旧书店完成的，后来与人聊天，逐渐意识到我与我的同龄人的文化构成不一样了。"②当时去旧书店是不得已，现在回顾对于旧书店是"感谢"。人生的路大多不是规划而成，大都歪打正着。张文江区分"渔人之路"与"问津者之路"，渔人"缘溪行，忘路之远近"，走着走着就进入"桃花源"。问津者虽处处志之，则未必能够到达"桃花源"。③今天我来写阿城，亦不可执着。阿城是缘溪行，忘路之远近，走进桃花源；我的写作则好比处处志之，或未必可以进入桃花源。不若，我知其行迹，但是走自己的路，解决自己的问题，调整自己的状态，或许某天可以与阿城相见于桃花源。阿城又说："琉璃厂，是我的文化构成里非常重要的部份，我后来总不喜欢工农兵文艺，与琉璃厂有关。我去琉璃厂的时候，已是公私合营之后的时代，店里的人算是国家干部职工，可是还残存着不少气氛。"④琉璃厂、旧书店，有旧书、老物件、老规矩，日受其熏染，这里既是阿城托庇之地，也成了其启蒙之所。"工农兵文艺"是 1949 年之后基本文艺政策，但阿城与此格格不入。阿城作《遍地风流》等，

① 譬如维新变法时，康有为被攻击为"其貌为孔，其心实夷"，被攻击为激进。"五四"之时，康有为反而被攻击为保守。前后不过二十多年，社会变化之快由此可见。

② 阿城：《遍地风流·自序》，《阿城文集》之二，江苏凤凰文艺出版社 2016 年，第 2 页。

③ 张文江：《渔人之路和问津者之路》，复旦大学出版社 2006 年，第 134—136 页。

④ 阿城：《古董》，《阿城文集》之六，江苏凤凰文艺出版社 2016 年，第 379 页。

写工农兵人物，但关注的是传奇性，故迥异于时人笔下工农兵形象。

新华书店是新中国知识结构的宣传端、传输端和控制端。新华书店创立于 1937 年，"作为解放区文学生产制度的一个组成部分，解放区文学的出版体制是以新华书店为中心建立起来的。新华书店的建立不仅从文学生产制度层面规范了解放区文学的出版体制，而且也从意识形态的传播层面统一了解放区文学的政策观念"①。新华书店关乎时代知识结构的屏蔽和建构，其销售的书经过拣选，有的被屏蔽，有的被推到了前台。旧书店是复杂知识场，林林总总，既有新时代的书，也有旧社会的书，既有中国的图书，也有国外的图书，既有新华书店流通体系用旧了的图书，也隐藏许多不在新华书店体系中的图书。因此旧书店也是被管控的场域，阿城回忆说："你一步一步看到：什么时候，有几本书没有了。然后你会跟那个店员说：那本书怎么没有了？他就说：收了，不让摆了。一次一次思想运动嘛。逐渐淘汰，真的是一直淘汰到一九六五年底的时候，就几乎全没了。"②在旧书店养成的知识结构，是时代边缘知识结构，固与时人不同。但旧书店形成的知识结构也不成体系，没有章法，东一本西一本，这个领域有，那个领域也有。阿城在其中完成知识启蒙，故知识结构驳杂，用庄子的话可谓"一年而野"状态。

阿城之所以反复讲"旧书店"，或觉兹事体大，不可不辨。阿城在政治上被边缘化，不能参与"广场"的活动，不能在时代的

① 郭国昌：《新华书店与解放区文学出版体制的形成》，《中国现代文学研究丛刊》2010 年第 2 期。

② 阿城：《与查建英对谈》，《阿城文集》之七，江苏凤凰文艺出版社 2016 年，第 168—169 页。

主流话语中获得知识。幸耶？不幸耶？游荡在旧书店，知识结构逐渐于时代边缘。时移势易，边缘于时代的知识结构，或只一时边缘。今天依然处于"三千年未有之大变局"，中西问题、古今问题交织，形势复杂。单一的流行知识结构缺陷愈加明显，难以应对时代现实问题，亟须找到中西、古今的"中点"。旧书店使阿城稍窥历史和传统，这在其后的创作中呈现出来。之后，他逐渐循此路走向深远，欲探中华文明之源。

第二节　阿城所谈之书

　　考察一个人的知识结构，莫若观他读过的书。阿城说："我向来读书杂，杂到让人看不起的地步，杂到墓志铭上可以写'读书杂芜，不足为训'。"[①] 杂到什么程度？基因领域的书都读得津津有味："我对基因有兴趣，大概从小学五六年级开始。"[②] "杂到让人看不起的地步"，确有人批评阿城："他所有的写作都是可以归于常识写作，他很想寻找到一种杂糅各种领域，打通知识的常识性写作，但是他显然不具备一个学者型写作的心灵归纳能力，他所能借助的就是从各种领域中最为普通和肤浅的概念，然后用这种可笑的常识来解读他不熟悉的领域。"[③] "墓志铭"云云，虽是玩笑话，但可谓自我"盖棺论定"。为何杂芜？因为阿城的思考和写作

---

① 阿城：《攻击与人性之三》，《阿城文集》之四，江苏凤凰文艺出版社 2016 年，第 99 页。

② 阿城：《再见篇》，《阿城文集》之四，江苏凤凰文艺出版社 2016 年，第 153—154 页。

③ 《文坛为何推崇一辈子只写了几篇小说，总是爱开各种讲座的作家阿城？》，https://baijiahao.baidu.com/s?id=1570623827146300&wfr=spider&for=pc。

涉及各个门类和学科。①"不足为训"，实则是骄傲之意。

　　七卷本《阿城文集》是阿城知识结构的直接体现，梳理阿城在作品中提到哪些书，依此分析其知识结构，虽未必中，亦不远矣。

　　《棋王》提到：杰克·伦敦《热爱生命》。巴尔扎克《邦斯舅舅》。曹操《短歌行》。倪瓒。

　　《树王》提到：《列宁选集》《干部必读》《资本论》《马恩选集》《毛主席语录》《林副主席语录》。庖丁解牛。《水浒》。

　　《孩子王》提到：《新华字典》。

　　《杂色》提到：《红楼梦》。

　　《你这名字怎么念》提到：《英汉小辞典》。朱天文《恋恋风尘》。钱钟书《管锥编》。斯文·赫定《亚洲腹地旅行记》。

　　《威尼斯日记》提到：庄子。老子。孔子。威尔第《弄臣》。崔令钦《教坊记》。《金瓶梅》《红楼梦》《牡丹亭》《茶经》。黄慎。《旧唐书·音乐志》《水浒》《文房小说》。卡尔维诺《看不见的城市》《如果在冬夜，一个旅人》。黄仁宇《万历十五年》。苏童《米》《妻妾成群》。《战争与和平》。王安忆《小城之恋》《岗上的世纪》《米尼》。《扬州画舫录》《父与子》《神曲》。

　　《常识与通识》提到：鲁迅。《招魂》《礼记·内则》。韩少功《爸爸爸》。劳伦斯《儿子与情人》。《虫鸣漫录》《麦迪逊之桥》。王安忆《长恨歌》。《前世今生——生命轮回的前世疗法》《寻觅布莱德伊·莫非》《脱离时间的心智》《毛德女伯爵》《催眠：事实与虚构》《暗恋桃花源》。普鲁斯特《追忆似水年华》。赵树理《小二黑结婚》。《不怕鬼的故事》《聊斋志异》《阅微草堂笔记》。汪

---

① 　中国的"知识结构"有几次大变化。《汉书·艺文志》有"九流十家"系统；《隋书·经籍志》有经史子集系统，《四库全书》因之。民国以来，知识结构系统又变，遂有今之文史哲等分科。

曾祺。刘炽昌《客窗闲话》。俞樾《右台仙馆笔记》。梁恭辰《池上草堂笔记》。《论语》《孔子家语》《子不语》《伊利亚特》《奥迪赛》《封神榜》《天问》《尚书》。董仲舒。《史记》。李庆辰《醉茶志怪》。《攻击与人性》(对于此书,阿城大谈特谈)。《汤姆·潘恩》《常识》《诗经》《赵氏孤儿》。金庸。沙林杰《麦田捕手》。《浮生六记》《银元时代生活史》。徐迟《哥德巴赫猜想》。林琴南译《茶花女》。鲁迅《野草》。福柯。苏斯金《香水》《飘》《尤利西斯》。道金斯《自私的基因》《伊甸园外的生命长河》。

《与周勤如对谈》提到:柯勒惠支。李桦。古元。麦绥莱斯。铃木大拙。《碧岩录》。

《与姜文对谈》提到:《追忆似水年华》《香水》。朱天心《匈牙利的水》。王朔《动物凶猛》《看上去很美》。《尚书》。卡夫卡《变形记》《城堡》《审判》。

《与孙晓云对谈》提到:孔子。董其昌。王羲之。朱复戡。薛福成。《汉书》《世说新语》。

《与倪军对谈》提到:利玛窦。刘小枫。张承志。斯宾诺莎。马克思。柏格森。维特根斯坦。罗素。海德格尔。萨特。茨威格。海涅。诺曼·梅勒。辛格。亨利·米勒。格林伯格《前卫与媚俗》。《塔木德》《礼记》。

《与洪晃对谈》提到:子贡。

《与马延红、刘小东对谈》提到:温葆《四个姑娘》。喻红《目击成长》。陈丹青《西藏组画》。贝克。《红楼梦》。

《闲话闲说》提到的人与书密集,颇能见其知识结构和品位:罗兰·巴特《S/Z》。《废都》。齐白石。鲁迅。老子。庄子。孔子。孟子。耶稣。释迦牟尼。《美的历程》。张光直。《封神演义》《南齐书》《禅苑清规》《受戒》。星云法师。《大藏经》。禅宗。胡适。李清照。赵明诚。徐光启。李之藻。《汉语外来词词典》。陈寅恪《唐代政治史述论稿》。段成式《西阳杂俎》。《教坊记》《诗经》《礼记》《左传》《史记》。黄仁宇《万历十五年》。陈公博《苦笑录》。《陶庵梦忆》。王世襄。王利器《元明清三代禁毁小说戏曲史料》。《皇帝的新衣》《汉书·艺文志》《战国策》《聊斋志异》《太平广记》《武林旧事》。王蒙《粥的故事》。《西厢记》《三国演义》《水浒传》《西游记》《金瓶梅词话》。"三言""二拍"。《东周列国志》《杨家将》《肉蒲团》《灯草和尚》《浪史》《山歌》。徐文长《四声猿》《歌代啸》。金圣叹。张爱玲。周作人《北平的好坏》。《老残游记》。鸳鸯蝴蝶派。平江不肖生《江湖奇侠传》。还珠楼主《蜀山剑侠传》。张春帆《九尾龟》《摩登淫女》。王小逸《夜来香》。徐卓呆《何必当初》。蔡东藩《前汉通俗演义》到《民国通俗演义》。许啸天《清宫十三朝演义》。《御香缥缈录》。程小青《霍桑探案》。魏绍昌《鸳鸯蝴蝶派研究资料》。郭沫若。刘索拉《你别无选择》《蓝天绿海》。徐振亚《玉梨魂》。《麦田守望者》。鲁迅译果戈理《死魂灵》。《圣经》《围城》。周策纵《五四运动史》。《曹汝霖一生之回忆》。范烟桥《中国小说史》。《在延安文艺座谈会上的讲话》。赵树理《李有才板话》《孟祥英》《小二黑结婚》《罗汉钱》《地板》。《新儿女英雄传》《高玉宝》《平原游击队》《铁道游击队》《敌后武工队》《烈火金钢》《红岩》《苦菜花》《迎春花》《林海雪原》《欧阳海之歌》《金光大道》《青春之歌》《三家巷》《苦斗》《摩罗诗力说》《十日谈》《堂吉诃德》。沈雁冰。沈从文。钱钟书。贾平凹《商州初录》《太白》《浮躁》《废都》。朱天文《淡江记》《世纪末的华丽》。冯骥才《神鞭》。梁启超。刘震云《塔铺》。《官场现形记》。何立伟。李锐。刘恒。叶兆言《悬挂的绿苹果》。王朔《动物凶猛》。王安忆《小鲍庄》《小城之恋》《米

34

尼》《岗上的世纪》。苏童《妻妾成群》《狂奔》《妇女生活》《红粉》《米》。李昂《迷园》。张大春。朱天心。《曼哈顿的女人》。

《要文化不要武化》提及：王朔。侯孝贤。《世说新语》《万历十五年》。孔子。

《时间有点长》提及：《历史时间表》《中外历史年表》。

《文化制约着人类》提及：《庄子》《查泰莱夫人的情人》《金瓶梅》。

《心道合一》提及：亚斯贝斯《历史的起源与目标》。苏格拉底。柏拉图。亚里士多德。释迦牟尼。孔子。老子。庄子。荣格。《唐子西文录》。

《乐乐画画》提到：《石头记》《桃花扇》。

《路的魅力》提及：斯坦因。

《活的楚文化》提到：《九歌》。

《〈中国现代小说选〉意大利文版序》介绍当代作家汪曾祺、木心、史铁生、魏志远、何立伟、马原、苏童、余华、朱天文等人作品。

《金瓶梅词话》专论此书。

《海上文存》介绍陈存仁《银元时代生活史》。

《关于钱德勒》讨论钱德勒。

《轻易绕不过去》讨论李冬辰。

《与查建英对谈》提及：根子《三月的末日》。食指《鱼群三部曲》。萨特。福柯。陈映真。孔子。乔伊斯《尤利西斯》。刘索拉《你别无选择》。莫言《透明的红萝卜》《白狗秋千架》。《诗经》《论语》《道德经》。梅志《往事如烟》。高尔泰《寻找家园》。张承志《北方的河》。庞德。艾略特。张光直《中国青铜时代》。《离骚》。维科《新科学》。绿原。赵树理。

《与陈村对谈》提到：《十日谈》《阿诗玛》《格萨尔王》。

《洛书河图：文明的造型探源》提及：唐诺《文字的故事》。洛书。河图。朱熹《周易本义》《中国青铜器全集》《中国青铜时代》《洛神赋》《尚书》《论语》《管子》《礼记》《周易》《黔西北彝族美术——那史·彝文古籍插图》。王应麟《困学纪闻》。严遵。《宋史》。赵扐谦《六书本义》。袁桷《易三图序》。饶宗颐。李零《中国方术正考》《中国方术续考》。冯时《中国天文考古学》。《山海经》。王国维《殷周制度论》《三代地理小记》《说商》《说亳》《人间词话》。《史记·封禅书》《诗经》《宣和博古图》。邵博《闻见后录》。吕大临《考古图》。《左传》《吕氏春秋》。李泽厚《美的历程》。罗振玉《甬庐日札》。《九歌》。《老子》。《庄子》。《孟子》《荀子》。亚斯贝斯。贺麟《存在主义哲学》。荣格。萨特。《韩非子》《帛书老子校注》《竹书纪年》《穆天子传》《中国文明的形成》。辛立国《中国东海2万年来海平面变化分析》。《中国文明起源新探》《古事记》。

先要声明，此是不完全统计。以上所列并非阿城全部文章，其中鲜及阿城讨论电影和艺术方面文章，因后文将专论，故兹不述。经统计的文章，亦未必全部列出阿城所提到的人与书。虽然如此，通过这份书单，大致可以研究阿城思想结构。

阿城读书确实很杂。范围涉及中西与古今。学科涉及很多领域，譬如包括《中国东海2万年来海平面变化分析》《黔西北彝族美术——那史·彝文古籍插图》等偏门文章。有人甚至看到，阿城阅读《中国古代气候研究》——"发现在我所能知道的知识里，他每一块都没有放过，我注意到的东西，显然他花的时间和了解深度远远超过我。比如谈中国古代气候对中国历史的影响，比如游牧民族的南下和农民起义。"①《洛书河图》就知识结构之"杂"而言，可谓阿城集大成之作，涉及数类学科。这样的知识结构，独步文坛。

阿城读书主要在集部。他谈及古今中外文学作品，譬如《石头记》《桃花扇》《热爱生命》《邦斯舅舅》等，但以中国为主。阿城尤于笔记小说有体会，观《闲话闲说》《常识与通识》可知，很多例子信手拈来。熟知《聊斋志异》《阅微草堂笔记》固不足异，但于《客窗闲话》《右台仙馆笔记》《池上草堂笔记》等能了如指掌，可见曾下过不少功夫。即此一点，知阿城与同时代作家知识结构具有重大差异。其同龄大多数作家，或在"新文学"格局之内，或在西方现代派视野之中。阿城的文学知识结构则扎根于中国集部。他虽于文学不以为然，虽写出《洛书河图》皇皇大作，但阿城总体格局是集部之学，此亦见其局限。

经部，似无深究。能见阿城大思考、大判断者，譬如《心道合一》，讨论了对轴心时代的理解，对于孔子、老子、庄子的定位，于其观点，后文有专论，此不赘述。《洛书河图》最能见出阿城大格局、大视野、大志向，此书前半部分研究洛书河图，后半部分讨论孔子等意义，后文详论，此亦不赘。

史部，似亦较弱。提及《史记》《汉书》《宋史》等，未见令人耳目一新的论断。

西学，有所涉猎。阿城谈及古希腊柏拉图、亚里士多德等，对他们亦有大判断，但具体观点似可商榷。西方又多提及现当代哲学家，言萨特、亚斯贝斯、海德格尔等，似亦不能言其价值和意义。

---

① 黄章晋：《阿城：一个经得起时间考验的作家》，http://n.cztv.com/news/12099552.html。

佛学禅宗，有较深体会。提及对释迦牟尼的定位，言及《碧岩录》，马立诚尝见其阅读《五灯会元》①等。阿城论禅宗强调"状态"："因为禅宗第一是说出不能说出来的，第二你看到之后，如果变成了你自己的状态，这就完了。就不必说禅了。老说禅的那个吧，那就不是禅。那是卖假药的。他给你一种进入状态的方法或是契机。……说得非常浅显的，《棋王》就是公案。"②时隔近三十年，阿城依然持类似观念："原来，那么多来问如何是禅、如何是祖师西来意的人，都是带着自己的状态来的，禅师根据他们不同的状态给以不同的启发，没有一句顶一万句的。对于那些从开始就进入错误状态的，不废话，一棒子打回去，所谓棒喝，打回原形，让你回到最初的状态，从头走。所以禅师是体察他人状态入微者。"③可谓妙解。将《棋王》比作"公案"，甚至"阿城说，其实蜂拥而至的对他的各种评论都是扯淡。其实我写的都是公案"④，可见浸染禅宗之深。

时人作品所占比重非常大，且主要集中于文学、美术、电影、音乐等领域。中国当代著名作家、艺术家、导演等多有论及，后文详言，此不展开。因毕竟生活在这个时代，耳濡目染。且读书往往从当代人始，逐渐上溯，尚友古之人。阅读、比较、讨论同代人频繁，因存在砥砺鼓励竞争等关系。

---

① 马立诚：《奇人钟阿城》，《中华读书报》2002 年 7 月 3 日。
② 李欧梵、李陀、高行健、阿城：《文学：海外与中国》，《文学自由谈》1986 年第 6 期。
③ 阿城：《洛书河图：文明的造型探源》，中华书局 2014 年，第 142 页。
④ 朱伟：《接近阿城》，《钟山》1991 年第 3 期。

第三节　阿城读书法

君子不器。阿城没有专业的局限，阅读使其保持了开放状态，他是通人的状态。可以研究阿城读书法，看他如何阅读。

关于读什么，阿城说："现代的专业分工概念，让人以为小说家必然读小说，这就死掉了，因为小说不是由小说产生出来的，正如艺术不是由艺术产生出来的。我其实什么都看，包括报纸上的分类广告、寻人启事之类。寻人启事描写要找的人长什么样子，阅读的过程里可以想象。又譬如卖东西的广告，至少会描述是什么。这些都是很好的起点。我前次来台湾，特别注意到报纸的分类广告版，其中有求职、装修的广告，或也有色情广告等，每种的文字表述都不太一样。"[①]又说："我看原料，第一手材料，比如社会新闻，文学不是从文学中产生出来的，这样最后变成一个痴呆儿。近亲结婚永远是痴呆儿。"[②]

"小说家必然读小说，这就死掉了"，"因为小说不是由小说产生出来的，正如艺术不是由艺术产生出来的"，"文学不是从文学中产生出来的，这样最后变成一个痴呆儿"，真是醍醐灌顶之论。变化陆游"汝果欲学诗，功夫在诗外"之句，可将阿城的话译为"汝果欲学作小说，功夫在小说之外"。很多小说之所以格局不大、品质不高，原因或是读小说太多，小说之外功夫太少。阿城之论，似是慢功夫，其实慢就是快；似是笨功夫，其实笨才是巧。"我其

---

① 阿城：《我最感兴趣的永远是常识》，《阿城文集》之七，江苏凤凰文艺出版社2016年，第331页。
② 阿城：《拍好商业电影是很难的》，《阿城文集》之六，江苏凤凰文艺出版社2016年，第195页。

实什么都看"，《学记》"不学博依，不能安诗"之谓。博观，明白象与象之间的区别与联系，始可言诗矣。"我看原料，第一手材料"，把握源头，由源而流；好比观风，其中信息颇多。

关于怎么读，阿城强调"素读"和"对角线阅读"。"先不要判断好书坏书，先什么都看，你才会有一个自己的结果，必须要有这样一个过程。中国传统有一种读书方法，叫'素读'，就是看书的时候不带自己的观点看，脑子空白地看，看它说什么，完了再用自己积累的东西跟它有一个思想上的对谈。中国自从旧传统切断之后，就没有素读了。才看一眼、一段，'这写得不对啊'，就开始批判。现在网上那些吵架，一看就知道，他都不知道人家在说什么。书应该是越看越少。人生有限，你要不提高效率的话，读的书一定少。对角线阅读，譬如这一页，你头里选个词，中间选个词，斜下角再选一个，对这一页的信息就基本有个判断，如果是知道的，那就翻过去了。还有大量的形容词、修饰语，也都翻过去嘛。那些你没读过的信息会自动跳出来，也许这本书读完只有一句话。甘阳就有这个本事，几卷本他能提炼出一句最精的话给你。我为什么说知识结构和文化构成要越开阔越好？你如果只有那么一小块，看什么都'啊，好新鲜'，那你是抓不着东西的。开阔之后，当下就能判断，这是不是新的。"[①]

素读，不带偏见，不看注释，不看导读，不看研究著作，直接读原文。素读有利有弊，一般图书固可如此，因不必看注释；经典著作不可，经典深矣远矣，圣更多、时历久，素读恐不解其意，反增我见我慢。于经典，始之当深入研究历代经典注本，以为指引，求微言大义。经典的经典注本，亦是彼时精神之浓缩，

---

① 阿城：《要文化不要武化》，《阿城文集》之六，江苏凤凰文艺出版社 2016 年，第 17—18 页。

故因经典注本可明时代之变。终之，可由博返约，弃去注本，素读之。但如此须以阅读大量经典注本为前提，不可轻易言之，否则就是狂禅。

对角线阅读，可见阿城功夫。因为积累深厚，故可如此。一般的书，"对角线"阅读，瞟一眼，取应所取，即可弃掉。诸葛亮"读书但观大略"，陶渊明"好读书，不求甚解"，皆不斤斤于词句。今人甘阳亦有此风采，笔者亦尝听师友论甘阳读书事。今人读书讲"文本细读"，一般图书也读了又读，细了又细，虽至于成诵，有何益处？阿城说到："1981 年，李泽厚先生出版了他的美学著作《美的历程》，轰动一时，而且影响持续到今天。凡对美学有兴趣的年轻人没有不读的，有人甚至能大段背诵。"[1] 大段背诵《美的历程》，可见无所用心。还是当用力于经典，反复阅读，细细阅读，年复一年地读。有经典打底，于经典有体会，一般图书"对角线"阅读一下，可矣。读书快，才能读书多；读书多，才能博观；博观，所以开阔；开阔，才知"太阳底下无新鲜事"。

---

[1]　阿城：《洛书河图：文明的造型探源》，中华书局 2014 年，第 121 页。

第三章　阿城师友结构

师者，传道授业解惑者也。如欲窥见"宗庙之美、百官之富"，须有师接引。"嘤其鸣矣，求其友声"，朋友是求道过程中互相砥砺者。师友结构是一个人内心境界的显现，故观师友结构，其人大体可知。

阿城读书杂，跨界多，所以很多人说"我的朋友钟阿城"。为广见阿城形象，言"我的朋友"者取以宽；为见阿城之独特见识，阿城的朋友则取以窄。

第一节　所师

阿城无常师。艰难困苦玉之而成。旧书店影响了其知识结构。走南闯北，广其见闻。也有一些重要人物对阿城产生深刻影响，故称之为师。

钟惦棐是阿城的父亲，亦其人生老师。

家学源于钟惦棐。阿城读《庄子》，缘起钟惦棐。阿城曾对笔者说，钟惦棐曾向王利器请教应读《庄子》哪个版本。王答曰，读我的，又说可读《南华经》。所以，钟家有《南华经》。阿城少时读此书，邻居还误以为是佛经。虽然昔日不能懂得庄子大义，但毕竟种下善根。

阿城同学回忆："1966 年，文革初的一天，两个同学约我一起到阿城家去，他是北京市 35 中的，35 中在西城小有名气，主要是足球踢得好。记得那天只有阿城一人在家，小院里很安静，我们在书房的十几排书架旁交谈。书架上的书摆得满满的，大抵是中外文学名著、名人传记、文艺理论，以及马恩全集、列宁全集、鲁迅全集等等，就像一个藏书颇丰的图书馆。"[1]"十几排书架"，可见钟惦棐藏书之富。钟惦棐乃学者型文艺干部，家中有"中外文学名著、名人传记、文艺理论"在情理之中，虽具体篇目不确，但大致能知钟先生格局以及少年阿城读书范围。"马恩全集、列宁全集、鲁迅全集"，则是文艺干部之家必备图书。阿城谈鲁迅如数家珍，当有"童子功"。

钟惦棐的遭遇对阿城而言可谓"逆增上缘"。从"当权派"变为"大右派"，父亲在位与在野，世人眼光迥异，大概可使阿城逐渐坚强。他长期流落民间，了解到农村真实状况，所以坚持说"我就是农民"。父亲经历与自己经历，使他养成了不合作的态度。阿城的舅舅说："家庭给予阿城的，一是他父亲的书；二是家庭中 20 多年坎坷的境遇。阿城写起了小说，这也在我的意料之中。我想，天分、勤奋、博览群书，是主观因素；我还以为，人的生活不能过于优裕，倒是'噩运'使人坚强，艰难困苦使人自信，才有所'建树'，阿城大概就占了这个'便宜'。"[2]张四正与钟惦棐关系紧密，故受到牵连。阿城曾对其父亲说："我很感激你在政

---

[1] 王学信：《阿城印象》，《北京纪事》2010 年第 12 期。

[2] 张四正：《抹不掉的记忆——钟惦棐逝世 20 周年祭》，《电影锣鼓之世纪回声》，中国电影出版社 2007 年，第 419 页。

治上的变故，它使我依靠自己得到了许多对人生的定力，虽然这二十多年对你来说是残酷的。"①舅舅的话，阿城的自白，皆言及钟惦棐经历对阿城的成长有极大促进。

在关键时刻，钟惦棐给予阿城"棒喝"，诫其勿做"文学新贵"。或以为，阿城"文二代"，当得父荫。其实阿城发表《棋王》后，钟惦棐始知。仲呈祥说："至于儿子阿城，更得益于先生师教，已是颇有名气的作家。不知者误以为阿城之出名，必仰仗其父名；知情者方知莫说阿城写小说，就是吾辈写影评，发表前先生也是从不过目的，那缘由，盖因先生决不愿因此而给编辑部造成'某某权威过目并推荐'之类的压力。事实上，阿城的《棋王》直到轰动文坛后，先生始知，兴奋地函示我曰：'阿城在七月号《上海文学》发表了一个中篇《棋王》，看否？这种文学，不是一阵风能吹跑的，作为处女作，起点是好的。文学要注意题材的开拓，不能是"一条路走到黑"。《霍元甲》、《白发魔女》就是钻了这个空子。'之后，阿城名声愈来愈大，约稿的刊物接踵而至。一家刊物集资7000元办'九寨沟笔会'，邀阿城参加。先生又示曰：'以一篇小说而挤进作家之林，享受7000元的九寨沟之行，虽人间仙境，私心能无愧乎？今日未见阿城，明日如见，亦拟将此意告他，去否，他自定。'结果，阿城以为先生言之有理，未往赴会。没过多久，先生又函示我一段话，并要我'阅后抄寄阿城'——'据说《上海文学》告阿城，小说写得不错，但肯定不能得奖。如把"不能得奖"作宗旨，岂不正中下怀！曹霑活着时，谁奖过他？蒲松龄半辈子追求得奖，终以"不能得奖"完成自己。文学无非是自己写写，别人看看。如今不是责之过重，就是名利双收，皆非文学本身所宜有。前日阿城来，我除讲这等"家训"

---

① 阿城：《父亲》，《阿城文集》之六，江苏凤凰文艺出版社2016年，第328页。

外，还望他千万不要成为"文学新贵"，"新贵"也是自绝于文学之路。要求他还像过去一样，一个破挂包，夜宿车站长凳。（他过去便是如此，但睡熟后被人拔去塑料凉鞋，第二天只好赤脚去找他妈妈在北影的同事，人皆惊为乞丐！）文学的内容，只能源于作家的经历，非题材之大小。望文生义，非内容也。'"① 仲呈祥的记述，并非孤证。阿城的母亲说："阿城的小说《棋王》出来轰动文坛后，惦棐才知道。他说，一个作品好不好，要让社会和人民承认，不是哪一个人说你的作品好或不好。后来阿城名声越来越大，一家刊物开办'九寨沟笔会'，邀请阿城。惦棐又说：'以一篇小说挤入作家之林，享受7000元九寨沟之行，虽人间仙境，私心能无愧乎？'后来有人评论《棋王》，认为不错，但不能得奖。惦棐说，把'不能得奖'作宗旨，岂不正中下怀！曹雪芹活着时，谁奖过他？文学无非是自己写写，别人看看。如今不是责罚过重，就是名利双收。我希望他千万不要成为'文学新贵'，'新贵'是自绝于文学之路。他还应和过去一样，一个破挂包，夜宿车站长凳。文学的内容，只能来源于作家的经历。"②

二者所记大同小异，这些话信息量很大，能见前辈学人风骨品质，能见庭训之要。钟惦棐蒲松龄之论极精当，可知于此有功夫。当《棋王》发表之初，钟先生予阿城以鼓励和表扬。一家刊物集资7000元办"九寨沟笔会"邀阿城参加，当此之时，钟先生棒喝：以一篇小说入作家之林，享受仙境，岂能不愧。阿城听其教，遂不参加。当《上海文学》言阿城不获奖时，老先生未动用

---

① 仲呈祥：《松竹梅品格皆备，才学识集于一身——著名电影美学家、评论家钟惦棐先生晚年生活琐忆》，《电影锣鼓之世纪回声》，中国电影出版社2007年，第322页。

② 张子芳：《回忆老钟》，《电影锣鼓之世纪回声》，中国电影出版社2007年，第435—436页。

人脉，给杂志施加压力，也不破口大骂杂志，反而说此正中下怀。何等气魄。又望他"不忘初心"，保持本色，不要成为"文学新贵"，不要自绝于文学。阿城流落民间多年，稍微风光，父亲告诫即来。有父如此，有子如斯，两代学人，委实可贵。

钟惦棐的遭遇，教会阿城处困。阿城名气渐盛之际，钟惦棐的庭训，则诫其如何居贵。《中庸》谓："君子素其位而行，不愿乎其外，素富贵行乎富贵，素贫贱行乎贫贱，素夷狄行乎夷狄，素患难，行乎患难，君子无入而不自得焉。"阿城做到了"素位而行"。阿城谈及"成名"，坦然处之："成名很容易。去卧一次轨；飞起一砖，击碎商店玻璃。总之，造成社会的同情或扰乱治安以及产生种种社会影响，你便成名，令人挂在嘴上。成家极难。首先，要是一种劳动；再能将劳动的量变为质，通规律，成系统，有独创，方能成家。百姓中所称的'把子'，就是家，虽然可能是犁田、打铁，却都符合'家'的要求。以此观己，远不到'家'。近半年常被人称为'青年作家'，于是假作镇静，其实是在暗中控制惶恐。"①阿城着眼点在"家"，而非名。"家"重视实，名者实之宾。从实上努力，成家，名随之而已。稍观历史，多见可以长处贱而不能久处贵者。

钟惦棐与阿城相摩相荡，对阿城极有促进。阿城说："十八岁那年，父亲专门对我说：咱们现在是朋友了，因为这句话，我省出自己已经成人。中国古代的年轻人在辟雍受完成人礼后，大约就是我当时的心情：自信，感激和突然之间心理上的力量，于是在这个晚上，我想以一个朋友的立场，说出一个儿子的看法。于是我说：如果你今天欣喜若狂，那么这三十年就白过了，作为一个人，你已经肯定了你自己，无须别人再来判断。要是判断的权

①　转引自马立诚《奇人钟阿城》，《中华读书报》2002 年 7 月 3 日。

力在别人手里，今天肯定你，明天还可以否定你，所以我认为平反只是在技术上产生便利。"① 阿城十八岁时，父亲的话好比阿城成人礼。阿城也从朋友的角度与父亲作交心之谈。阿城回京后，一度协助钟惦棐编写《电影美学》。据阿城舅舅说："记得八二年，我写了一篇文章寄给他父亲，阿城很不以为然。他说：我们应该走自己的路。他最不愿意的是沾父亲的'光'。他有时也帮助父亲整理用录音机'写'下的文章，但绝不愿当父亲的助手。"② 这是阿城的志气，"应该走自己的路"，不愿庇荫在钟惦棐光环下。今天看来，阿城走出了自己的路，他没有仅被当作钟惦棐的儿子；反而"父因子贵"。笔者就是先读阿城书，后再找钟惦棐的书来读。

张光直主攻美术考古、人类学等领域。阿城夙对苗绣、青铜器等有体会与研究，赴美后，受到张光直启发和引导，逐渐由作家转型，这方面集大成著作是《洛书河图：文明的造型探源》。

阿城谈及与张光直认识的机缘："1982 年，北京三联书店出版了张先生的《中国青铜时代》，我很仔细读了，记住了作者的名字。不料时隔三年就在哈佛大学见到了张先生。张先生听我口音，问小学是在北京哪个学校上的，我暗自惊异张先生考察一个人的教育背景要从小学问起，于是回答，结果张先生很高兴地和我握手，说咱们是同学啊。张先生小学时的老师是陶淑范，二十年后我上学时陶老师已是陶校长。"③ 阿城先读张光直书，后见其人。见明师而能从学，此阿城眼光。

张光直是阿城整合知识结构，找到新研究领域和新生长点的关键人物。阿城说："至于我没有集中在小说上，我要以我在美国

---

① 阿城：《父亲》，《阿城文集》之六，江苏凤凰文艺出版社 2016 年，第 328 页。

② 张四正：《阿城印象》，https://www.douban.com/group/topic/4152491/。

③ 阿城：《洛书河图——文明的造型探源》，中华书局 2014 年，第 1 页。

得到一次很大的帮助为例。我去哈佛大学，张光直先生给我非常大的帮助。……而是我刚见到他的时候请教他，他很简明清晰地告诉我他做过什么，在这之前，我在八十年代初的时候看过他的《中国青铜时代》。于是，听他谈之后，我一下子知道我还可以做什么了，我的知识构成和文化结构中，有一大块，可以迅速成形了。"[①]初赴美时觉得生活已写尽，不愿重复写小说；知识结构杂多，不知如何整合。不知何去何从之时，中心或颇彷徨之际，逢张光直。"听他谈之后，我一下子知道我还可以做什么了"，此为阿城由作家转型的关键人物。

张光直与阿城曾就青铜器纹路互相印证。阿城说："张光直先生在他的《中国青铜时代》里直接提到过巫师用酒用麻致幻，我告诉他中国民间直到现在还是如此。我是认为，起码从彩陶的时候，纹样要在致幻的状态下才知道是什么，青铜时代同样如此。唯物论的讲法是，纹样是从自然当中观察再抽象出来的。我在美院的讲座里说：一直讲写实，讲具象，八十年代可以讲抽象，现在我讲幻象。三大'象'里，其实中国造型的源头在幻象。古人的纹样，在致幻的状态下，产生幻视、幻听，产生飞升感。这一方向很重要，它决定了原始宗教，也就是萨满教的天地原则，神和祖先在天上。"[②]阿城说的张光直的观点应是："照研究神话的学者以及据他们所报告的萨满自己的说法，萨满行法的时候，常常借有形（如药品）无形（如舞蹈所致的兴奋）的助力而达到一种精神极于兴奋而近于昏迷的状况，他们就在这种状况之下与神界

---

① 阿城：《与查建英对谈》，《阿城文集》之七，江苏凤凰文艺出版社 2016 年，第 211—212 页。

② 阿城：《与查建英对谈》，《阿城文集》之七，江苏凤凰文艺出版社 2016 年，第 213 页。

交通。"①张光直讨论"商周青铜器上的动物纹样",以为"商周青铜器上动物纹样乃是助理巫觋通天地工作的各种动物在青铜彝器上的形象"。

阿城说："所谓云纹、水纹、谷纹、蝌蚪纹，都不是具象的抽象，而是旋转纹，导致幻象。另一个是振动纹，由幻听起作用。这两个纹，是幻象艺术的造型原理，直到今天，中国的传统工艺纹样，还是这两个原理。其中旋纹的原理，被道教总结为那个阴阳符。"②张光直论证其观点时，也喜欢以世界各地少数民族为例。阿城有云南生活世界的经验支撑，他对艺术的起源、青铜器纹样意义等看法与张光直类似。

文学方面，阿城推崇张爱玲、沈从文、钱钟书。三人皆一度享有大名，但因不见容于1949年之后社会，故不能进入文学史，一度被雪藏，之后又重新出土。社会变化，时代精神转变，三人如同出土文物，重新进入视野。盖因时过境迁，知识结构变化，文艺风气调整，于是可以容纳。三人不是阿城老师，阿城亦未必"私淑"三人，惟与他们创作追求与品位心有戚戚焉。三位毕竟前辈作家，故姑置于此。

关于张爱玲，阿城说："记得是八四年底，忽然有一天翻上海的《收获》杂志，见到《倾城之恋》，读后纳闷了好几天，心想上海真是藏龙卧虎之地，这'张爱玲'不知是躲在哪个里弄工厂的高手，偶然投的一篇就如此惊人。心下惭愧自己当年刚发了一篇小说，这张爱玲不知如何冷笑呢。于是到处打听这张爱玲，却没

<hr />

① 张光直：《商周青铜器上的动物纹样》，《中国青铜时代》，三联书店1983年，第327页。

② 阿城：《与查建英对谈》，《阿城文集》之七，江苏凤凰文艺出版社2016年，第214—215页。

有人知道，看过的人又都说《倾城之恋》没有什么嘛，我知道话不投机，只好继续纳闷下去。幸亏不久又见到柯灵先生对张爱玲的介绍，才明白过来。"①又作文专门讨论张爱玲："张爱玲的感觉方式、表达方式与一九四九年后大陆形成的共和国文体格格不入，这是我读她的小说时觉得'新'的地方，也是我认为不会有多少大陆人学得了她的原因。迷可以迷，学是一定学不好的。要学她，得没有受过多少共和国文体的浸染，或有能力抗拒腐蚀，或与张爱玲有相近的文化结构、感情方式，这也就是为什么学她学得有些意思的都在台湾、香港。不过痴迷地学，小心大树底下不长草。"②以为张爱玲是时人，惭愧张爱玲看到他的小说或会冷笑，可知阿城佩服张爱玲的境界。又可见，当时中国文学界对张爱玲的陌生程度。张爱玲的知识结构与共和国的知识结构不同，赴美隐居。观夫阿城经历与品位，与张爱玲何其相似。张爱玲去世，阿城作文悼之，伤其类也。

谈及钱钟书："《围城》也是从海外推进来，看后令人点头，再也想不到钱钟书先生是写过小说的，他笔下的世俗情态，轻轻一点即着骨肉。我在美国或欧洲，到处碰到《围城》里的晚辈，苦笑里倒还亲切。"③"从海外推进来"，或指夏志清等推荐。不知钱钟书"是写过小说的"，可见文学界对钱钟书的隔膜。张文江说："现在的青年人也许想象不到在当时的课堂上从教师到学生都不知道钱钟书的情形，但这却是我当年读书时的真实状况。"④可为佐证。"他笔下的世俗情态，轻轻一点即着骨肉"，是评价钱钟

①　阿城：《闲话闲说》，《阿城文集》之五，江苏凤凰文艺出版社 2016 年，第 133 页。

②　阿城：《适得其志，逝得其所》，《阿城文集》之六，江苏凤凰文艺出版社 2016年，第 340 页。

③　阿城：《闲话闲说》，《阿城文集》之五，江苏凤凰文艺出版社 2016年，第 133 页。

④　张文江：《营造巴比塔的智者——钱钟书传》，复旦大学出版社 2011 年，第 1 页。

书小说极为到位的话。"到处碰到《围城》里的晚辈"，可见《围城》刻画深刻，毕竟今天还不过时。

谈及沈从文："还有一个例子是沈从文先生，我在八十年代以前，不知道他是小说家，不但几本文学史不提，旧书摊上亦未见过他的书。后来风从海外刮来，借到一本，躲在家里看完，只有一个感觉：相见恨晚。"①"不知道他是小说家"，可见文学史对沈从文的排斥和文学界的隔膜。"风从海外刮来"，当指夏志清、金介甫等研究和评价。"相见恨晚"，觉乃同道中人。

所以，阿城也高度评价汪曾祺。"四〇年代是中国现代文学成熟时期，它摆脱了本世纪初'文学革命'时期对西方十九世纪浪漫主义的模仿，而与本世纪初的现代主义相接触，开始解决外来与民族、现代与传统、社会与个人的诸种对立因素，在诗、文学、美术、音乐诸方面都开始形成规模。文学上是出现了沈从文、张爱玲、钱钟书等人，诗歌上出现《九叶集》的九位诗人，在这样一种气候中，有一个年轻的汪曾祺，是不奇怪的。奇怪的是，一九四九年之后，中国四〇年代那么成熟的一种局面，像刀切一样消失得干干净净。留在大陆的沈从文、钱钟书没有在文学上再出现一个字，年轻人甚至不知道上述九位诗人写过诗。一个生意兴隆的大商店一夜之间关了门。所以当《受戒》一九八〇年偶然刊出的时候，评论界真的不知如何反应。"②"像刀切一样消失得干干净净"，"一个生意兴隆的大商店一夜之间关了门"，慨叹之语。汪曾祺在张爱玲、钱钟书、沈从文品位和格局的谱系中，故阿城能看清其定位、历史渊源和现实意义。在文学趣味上，阿城本人

---

① 阿城：《闲话闲说》，《阿城文集》之五，江苏凤凰文艺出版社2016年，第134页。
② 阿城：《〈中国现代小说选〉意大利文版序》，《阿城文集》之七，江苏凤凰文艺出版社2016年，第61—62页。

亦心仪、认可这一路。

美术方面，阿城"私学"于李宗津——余闻诸阿城。现在，美术圈之外知李宗津者鲜矣，故稍作介绍。"李宗津（1916—1977），江苏武进人。1934年入苏州美术专科学校学习油画。抗战爆发后赴南京入励志社，任国民党军事委员会伤病慰问组干事。1940—1945年任教于贵阳私立清华中学。1946年被徐悲鸿聘为国立北平艺术专科学校讲师。1947年任教于清华大学营造系。新中国成立后，先后任中央美术学院油画系教授、北京电影学院美术系教授兼教研组长。"[1]李宗津世家子弟，因徐悲鸿赏识，入中央美院。之后，打成右派，发配北京电影学院，不允作画。主要代表作为《北海风情》系列，《飞夺泸定桥》《平民食堂》等。阿城于油画的色彩等有到位的把握，此得益于李宗津。即使在插队期间，阿城回京探亲亦往访李先生。

徐冰亦曾随李宗津学画，其回忆见先生晚景："去李先生那里加起来不过三次，最后一次去，怎么敲门也没人应。后来问人才知道，李先生前几天自杀了。原来，他一直戴着右派帽子。过去在中央美院，反右后被贬到电影学院舞美系。文革期间不让这类人画画，最近松动些，可以画画了，却又得了癌症。他受不了这种命运的捉弄，把那张代表作修改了一遍就自杀了。那时受苏联的影响，流行画色彩小风景。每次画我都会想到李先生的那几幅小油画；那些逆光的、湿漉漉的石阶，我怎么也画不出那种感觉。"[2]

---

① 李宗津的小传引自《国立北平艺专精品陈列西画部分》，中国青年出版社2013年，第136页。

② 徐冰：《愚昧作为一种养料》，《我的真文字》，中信出版社2015年，第13页。

第二节　朋友眼中的阿城

朋友如何看待另一个朋友，谓之品评。研究品评可收闻一知二之效：研究朋友眼睛中的阿城，可见阿城经历、立场、状态等；品评别人，自己也"暴露"出来，故亦可见阿城朋友境界。因讨论"朋友眼中的阿城"，故此节以做归堆引用的工作为主，惟稍做评点。

关于阿城的多才多艺，唐诺言："就我个人所知，阿城当然是好厨子；也是好木匠，能修护难度极高的明式家具，他最早横越美国的旅费二千美元就是这么赚来的；是好汽车技师，自学而能，亲手组装过六七部福斯的古董金龟车卖钱，最后一部他舍不得卖，红色敞篷，我看过照片，阿城戴墨镜摄于车旁，人车两皆拉风；而最有趣是阿城还教学生钢琴。"[①] 会做菜，能维修明式家具，组装老爷车，教钢琴，观之令人神旺。阿城长期在社会底层，当然多能。方舟子曾出面"打假"，以为阿城教钢琴等"造假"。此方舟子不通。《论语》记载："或问禘之说。子曰：不知也。知其说者之于天下也，其如示诸斯乎。指其掌。"孔子到底知道不知道"禘之说"？答曰不知也。又说知其说者之于天下也轻而易举。或于禘具体细节未必知道，但禘之根本则明了。阿城钢琴未必弹得很好，但可以看出弹钢琴者的状态，随时指点之、调整之，有何不可？

关于阿城的"神侃"，王朔说："我住洛杉矶时，周末经常去阿城那个小圈子的聚会玩，听他神侃。各地风土人情，没他不懂

---

① 唐诺：《伴读／清明世界·朗朗乾坤》，《阿城文集》之四，江苏凤凰文艺出版社2016年，第300—301页。

的，什么左道偏门都知道，有鼻子有眼儿，诙谐得一塌糊涂，那真是把人听得能笑得撺一边去，极其增智益寿。我还问过聚会中一人，他老这么说有重复么，那人说，她听了十年了，没一夜说得重样儿的。"①王朔也说及阿城能组装老爷车云云，可见未必是虚构和传说。"神侃"，能"十年了，没一夜说得重样儿"，或稍夸张，但可见阿城之广博。王朔等听完觉"极其增智益寿"，可见内容精彩，见识高超。何立伟说："我想起来若干年前在南京聊天，听他山南海北，众人一阵阵笑得要抽筋了，他木木坐着，望望这个，望望那个，简直很无辜的样子。我心里想阿城你真真是一个鬼东西！另一回我在长沙，听'美国音'，恰好放出来的是他和台湾李昂去年在爱荷华国际写作中心的对话。李（热烈无比）：阿城呵，你真是多才多艺，我知道你甚么都能干，但是我不知道你甚么不能干。阿（立即）：生孩子。我就听到收音机里跑出来李昂同志嘎嘎嘎嘎鸭子似的笑。我没有听到阿城笑。我晓得猫在老鼠跟前同样也不笑。"②何立伟亦讨论阿城聊天功夫，但似乎重在"诙谐"方面。阿城之所以擅"修辞"，关键是能"立其诚"。阿城聊天反应快，接话巧妙，关键还是知识广博、思维敏捷。止庵说："我觉得阿城比1949年生人还要早，因为阿城属于过去传统上的一种人，阿城是什么人？是通才，什么都知道，各个方面都能跟你说。阿城每天跟你聊天，聊的都是不一样的事，跟不是和一个人聊一样，不是一个领域，而且聊很多，这样的人现在很少。文化断绝，最大问题是中国把这种人弄没有了。弄没有后，大家可能是某一个领域的专家，但对其他事不知道。阿城是一个跟传统

① 王朔：《谈阿城》，http://www.360doc.com/content/10/1228/11/4899621_8196 9872.shtml。

② 何立伟：《关于阿城》，https://www.douban.com/group/topic/4005448/。

接气的人，这样的人在我们身边还活着是很有意思的事。我们现在读阿城的书，很大原因在这里。假如世界上没有通才这样的人物，都变成专家，那么世界变得没有意思。"[①] 止庵看得准，阿城之所以辩才无碍，因为是"通才"，有古风，不是现代意义上的专科知识分子，是文人。

关于阿城作品，莫言说："读阿城的随笔就如同坐在一个高高的山头上看山下的风景，城镇上空缭绕着淡淡的炊烟，街道上的红男绿女都变得很小，狗叫马嘶声也变得模模糊糊，你会暂时地忘掉人世间的纷乱争斗，即便想起来也会感到很淡漠。阿城的随笔能够让人清醒，能够让人超脱，能够让人心平气和地生活着，并且感受到世俗生活的乐趣。"[②] 莫言讨论阅读阿城作品的感受，阿城仿佛坐在"山头"，俯视众生，了然一切。"世俗生活的乐趣"，是非常到位的评论，恰阿城所看重者。查建英说："我记得第一次读《棋王》觉得特别意外，因为跟其他的都不一样。心想这人从哪儿冒出来的？什么年龄的人啊？"[③] 查建英读到《棋王》"觉得特别意外"，疑问作者"什么年龄的人"，因觉不是共和国气质。孙郁说："那时我们看了，都傻了，小说还能这么写。他回到了过去明清小说的传统里，又有一点现代人的智慧在里面，不简单。"[④] "都傻了"，因为看到了小说的另外形态，因为阿城的小说与革命意识形态下的小说截然不同。"回到了过去明清小说的传统

① 止庵：《阿城：一个经得起时间考验的作家》，http://n.cztv.com/news/120995 52.html。
② 莫言：《我眼中的阿城》，https://www.douban.com/group/topic/34204700/。
③ 阿城：《与查建英对谈》，《阿城文集》之七，江苏凤凰文艺出版社 2016 年，第 169 页。
④ 参见《孙郁聊阿城：他是个高人，远远走在前面》，http://cul.qq.com/a/20160 603/047535.html。

里"，言阿城的小说谱系和历史渊源。

关于阿城的气质，王安忆说："阿城就是那样的一个人，老把式，真是一个老把式了。阿城是一个有清谈风格的人。现在作家里面其实很少有清谈风格的，生活很功利，但是他是有清谈风格的，他就觉得人生最大的享受就是在一起吃吃东西，海阔天空地聊天。""他有种晚清民初气质，我很喜欢他的松弛的状态，而且他的清谈的风格我也很喜欢，不过我实在还是希望他能明确一点。我记得彭小莲写过一个《他们的世界》，写她的父母，主要是父亲，然后给阿城看，阿城就对她做了些评语，说你这里面有一种共和国气质，这个评价可说是针对所有我们这些人的，他和我们气质不同。……我觉得阿城有一点很好，他喜欢一种艺术吧，他一定会在生活里面体现这种艺术。我们的艺术和生活往往是分家的，比如我在我的作品里讲这么一件事情，可是我的生活往往完全是另外一个状态；而他的生活状态却是在实践他的艺术观念的，或者反过来说他的艺术是体现在生活上的。就是说，他有一种生活美学的观念。比如，说到老北京，他父亲带他去买鞋，到鞋店里面一边试鞋一边聊天，没有一句话是说到这个买卖，最后他终于试到一双合适的，那个店员就说了一句，穿走吧！多文啊。我觉得他是有点古风的，当然古也不是太古，就古到晚清，因为他还不够质朴。他是一个文人。"[1]王安忆说阿城"和我们气质不同"，"我们"是"共和国气质"，而阿城是"老把式""晚清民初气质""文人""有古风"，他是松弛的，爱清谈，是小说世界和生活世界合一的人。笔者在复旦求学时，尝听王安忆论当代作家，条分缕析，引人入胜。王安忆论阿城，能见阿城之大者，能表达出对阿城的微妙感受。陈村则以为阿城是道家和儒家的复合

---

[1]　参见王安忆和张新颖的对话，https://www.douban.com/group/topic/1775255/。

体："这是一个愉快的夜晚。阿城宣讲他'文化小说'的主张，令我获益匪浅。他不笑时颇有仙风道骨，莞尔一笑倒还柔媚。那晚上，我说要写大象。事后，阿城竟记得寄来说象的书，这样看，他又是儒家了。"[1] 陈村言阿城是复合体，既"仙风道骨"，"又是儒家"。韩毓海亦有类似观点，言阿城既"无为"又"有为"。[2]

综而言之，朋友们认为阿城好像"生活在别处"，是文人、高人、方外之人，不是这个时代的人，不是具有共和国气质的人。何以故？还是因为他与时代的知识结构有隔膜，他自己也有意地与时代疏离。

第三节　阿城眼中的朋友

朋友是一面镜子，照出自己。研究"阿城眼中的朋友"，可考察阿城眼光。

关于木心，阿城颇看重。[3] 阿城曾向友人推荐木心文章，何立伟说："我之晓得木心，恰好是 20 年前，那时阿城已到美国行脚，大约在纽约陈丹青处识得木心，看了他的画作与文章，觉得好极妙极，遂复印了一叠，寄来给我欣赏。"[4] 之后阿城则回应说："何立伟的文章说我复印过木心的书寄给他，此事我真的忘记了，很

---

① 陈村：《阿城的传说》，http://www.sohu.com/a/125255287_488277。

② 韩毓海：《知识者对自身独立价值的追求——论阿城兼及一代人的心态》，《山东社会科学》1988 年第 4 期。

③ 木心曾作文批评阿城，参见《木心和阿城的两个误会》，https://www.douban.com/note/211186774/。

④ 何立伟：《意外之人，意外之文》，https://book.douban.com/subject/1460313/discussion/1007097/。

为自己的壮举（街上复印两角五一页啊）感动。"[1]

阿城多次论及木心："一九八六年在纽约，陈丹青介绍我认识木心。我看他的文章，没有隔的地方，甚至很多译名比如莫札特，现在译作莫扎特，一下子让我想起少年时看过的旧书。那里面还有译作莫差特的。"[2] 木心长阿城二十多岁，是名副其实的"旧社会过来的人"。阿城初遇木心，即觉与他不隔，盖二者有相似知识结构。"木心从年龄来说是老作家，但在一九八〇年旅居纽约之前，他在大陆没有发表过作品。当他八十年代在海外发表作品的时候，台湾艺术界表示惊奇，大陆怎么还会有这样的人！……因此在大陆的文学出版范围，很难找到木心。我曾经向一些评论家推荐木心的作品，都没有反应。木心的成就在散文、诗歌和随笔，在贯通中西和锋利方面，当代中国作家没有一个能超过他。按说五〇年代以后应该是他的年代，但他完成的只是许多中国人都有的监狱经历。以他的文化结构来说，四九年之后要消灭的正是木心这样的头脑。"[3] 木心的头脑是"封资"类型，在"消灭"之列。"封资"类型恰是阿城的头脑类型，故二者总体投契。

然而当有人说阿城师事木心，阿城专门撰文解释："称一个人是另一个人的学生，非同小可。师是真要拜的，我记得丹青说真拜过木心的。……我记得大概是一九八五秋在纽约，丹青约我与木心先生在丹青家见的面，得赠书一册，之后二十年间并无电话书信来往，只再在纽约见过他三四次，所有关于木心先生的消息

---

[1] 阿城：《一个误会》，《阿城文集》之六，江苏凤凰文艺出版社2016年，第394页。

[2] 阿城：《与查建英对谈》，《阿城文集》之七，江苏凤凰文艺出版社2016年，第170页。

[3] 阿城：《〈中国现代小说选〉意大利文版序》，《阿城文集》之七，江苏凤凰文艺出版社2016年，第62—63页。

均得自丹青。"①此言与木心认识缘起及实际交往情况。陈丹青从木心受业，知识结构、文风都深受木心影响。观夫阿城与木心的创作，阿城程度高于木心。阿城辩"师事木心"，当有由也。

木心与无名氏类似，可谓"潜在写作"②典型。他身在共和国，心在民国，好比遗少，他承现代主义谱系，是洋派，故不见容于1949年之后社会。木心未做成隐士，曾受牢狱之灾。赴美之后，得其所哉，方迎来创作春天。后经陈丹青等推荐，现在几乎尽人皆知，且建立了个人美术馆（好比立庙），展示其生平创作。"当代中国作家没有一个能超过他"，是阿城对木心的高度评价，或符合实际。"贯通中西"云云，则夸大其词。尝观木心《文学回忆录》，见其论中西文学，其判断大致无洞见。③

阿城对王朔高度评价："有朋友说给我，王朔曾放狂话：将来写的，搞好了是《飘》，一不留神就是《红楼梦》。我看这是实话，《飘》是什么？就是美国家喻户晓的世俗小说。《红楼梦》我前面说过了，不知道王朔有无诗才，有的话，不妨等着看。王朔有一篇《动物凶猛》，我看是中国文学中第一篇纯粹的青春小说。青春小说和电影是一个很强的类，我曾巴望过'第五代导演'开始拍'青春片'，因为他们有机会看到世界各国的影片，等了许久，只有一部《我的同学们》算是张望了一下。看来'第五代'真的是缺青春，八十年代初有过一个口号叫'讨回青春'，青春怎么能讨回呢？过去了就是过去了。一把年纪时讨回青春，开始撒娇，不

① 阿城：《一个误会》，《阿城文集》之六，江苏凤凰文艺出版社2016年，第393—394页。

② 参见陈思和《试论当代文学史（1949—1976）的"潜在写作"》，《文学评论》1999年第6期。

③ 亦可参见张柠《木心：被高估的大师》，http://cul.qq.com/a/20161216/041937.html。

成妖精了？"①王朔小说没有阶级斗争腔，是描写世俗社会的小说，正阿城所重者。

又说："王朔的作品改变了一个民族的语言，这件事情非同小可。我觉得鲁迅先生是这样，因为我们后来很多人就用鲁迅的方式说话，遣词造句，思维惯性也一样。王朔做到了这点。从他开始，像佛教，像圣经，他开创了一种语言形式，就是颠覆性的。以前我们听文件会觉得很神圣，可到他那儿怎么味儿全变了，我们发现可以不那么尊重，不那么神圣，不那么可怕了。语言对一个民族的影响是很大的，我觉得王朔做到了这件事。"②以为王朔的语言颠覆了阶级斗争的语言系统，颠覆了"文件语言"，祛除了语言的过度政治化，将语言回复到世俗生活的生态。

又说："《动物凶猛》是对青春期的一次清理，《看上去很美》是将这个清理延伸到童年。我开始还担心其中怎么写文革的开始，结果处理得非常好。本来就是这样，成人世界里的重大事件，儿童世界当然是另一回事。又兴奋，又无聊。里面写到方枪枪在开大会的时候去男厕所，迎面碰到一个女的从里面出来，这一笔真好。你知道我们的文艺理论要求的是革命的现实主义与革命的浪漫主义相结合，这其中的现实主义毁人不浅。现实主义里的现实，是由意识形态判断取舍的，所以虽然现实里有'阴暗面'，但是不能写，什么是光明什么是阴暗，是有标准的。那这是什么狗屁现实？"③阿城与王朔的作品都具有颠覆性，二者有共同的针对目标，故惺惺相惜。

---

① 阿城：《闲话闲说》，《阿城文集》之五，江苏凤凰文艺出版社 2016 年，第 144 页。

② 阿城：《只吃一种肉是危险的》，《阿城文集》之六，江苏凤凰文艺出版社 2016 年，第 403 页。

③ 阿城：《谈王朔》，《阿城文集》之七，江苏凤凰文艺出版社 2016 年，第 350 页。

阿城高度评价莫言："莫言也是山东人，说和写鬼怪，当代中国一绝，在他的家乡高密，鬼怪就是当地世俗构成，像我这类四九年后城里长大的，只知道'阶级敌人'，哪里就写过他了？我听莫言讲鬼怪，格调情怀是唐以前的，语言却是现在的，心里喜欢，明白他是大才。八六年夏天我和莫言在辽宁大连，他讲起有一次回家乡山东高密，晚上近到村子，村前有个芦苇荡，于是卷起裤腿涉水过去。不料人一搅动，水中立起无数小红孩儿，连说吵死了吵死了，莫言只好退回岸上，水里复归平静。但这水总是要过的，否则如何回家？家又就近在眼前，于是再趟到水里，小红孩儿们则又从水中立起，连说吵死了吵死了。反复了几次之后，莫言只好在岸上蹲了一夜，天亮才涉水回家。这是我自小以来听到的最好的一个鬼故事，因此高兴了很久，好像将童年的恐怖洗净，重为天真。"[1]阿城重视世俗性，他在莫言的故事中看到了世俗性。阿城于笔记小说尤有体会，他从莫言身上看到了中国笔记小说的传统，故引为同调，以为莫言"是大才"。

　　阿城对台湾朱家姐妹有很高评价。朱家姐妹背后老师是胡兰成，朱家姐妹为文有"胡腔胡调"。朱天心说："我正要准备联考并紧锣密鼓时，父亲将胡先生接到隔邻待租售的空屋落脚，胡先生每周末晚开讲易经和禅学，整日文坛各路人马络绎不绝来拜访听讲，但几乎无一人当时或后来愿公开承认，怯畏如参加的是乱党邪教似的，我一一看在眼里，不解，愤怒。"[2]此为朱家和胡兰成结缘之始。朱天心与胡兰成情感之笃，由此可见。

　　阿城对于这一路颇为心仪，曾论胡兰成说："我是见了好的东西会与朋友分享，曾经将日本汉字版的胡兰成《今世今生》（日本

① 阿城：《闲话闲说》，《阿城文集》之五，江苏凤凰文艺出版社 2016 年，第 80 页。
② 朱天心：《击壤歌·自序》，广西师范大学出版社 2010 年，第 13 页。

人的题字如此）借给丹青，一年后还回来厚了半公分，上面还有植物油，可能纽约识中文的连餐馆伙计都看过了，丹青说木心先生也看过了。胡兰成不是我的老师，为的是他的叙述独特，我的推荐说辞是兵家写散文，细节虽丰惟关键处语焉不详。"①论胡兰成，言乃"兵家写散文"，是非常到位的评价。陈丹青重胡兰成，缘起在阿城。②因此，阿城对朱家姐妹评价较高，是意料之中事。

阿城谈唐诺："我们在阅读此书的时候，就像看树杈的分开，再分开，旋转，再旋转。它在生长。初时疏阔，渐渐绵密。点点芯芽，转瞬成叶。它常常引入他人话语，例如博尔赫斯、昆德拉、马尔克斯、卡尔维诺。在我看来，分布处处的引文都是大树的生长点。最后，唐诺长成了自己的大树，汪洋恣肆，随意而自然。我读唐诺此书，经验是，不要急着读完，体会到它的生长过程。"③唐诺未必以胡兰成为然，此其与朱家姐妹差别。就两岸作家论，唐诺格局、见识乃一流人物。

谈朱天文："朱天文大概天生是为文字的。学生的时候，她笔下的敏感就已经非其同代人所能及。张爱玲的文字对台湾很有影响，但搞不好会像乌云，遮得地上只长弱草。朱天文一路写过来，很早就摆脱了'张腔'，同时，一种文学家最重要的素质也显露出来，当然是我认为的最重要的素质，别人未必看重。"④谈朱天心："与姊姊朱天文不同，朱天心是阳气的。阳气之难，难在纯阳。中国民间传说的吕洞宾，即苦练纯阳一功，可是见到朱天心，读到

① 阿城：《一个误会》，《阿城文集》之六，江苏凤凰文艺出版社2016年，第394页。

② 小北编纂胡兰成文集，陈丹青为其题字。陈丹青亦多次谈及胡兰成。

③ 阿城：《唐诺〈尽头〉序》，《阿城文集》之七，江苏凤凰文艺出版社2016年，第85页。

④ 阿城：《朱天文〈炎夏之都〉》，《阿城文集》之七，江苏凤凰文艺出版社2016年，第86—87页。

她的小说，乖乖，竟生来就是纯阳的，吕洞宾的苦练，不免有点可怜。"①

　　阿城对当代诸多作家亦有论述，虽寥寥数语，但中的也。

　　谈魏志远："《我以为你不在乎》，作者魏志远，一九五二年生于中国四川，七十年代末开始发表作品，法国出版过他的长篇报告文学《中国·成都——四十一个家庭》。这篇小说很像同一间屋子里的两面镜子，互相的折射中出现了第三个影像，同时对话者也清晰起来。"②谈史铁生："作者史铁生，一九五一年生于北京，和我的经历差不多，不同的是，他在乡下插队的时候得了病，最后发展到高位截瘫，生活不能自理。至今已二十年。八〇年代初，他以小说重返社会，之后一直是被当代中国注视的作家。"③谈冯骥才："天津的冯骥才自《神鞭》以后，另有一番世俗样貌，我得其貌在'侃'。天津人的骨子里有股'纯侃'精神，没有四川人摆'龙门阵'的妖狂，也没有北京人的老子天下第一。北京是卖烤白薯的都会言说政治局人事变迁，天津是调侃自己，应对神速，幽默妩媚，像蚌生的珠而不必圆形，质好多变。"④谈何立伟："何立伟属于开始发表作品就是成熟的作家之一。他的成熟表现在他的小说有一种诗意，所说的诗意当然不是七八十年代充斥中国小说的文艺腔，他的小说中的诗意属于中国古典诗歌中那

① 阿城：《朱天心〈古都〉序》，《阿城文集》之七，江苏凤凰文艺出版社 2016 年，第 89—90 页。

② 阿城：《〈中国现代小说选〉意大利文版序》，《阿城文集》之七，江苏凤凰文艺出版社 2016 年，第 63—64 页。

③ 阿城：《〈中国现代小说选〉意大利文版序》，《阿城文集》之七，江苏凤凰文艺出版社 2016 年，第 63 页。

④ 阿城：《闲话闲说》，《阿城文集》之五，江苏凤凰文艺出版社 2016 年，第 139 页。

些典雅生动的意象的当代表达。"① 谈马原："马原被称为中国的后设小说作者。我认为马原的小说叙述是运用中国古代的兵法来击败读者的阅读习惯，目的是更吸引读者。"② 谈苏童："苏童的小说常常是一种颜色，一种味道。小说开始的时候，你会说这种颜色这种味道我也知道，小说结束的时候，你会说，这是苏童创作出来的。"③ 谈余华："《死亡叙述》，作者余华，一九六〇年出生，浙江海盐人。一九八四年开始发表小说。我认为这篇小说是近年中国短篇小说中结尾最有力量的小说，但最后的一句'我死了'，写出来似乎是多余的。"④ 谈王安忆："王安忆的天资实在好，而且她是一个少有的由初创到成熟有迹可寻的作家。"⑤ 谈及张北海："一九八六年到美国之后，我才有机会看到香港出版的《七十年代》月刊（后来改名为《九十年代》，并在九十年代停刊），读了一期就成为张迷，不是张爱玲的'张'，而是张北海的'张'。之后我读《七十年代》，主要是为了张北海的文字。"⑥ 谈张大春："他总是突然问带他来的朋友，例如：民国某某年国军政战部某某主任之前的主任是谁？快说！或王安石北宋熙宁某年有某诗，末一句是什么？他的这个朋友善饮，赤脸游目一下，吟出末句，大春讪讪地笑，说嗯你可以！大春也会被这个朋友反问，答对了，

---

① 阿城：《〈中国现代小说选〉意大利文版序》，《阿城文集》之七，江苏凤凰文艺出版社 2016 年，第 52 页。

② 阿城：《〈中国现代小说选〉意大利文版序》，《阿城文集》之七，江苏凤凰文艺出版社 2016 年，第 64 页。

③ 阿城：《〈中国现代小说选〉意大利文版序》，《阿城文集》之七，江苏凤凰文艺出版社 2016 年，第 65 页。

④ 同上。

⑤ 阿城：《闲话闲说》，《阿城文集》之五，江苏凤凰文艺出版社 2016 年，第 145 页。

⑥ 阿城：《侠的终结——张北海这家伙》，《阿城文集》之七，江苏凤凰文艺出版社 2016 年，第 75 页。

就哈哈大笑；答不出，就说这个不算，再问再问。"[1]

绘画方面，阿城比较看重刘小东等，后文详述。

略分析阿城的朋友结构，可以见出：

阿城心仪者乃具"旧社会"品位的朋友。木心是"旧社会"过来人，"新社会"陷囹圄者，具"封"的品位和"资"的情调。陈丹青法之，虽每况愈下，但亦为阿城所喜。胡兰成兵家，亡命日本，身处患难，学问切身，见识极高。朱家姐妹法胡兰成，故亦为阿城重视。

阿城重视世俗，故于同调作家有好焉。王朔是革命文化批判者，试图恢复世俗性，故阿城重之。冯骥才亦重世俗性，《俗世奇人》与阿城《遍地风流》颇有类似处。

于笔记小说写作传统，阿城尤重视。莫言的作品有笔记小说的格调，故为阿城推崇。

与浸染传统较深者为友，譬如唐诺。唐诺《眼前——漫游在〈左传〉的世界》论《左传》，看通"左传世界"与当前世界联系，看到鲁国、郑国与其所处地域的相似，故论《左传》而名"眼前"。譬如张大春，随口对答诗文，功夫了得。

---

[1] 阿城：《小学的体温》，《阿城文集》之七，江苏凤凰文艺出版社 2016 年，第 91 页。

第四章 小说

一言以蔽之，阿城小说可谓"笔记小说"。1991 年，阿城写信给诺埃尔·迪特莱："目前，小说（甚至长篇小说）的写作是可能的，但不是'长'小说。然而，笔记这一文类消失了。1984 年，我开始一段一段地写我的《遍地风流》，差不多在 1985 年，杭州的李庆西确认了'新杂文'（就像人们讨论'新小说'一样）。接着又有一些人写了笔记小说。在写笔记小说的当代作家中，我偏爱汪曾祺。说实话，汪曾祺是忠实于笔记小说的惟一作家。这种文类大概同时具有诗、散文、随笔和小说的特征。可以通过它把我们的许多遗产传之后世，同时可以在描写中进行各种各样的实验，例如句子的节奏、句调、结构、视角等等。"[1]这是阿城自述家法和谱系，故其小说故事、节奏、句调、结构、视角等都具匠心。

后来，阿城对于文学有非常客观的认识："例如文学？小菜了。文学搞来搞去，古典传统现代先锋，始终受制于意味，意味是文学的主心骨。"[2]发此论时，阿城已格局一变，但文学毕竟乃其基础，故先论文学。

---

[1] 转引自诺埃尔·迪特莱《冷峻客观的小说：阿城小说的写作技巧》，刘阳编译，《当代作家评论》1994 年第 6 期。

[2] 阿城：《洛书河图：文明的造型探源》，中华书局 2014 年，第 131 页。

第一节 《遍地风流》

　　阿城回忆创作《遍地风流》情况："'遍地风流'、'彼时正年轻'，及'杂色'里的一些，是我在乡下时无事所写。当时正年轻，真的是年轻，日间再累，一觉睡过来，又是一条好汉。……年轻气盛，年轻自然气盛元气足。元气足，不免就狂。年轻的时候狂起来还算好看，二十五岁以后再狂，没人理了。孔子晚年有狂的时候，但他处的时代年轻。文章是状态的流露，年轻的时候当然就流露出年轻的状态。状态一过，就再也写不到了。所以现在来改那时的文章，难下笔，越描越枯，不如不改。"又说："我想我的启蒙，是在旧书店完成的，后来与人聊天，逐渐意识到我与我的同龄人的文化构成不一样了。有了这个构成启蒙，心里才有点底。心里有底就会痒，上手一写，又泄气了。我就是带着这种又痒又泄气的状态去插队的。"①

　　毕竟多年后回顾，对少作有客观认识。阿城言禅宗，解以"状态"。年轻，是作《遍地风流》时"状态"。之后难以修改，盖因处乎两个不同状态。认清状态，可言作品得失利弊。当时，阿城年轻，故气盛，气盛故易狂。但毕竟年轻时状态，不必避讳扭捏，不必高张之，也不必悔其少作。阿城插队时状态是"又痒又泄气"。所谓"痒"，跃跃欲试也，好比《周易》所谓"或跃在渊"之"或"，因不确定故。当时，阿城已有家学和旧书店一定储备和积累，于时文又不满意，自以为或有所作当不逊色。然而积累毕竟不足，文章怎么写还没有确数，较诸优秀作品尚有差距，所以

---

① 阿城：《遍地风流·自序》，《阿城文集》之二，江苏凤凰文艺出版社 2016 年，第 1 页。

又"泄气"。多年之后,阿城反思:"我的'遍地风流'系列短篇因为是少作,所以'诗腔'外露,做作得不得了。"[①]诚有此弊。《遍地风流》等作品,是阿城旧书店知识结构之外见,"文艺腔"就是阿城当时综合状态的直接体现,不满于"学生范文选",有所宗本,但不深入,有所吸收,但未消化,于是有"腔"。这些文章颇为高亢,文辞夸张,有些虚张声势,有文艺腔。当然,随着年龄增长,格局日益开阔,以后阿城蜕尽外露的诗腔,逐渐归于平淡。

毛泽东有"数风流人物还看今朝"(《沁园春·雪》),又有"六亿神州尽舜尧"(《送瘟神》),阿城"遍地风流"云云看似是"和",实则"反"。以"和"言之,"遍地风流"是"政治正确"的题目,似要写今朝之风流人物、六亿尧舜等。实际上,阿城笔下的"风流人物"虽按阶级划分是工农兵,其中有骑手、马帮、捕鱼者等,但不是"高大全",不具有"革命性"和先进性,类似古代传奇人物,小说中的风物亦非社会主义新气象,充满传奇色彩。总而言之,阿城笔下的"风流人物"不是"时代英雄",故谓之"反"。

何谓阿城所谓"遍地风流"?遍,普遍也,周易之"周",禅宗"遍大地皆药"。地,大地。风流,在阿城语境中或可译为"传奇"。大地,是风流运行之场域。遍,是风流之状态,彻上彻下,满满当当,靡所孑遗。此"风流"虽在"革命"文化环境亦不息,遍于大地,周而复始,今阿城以小说传道之,彰显之。明乎此,可读《遍地风流》。王德威说:"《遍地风流》所要标记的,应是'礼不下庶人'。庶人所充斥的世俗社会,熙来攘往,啼笑之外,更多的是不登大雅的苟且与平庸。然而阿城看出其中自有一

---

① 阿城:《闲话闲说》,《阿城文集》之五,江苏凤凰文艺出版社 2016 年,第 99 页。

股生命力。往好了说，这生命力是一股顽强的元气，总已蠢蠢欲动，饮食男女，莫不始于此。"[1]

《遍地风流》共五篇。[2]

《峡谷》写峡谷风貌及过路骑手。峡谷不是一般的峡谷，"山被直着劈开，于是当中有七八里谷地。大约是那刀有些弯，结果谷地中央高出如许"。骑手不是等闲之辈，"骑手走过眼前，结结实实一脸黑肉，直鼻紧嘴，细眼高颧，眉睫似漆"。险谷有奇人，奇人过险谷。《峡谷》写谷与人，没有情节，塑造出一股"风流"气息。《峡谷》有一个叙述者视角，他好像是外来者，其心态是惊奇的，情感是赞叹的，语言是夸张的。

《溜索》写马帮溜索过怒江，从容不迫。"怒江自西北天际亮亮而来，深远似涓涓细流，隐隐喧声腾上来，着一派森气。俯望那江蓦地心中一颤，惨叫一声。急转身，却什么也没有，只是再不敢轻易向下探视。叫声漫开，撞了对面的壁，又远远荡回来。首领稳坐在马上，笑一笑。那马平时并不雄壮，此时却静立如伟人，晃一晃头，鬃飘起来。"怒江天际来，溜索惊险，马帮如履平地，让人想起庄子《田子方》。庄子说："列御寇为伯昏无人射，引之盈贯，措杯水其肘上，发之，适矢复沓，方矢复寓。当是时，犹象人也。伯昏无人曰：'是射之射，非不射之射也。尝与汝登高山，履危石，临百仞之渊，若能射乎？'于是无人遂登高山，履危石，临百仞之渊，背逡巡，足二分垂在外，揖御寇而进之。御寇伏地，汗流至踵。伯昏无人曰：'夫至人者，上窥青天，下潜黄

---

[1] 王德威：《世俗的记忆——闲话阿城与小说》，https://www.douban.com/group/topic/3088828/。

[2] 此处分篇以《阿城文集》之二为本，非本诸单行本。单行本"遍地风流"是全书总名，下分"遍地风流""彼时正年轻""杂色""其它"。

泉，挥斥八极，神气不变。今汝怵然有恂目之志，尔于中也殆矣夫！'"怒江溜索，好比"登高山，履危石，临百仞之渊"；马帮汉子从容不迫，好比伯昏无人所说"至人"，或最少是分有了"至人"之精神者。

《洗澡》涉及三个人物："我"、男骑手、女骑手，写两种文化之间差异。"我"是旁观者位置，男女骑手及互动是文章主要内容。洗澡私密活动，男女有大防。"我"洗澡时乍见女骑手，"忽然云前有一块黄，惊得大叫一声，反身扑进水里"。这是汉族男性正常反应。然男女骑手则迥异。"骑手看到了她，并不惊慌，把手在胸前一抹，阔脸放出光来，向那女子用蒙语问，意思大约是：没有见过吗？那女子仍静静地跨在马上，隐隐有一些笑意。骑手弯下腰去掬一些水，举到肩上松开手，身上沿着起伏处亮亮地闪起来。那女子说话了，用蒙语，意思大约是：这另外一个人是跌倒了吗？骑手嗬嗬笑了，说：'汉人的东西和我的不一样，他恐怕吓着你！'"男骑手在洗澡过程中与女骑手进行了具有性暗示的交流，非但不显得猥亵，反而见出男女骑手的质朴与敦厚。男女骑手反应与"我"反应截然不同，或见不同民族之间风俗差别。杨绛有《洗澡》，言知识分子改造问题。今政治语汇亦有"红红脸、出出汗"等，都具此意。古人言"澡雪精神""涤除玄览"，言自修也。《洗澡》男女骑手的行为和对谈，在"我"看来是新鲜的，闻所未闻。"我""文胜质"，男女骑手"质胜文"。

《雪山》写夜宿雪山情景。全文"我"未出现，实则有"我"。从傍晚到早晨，"我"在火堆边，生火、观火，逐渐睡去。雪山在侧全不知，至天亮方见雪山。雪山虽不变，但有阴阳之变，所以呈现不同状态，故感受亦不同。始之是夜，模模糊糊，身在此山中，不知此山貌。终之于晨，"梦中忽然见到一块粉红，如音响般，持续而渐强，强到令人惊慌，以为不祥，却又无力闪避，自己迫自己大叫"。

《湖底》详写捕鱼之前准备过程，一旦至于高潮戛然而止。从后半夜起床写起，一步一步，到了湖边，不厌其烦，节奏缓慢，极尽延宕能事。天寒水冷，捕鱼心切，二者张力写得充足。一旦写捕鱼，则寥寥几笔。结构、节奏，都具匠心。

这些作品篇幅不长，比《世说新语》长，比"三言""二拍"短，大致与《聊斋》等规模近似。阿城语我，当时他的作品大都写在烟盒锡纸上，故篇幅受限。[1] 在限制中，阿城找到了自由，此其长。[2]

作品喜欢用短句，语言质朴，富古典气息，不是"五四"时期西化语言，不是社会主义时期革命性语言。文贵良总结："阿城的短句，顽强地拒绝欧化语句中繁复庞杂的修饰从句，很少用复杂的修饰成分。阿城的短句倾向古代汉语的简短结构，主语很少用修饰词语，这是古代汉语的重要特征。阿城的短句的主语即使有修饰成分，也是一个形容词加一个代词而已。"[3]

这几篇小说固是阿城少作，但放在当时文学生态看，显得弥足珍贵，显示了阿城创作与众不同。

---

[1] 画家谭华牧被称为"美术史上的失踪者"，也在烟卷壳上画过颇多小画。

[2] 阿城说："所幸后来慢慢悟到限制的乐趣，明白限制即自由。例如做文章，总要找到限制，文章才会做好，否则连风格都区别不开。"参见《文化制约着人类》，《阿城文集》之六，江苏凤凰文艺出版社 2016 年，第 53 页。

[3] 文贵良：《阿城的"短"：八十年代的话语建设之一》，上海市社会科学界学术年会，2007 年。

第二节　以笔记体写知青事
——论《彼时正年轻》

　　《彼时正年轻》与《遍地风流》具"家族相似性"。名为"彼时正年轻",可见是忆青春作品。对于青春有各种态度,有人说"青春万岁",有人称为"芳华",有人怨恨不已,有人沉浸昔日荣光。对于青春态度,取决于今天境界。阿城态度是"彼时正年轻",年轻有活力、有生机、有新鲜感;但不懂事、犯错误、不周全,譬如《秋天》宋彤吊打"女流氓"等。回首观看年轻时作为,当是百感交集。

　　阿城"正年轻"时,是知识青年上山下乡之际,故《彼时正年轻》大多写知青事。然这部作品与"知青文学""伤痕文学"不尽相同。彼时典型的知青小说当属梁晓声《这是一片神奇的土地》。小说写几位知青在北大荒插队时战天斗地"革命经历",亦穿插朦朦胧胧多角恋情,其中三位知青死于北大荒"这片神奇的土地"。这篇小说流露出来的情感较为复杂,有控诉,也有怀念,有伤痕,也有美好,有悔似又无悔,或能代表那一代人对知青经历的复杂感受。梁晓声《雪城》可谓其知青小说集大成之作,作品叙述节奏缓慢,规模庞大,翔实地展现回城知青处境艰难,也写知青回城之后分化。

　　《彼时正年轻》其中固有"伤痕"等,但不是小说重点。知青经历往往只是故事背景,其重心依然在于传奇性,故这些作品读来更像笔记小说。

　　《天骂》写当地"天骂"习俗。开篇空间格局即大:"太行山隔成山东山西,黄河断开河南河北。"可知,作者是从上往下写,是大格局垫底的具体描写。然后逐步降到"王小燕插队到吴村"。写她插队之初的所见所闻和感受：开门见山、地里的草、累的感受、与房东的交谈等，然后逐渐聚焦于"天骂"。若"伤痕文学"调子，当集中于描写如何累、苦，物质如何匮乏等情节。"原来若谁家丢了什么少了什么，或有何事故怨屈，则当家的女人就到房上扯开喉咙吼，诅天咒地，气势雄浑，指斥爹娘，具体入微，被诅咒者受不了这骂只得将拂去之物悄悄还回。"阿城通过知青视角来写，有了"陌生化"的效果。骂由人出，为何名为天骂？因偷东西本来错误，但天何言哉，故骂虽借人发，亦名天骂。这是民间习俗，不属于法律范畴，属于"鬼神"谴责范畴。若事事报警，执法成本太高。"天骂"一方面释放怨恨，或亦可引别人生出羞愧心，故有一定作用。

《小玉》让人感慨，有焚琴煮鹤之叹。《小玉》又与"伤痕文学"颇不同。其叙述冷静、节制，不是大声疾呼地控诉，不是喋喋不休哀怨，好比"零度叙述"，哀而不伤。小说从小玉的年龄、长相写起，又写到她"傻"劲头儿，写同龄男孩和她的交往，写插队。小玉父母亡故，插队时带着钢琴去村里，千辛万苦，结果"琴没有装起来，因为螺钉不知道掉到哪里去了。拉弦钢板靠在队部的墙上，村里的小孩子用小石头扔，若打中了，嗡的一声，响好久"。小说名字、起笔、叙述，几乎是《聊斋》式的，惟内容是时代的。可见，阿城文学有根基，以古代之文学资源写当代人物与世情。

《兔子》情景是插队知青，主题写男同性恋。"兔子"是同性恋代称，譬如《红楼梦》："你们这起兔子，就是这样专洑上水。天天在一处，谁的恩你们不沾，只不过我这一会子输了几两银子，你们就三六九等了。"①阿城既传神地写出了情窦初开少男少女交往神态，也写了第一次遭遇男同性恋场景。小说倒叙，"我"认识李意时不知他是兔子，然后写插队时情况。冬天，炕头上，油灯下，知青没有电视、网络，于是讲故事。尤其男女知青在一起共同讲，于是氛围两样。讲到"我们院儿啊，有个女的，你们猜怎么着，她和一个女的好"。结尾则是："窗纸蒙蒙亮的时候，我醒了一下，立刻觉得有人和我在一个被窝里，从位置判断，我知道是李意。这一夜的故事情节和各种对那个的推测一下子都具体到我的后背上来。李意睡得很死，鼻子里的气弄得我的脖子湿茸茸的。"

《专业》开篇气势不凡："北京西直门向西北……大同居雁北……雁北乃吝啬之地。"此阿城格局气象，仿佛从远古写起，从历史中走来。至此，话锋忽一转："公元一九六七年，北京有万把初中高中学生西来雁北。"短文而有大时空格局，有历史与现实交汇。阿城仿佛身历无穷之事，观尽事变，在这样视角下看"插队"，看一代人变故，不惊讶，不动心，所以叙述平静，几乎"零度"。北京来的知青辩论，"理解不太相同，于是争，站起又坐下，下炕复上炕，声震瓦屋，穿墙透壁，引得郑村的狗吠成一片"。在要求"红"的年代，"专"不重要。《第二次握手》《哥德巴赫猜想》等之所以具文学史意义，因为写出重视"专"，故科学家而复非"工农兵"成为"时代英雄"。《专业》则写"专"被边缘化，北大地球物理系的同学在矿井挖煤。

《秋天》从季节写起。"秋收烦人。东一块庄稼熟了，就收东一块的。过些日子，西一片庄稼也熟了。就收西一片的。拉拉杂杂，全没有夏收的催命。"也是描写秋天的妙笔。秋日多事，发生

① 曹雪芹：《红楼梦》，人民文学出版社1990年，第629页。

了不同寻常故事。晓重刻图章，手被划破，然而这还不是秋日之事。宋彤吊打"女流氓"，颇有红卫兵"风范"，才是秋天故事。此事体现了知青与农民之间的隔膜，或是"改造"农村的表现，知青不更事，"女流氓"若有办法，何至于此。然而造化弄人，几年后宋彤没有回到北京，而是改名另嫁他村。

《夜路》写不怕鬼者吴秉毅故事，还是笔记体。有鬼无鬼的故事，怕鬼与不怕鬼的故事，在中国具有原型性，相关故事多矣。《夜路》既具有原型性，又具有时代性。原型性所谓怕鬼不怕鬼，时代性因为涉及知青下乡及知青之死等。"知青文学"以新文学笔法写知青经历，阿城以笔记体写知青经历。假如以笔记小说的调子写这个故事："有知青吴秉毅者，不怕鬼。常为走夜路者伴。女友死，俟其父母之来，守尸十日。"如此格调或与《夜路》近似。文中有一个比喻有意味："一到夜里，吴秉毅抵得上个毛泽东，大家无论怎么背语录，念'彻底的唯物主义者是无所畏惧的'，还是畏惧。"昔日如此比喻冒天下之大不韪，今则无事，亦能见时代精神之变。

《火葬》写郭处长之死。小说从物资处写起，及至写到生漆，笔宕开去。"生漆古来就是唯一的漆，除了桐油。生漆是好东西，漆木器，竹器，藤器，越用越亮，像琥珀。"可见阿城博闻强识。小说集中于传奇性，态度平正，不是批评郭处长贪污受贿、官僚主义，不是批评老百姓觉悟低或颂扬工农高尚，也不是同情知青。郭处长死后，知青为其"火葬"，借火葬之火烧黄豆花生，郭处长的衣服被瓜分，真是"死去何所道，他人亦已歌"。小说语言简洁，是典型的"阿城的短句"。譬如其中一句"地处边远，送医不及"，以啰嗦的白话文写或是"因为死去时地方偏僻遥远，所以不能及时送到医院"。

《打赌》。"打赌"也是老话把、旧题材，笔记小说中此类故事多矣。阿城以新瓶盛旧酒，写退役军人与村人打赌穿裙子女知青有没有穿裤头，结果被判成流氓，死刑立即执行。《打赌》有荒诞感，好像是笑话，但事实发生过；好像是个严肃的政治法律事件，但又有些可笑，因孙福虽有错，但罪不至死。荒诞感如何产生？因为不中，因为不严丝合缝，或过或不及。孙福罪重而罚轻或罪轻而罚重，都会产生荒诞感。

《春梦》写少男少女相感。这是亘古不变的主题，也是美好情感，但这个故事具有残酷性。原因何在？因为时代大变动，二者相感不成。晓霞家遭变故，父母被遣返，安直与之偶遇并发生性关系。结果晓霞被打致死，罪名是勾引红卫兵。此故事可以是长篇构架，阿城寥寥数笔，写出了少年的心思、情感。

《大门》体现了革命意识形态与宗教传统在人内心消长。革命小将"破四旧"，砸毁寺庙。少年人虽天不怕地不怕，虽有革命意识形态撑腰壮胆，但宗教传统毕竟久远，二者相战，心有不安，形之于外，故见种种异象。先是"到了广州，黎利的手还是痛的，但他没有对其他的人说"。手痛，有所不安，有犹豫；没有说，因为强忍，因为革命意识形态。之后，他们乘兴月夜看黄河，途中偶遇所破之庙，又引发疑惧，故不得不乘夜而归。

《布鞋》从王树林的鞋写起，写他如何爱惜鞋子，写奶奶做鞋辛苦，又写大姐帮奶奶做鞋。此中国惜物节俭的传统，是老派人作风。文章过半，笔锋一转："一九六六年八月十七日下午，学校通知全校师生晚上集合去天安门广场。王树林回家闹着要穿新鞋，说晚上有重大活动。"于是时代面貌呈现，原来是检阅红卫兵，"上百万人沸腾，《东方红》音乐大起，'毛主席万岁'的口号声响彻云霄，消息传到全世界"。这是大时代，可谁会注意上百万人撤离天安门广场后，留下了近五万双鞋子，也包括王树林的新鞋。

《接见》以毛主席接见红卫兵为时代背景，谈少年受到时代意识形态"鼓舞"。十二岁初中生王五豆，被革命激情灌注，改名王五斗，豪情万丈。于是，赴北京，到天安门。"五斗他们兴奋得睡不着，就在学校里乱走，到处扔的是课桌椅，墙上都是大字报。浆糊的酸气一股一股的。又到街上去看，也是大字报，浆糊的酸气一股一股的。"这就是接见红卫兵时的北京。因为等待被接见的人太多，"五斗急得不行，他没有看到毛主席，于是这一路上的委屈都涌到鼻子眼睛里，把个十二岁的孩子哭得呀"。孩子的政治激情，要好好养护引导，否则容易浪费。一旦孩子们觉得激情被浪费，会产生政治厌倦。

《山沟》写潜逃者，也是笔记小说的腔调。邹姓湖南人，来到山脚，盖起草房，种庄稼和菜，北京知青教他女儿识字。邹姓者好像是闲适的、富足的。临别之前，才说："我是家乡杀地富反坏右逃出来的。杀得太多，渠里的水都凝了，各乡还在押来。押我去的人，也姓邹，半路上放了我，说毛主席的书第一篇就是讲湖南，这次湖南的贫下中农要立新功，可是这样一个杀法，一锄一个，渠里的水都凝了，我看天要报应，你带伢子跑掉，要记得，不要说给哪个。"渠水为凝，此扩大化重要表现。

《成长》写王建国成长经历，大写意。小说第一句："王建国生于一九四九年十月一日。"与共和国同龄，故名建国。叫建国者多矣，"建国长到七岁，上学了。第一天老师点名，叫王建国，站起来两个，还有一个也叫建国但姓李，没有站起来"。名字随着时代的变化而变化，红色文化主导时期，名为建国、红东等不可胜数，今传统文化稍复兴，于是叫仁、智、佳者增多。王建国本来是重点培养对象，"高中毕业后保送苏联留学的苗子"。但"文革"

到来，"王建国后来上山下乡，又转回北京，谋到建筑公司的一个工作，捆钢筋"。上山下乡多少艰辛，一句话带过而已。王建国工作时，望着天安门广场从高空撒尿，"抖了一下，两眼泪水"。"撒尿"，见其心态。"两眼泪水"，多少感慨。《成长》以大写意笔法，写出了一代人的成长经历和心路历程。

《彼时正年轻》是短篇集，有相对集中的主题。故事大都集中于"文革"期间，主人公大都是知青。《彼时正年轻》主题虽具有时代性，但与时调不同。当六七十年代，大都"歌德派"，就是好就是好就是好。当七八十年代，大都批判派，控诉控诉控诉。《彼时正年轻》好比文学"第三条道路"，它体现出与二者不同的品位和趣味。

第三节　杂与一
——论《杂色》

1949 年之后，因为改造，社会整齐划一。世俗社会被政治生活挤压，社会各个阶层均被改造，整个社会遂呈一种颜色，一个声音，一种状态。

阿城作《杂色》有现实针对性。杂，"五彩相会"，言杂多也；色，色彩也。"杂色"，谓之色彩驳杂，谓之丰富，谓之多元，谓之百花齐放。《杂色》写社会各色人等，有地主、小手工业者、赌徒、右派、士兵等；写三百六十行，有旧书行、豆腐行、木匠行、面行等。阿城能写"杂色"，见其知识结构杂，他光谱之广泛，可写各行各业、各类人物。这些人，大都具传奇色彩。《杂色》主要关注"文革"前后，很多故事都会出现 1966 年，此为重要时间节点和分界线。

《杂色》思想资源是笔记小说。《杂色》共三十八篇，篇幅皆不长，规模都不宏大。虽然有些故事具长篇小说规模，但阿城大写意，寥寥几笔，写其大者而已。此笔记小说写法，非新文学作法。

下面，按照《杂色》顺序，一篇一篇扫描一过。[①]

《旧书》描写古书铺工作人员吴庆祥经历。阿城少年徜徉旧书店久之，熟知旧书店相关情况。晚清以来，中国的社会思想有一次较大变化：古代以旧为美，道尧舜孔孟，讲古制，之后求新求变，越新越好。新成为先进同义词，旧则成为落后同义词。如此格局下，古书铺是不和谐音符，故在被改造列。"吴庆祥十二岁学徒，学的是古书铺的徒。"识字，认版本，伺候买书者、老板，慢慢成为正式员工。1950 年，或感受到新社会对旧书店和店员压力，或感受到时代剧变，吴庆祥自杀。

《抻面》写抻面者铁良。按成分，他属于工农兵。阿城写铁良职业功夫、职业道德，重心在传奇性，而不写其阶级性和先进性。譬如，"铁良试碱不用舌头，一半儿的原因是抻面是露脸的活儿，是公开的，客人看着，当面的。铁良用鼻子，闻闻，碱多了，就再放放，'省碱'"。譬如，"铁良不含糊，当当一手揪出一拳头面，啪，合在一起，搓成线条儿，掐着两头儿，上下一悠，就一个人长了"。譬如，有位将被镇压的"反革命"，临刑前想吃龙须面，铁良镇静地为他抻面。文章中有一个妙喻："后来运动多了，铁良说，这'反省'就是咱们的省面。省好了的面，愿意怎么揉掐捏拉，随您便。"阿城在与查建英的对谈中，用此形容自己少年

_____

① 《色相》《噩梦》两篇，后文单独讨论。

状态："对，面还没有'醒'透。"①

《江湖》描写做买卖者孙成久。江湖或与庙堂相对，好比今天所说的"社会关系"。但因为武侠小说流行，"江湖"一词也与武术紧密相连。金庸《鹿鼎记》，韦小宝不是靠战斗力，而因能处理好方方面面关系，八面玲珑，应对裕如，故能够逢凶化吉，得以善终。对孙成久进行阶级定位，难矣哉。他做学徒，为采买，走南闯北，人情世故把握得好，可谓老江湖。小说写道："孙成久走南闯北，窑里也去，染坊也进，应酬起来，烟榻上也要吸上两口，酒也得抿上一两二两。方言土语，黑道白道，天有不测风云，地有江河沟壑，都要懂，都要会，都得照应到。"

《宠物》写金先生。他豢养宠物，但不至于成癖。家里狼狗因被邻居控诉为"日本狼狗"，所以被没收，金先生悲苦久之。于是又养猫，三年困难时期，无食喂猫，遂遁走。不得已与耗子为伍，不忍伤害，竟视为宠物。中国之大，竟未给金先生留下饲养宠物的条件和空间，竟不能容下一点癖好，让人叹息。

《厕所》写厕所古今变化，是有趣味的考古题目，能见阿城博闻。小说先从故宫写起，写故宫没厕所，担心"早上皇上太监三宫六院御林军上朝的文武大臣，这么多人每天在哪儿上厕所"。原来是，"用桶，桶底铺上炒焦了的枣儿，屎砸下去，枣儿轻，会转圈儿，屎就沉到底下。焦枣儿又香，拉什么味儿的都能遮住"。又写北京官茅房，写今日北京之厕所状况。这些细节，阿城曾与张光直讨论过，他没有浪费，写进小说中，亦可作为生活史材料。

《提琴》写洋木匠老侯。据说，阿城会做木匠活。这篇小说能看出他对木匠行熟悉。譬如，"锛其实是很不容易的活儿。站在

---

① 阿城：《与查建英对谈》，《阿城文集》之七，江苏凤凰文艺出版社2016年，第161页。

原木上，用锛像用镐，一下一下把木头锛出形来，弄不好就锛到自己的脚上"。若无生活支撑，未必可以写出这样的细节。老侯爱钻研，因和教堂有接触，逐渐能修洋玩意儿，所以被称为洋木匠。1949年后，与洋有关者成为禁忌。老侯修的一把提琴成为"一把勺子，一个戴红袖箍的人也正拿它当勺盛着糨糊刷大字报"。《提琴》与《小玉》类似，破"资"，都有焚琴煮鹤之叹。

《豆腐》写做豆腐者孙福。阿城熟悉豆腐行，说来头头是道："豆子磨成浆后，盛在锅里掺水煮，之后用布过滤，漏下的汁放在瓦器里等着点卤，布里剩下的就是豆腐渣。豆渣是白的，放久发黄，而且发酸变臭，刚滤好时，则有一股子熟豆子的腥香味儿。豆渣没有人吃，偶有人尝，说，磨老了，或者，磨嫩了。磨老了，就是磨过头了，细豆渣漏过布缝儿，混在豆浆里，这样子做出的豆腐里纤维多，不好吃。磨嫩了，就是豆子磨得粗，该成浆的没成浆，留在豆渣里，点浆成豆腐，豆腐当然就少。"一战时，孙福做民工，到欧洲参战被俘，为法国人做过豆腐。虽经历大事件，"当民工，到欧洲打仗"，后来请孙福讲"五四"运动，全讲在法国做豆腐。孙福可视为工人否？有先进性还是落后性？阶级定位，似难概之，故阿城言"杂色"。

《宝楞》言赌徒宝楞。赌徒一般贬称，阿城关注赌徒的传奇性。"该干什么干什么，该赌赌，该吃吃，宝楞在赌上是专业状态。所谓废寝忘食，绝不是专业人士所为。按部就班，调节有秩，才能几十年干下来，不得职业病，宝楞就是如此。""进过食，宝楞再入场，坐在灯下倒是相当庄严的。午夜前，宝楞一派成熟，不拘输赢，处于而立与不惑之间的状态，赢无喜气，输不上脸，进进出出，好像与己无关。这时的宝楞有帝王相，常常就有旁观的看呆了。""相当庄严的""帝王相"，形容赌徒，可欤？不可耶？赌亦有道，宝槑"赌王"气象。虽是赌徒，阿城不视为落后分子，几乎将其写为有道之人。或宝槑是有道者隐身于赌徒，亦未可知。

《妻妾》写老余有一妻一妾，在新社会亦传奇。"老余和他的一妻一妾在北京，是一个最大也是一个最小的漏洞。"社会毕竟有扫帚不到的地方。他人窥之，或羡慕，或惊奇，或以为封建遗毒，或以为性解放。但"凡是跟踪过老余的人，都不跟踪了。凡是想跟踪老余的人，一定是刚听说老余有一妻一妾的人之一"。其实，不过搭伙过日子，平平常常。

《大水》写木石头其人。石头是普通名字。文章很短，阿城竟以四段之篇幅讨论"石头"此名。"各村都有叫石头的。若说石头如何了如何了，譬如说石头在集上占了别人的便宜，别人会问，哪个石头？……"不过是说，石头这个名字普通，或也有点语言实验的意思。又说木，不是姓，是性。村里人赶兔子，好不容易追得兔子倒地，石头因为"见着好把式"放跑了。春天打草，看见"草实在长得好"，于是忘记干活。发大水，石头不赶紧躲藏，修田埂，看着水中漂浮的财物，说"可惜了，可惜了"。此之谓木也，痴也，有传奇性也。

《大胃》写奇人大胃。他好似食色化身。"大胃每天只吃一顿饭。大胃说，公家给我一天一斤半饭米，三顿吃，一顿只吃得半斤，顿顿吃不饱。老子一天吃一顿，一顿一斤半，吃饱了。"在乡里，大胃曾一次吃面二十四碗，之后又吃掉好几个人粮票，故得名大胃。又拒绝去县里粮库上班，因为"离不开他的母牛"。食与色，此民之性也，不可不重视并引导之。孔子谓"三步走"，庶之，富之，教之。

《野猪》写猎人打野猪事，亦属"惊奇"类。行行有道，打野猪须遵道而行，妄为将有性命之虞。"野猪的牙之所以厉害，是因为野猪的腿。野猪的腿的力量，使野猪的牙能以箭一般的速度挺进。"又说："十公尺以内单人碰到野猪，又没站好地方，开枪是找死。你就是打中了，猪的獠牙也戳你个血窟窿。"猎人李世保，遵道而行，不乱动妄发，临事而惧，随机应变，故为优秀猎人，能逢凶化吉。

《裤子》写裤子流行之变。流行，在老万那里称为"兴"。诗可以兴观群怨，诗有赋比兴，其兴也勃焉。昔服装之变乃大事，变乱服饰是重大罪名。近代以后，服装走马灯似的换。服饰不一定，意味着思想无一统。阿城以小见大，以老万经历，写社会变化。"七十年代末，有到大城市上学的学生回到乡里，穿着'喇叭口'，头发留得长，黏成一绺一绺的，不洗头的缘故。老万在集上看到了，说，呀，又兴'倒大'了！"老万还穿过马裤，借穿过军裤，还在村里兴起穿化肥裤。

《扫盲》写齐主任事。齐主任是革命年代的典型人格。"不料运动一个接着一个就来了，从镇压反革命，一路就到了大跃进，大炼钢铁，打麻雀，药老鼠，公共食堂大锅饭，接着又撵进城的叫花子。齐家媳妇一路赶着要强，慢慢在街道居民委员会负起责来，成了齐主任。"上层不静，遂使民间动而不止。齐主任随之而动，事事宣讲，紧密跟进，忙忙叨叨。社会逐渐变化，齐主任逐渐不能掌握政策，也不能适应变化，"以前瞅着不像好人的好人不像坏人的坏人再也掌握不住了"。盖因被时代之风摇动，中心无主。"老李家的三儿媳妇勾着个男的，今天长休，关着门在屋里搞腐化"，齐主任到派出所，被年轻民警顶回去。齐主任忙，意味着民间社会大动；齐主任已无事，则意味着民间社会渐回平静之态。

《结婚》写平反右派老林，他有"痴"劲儿。"大刘是粗人，肏字当头，什么都骂，肏姥姥，肏姥爷，肏舅舅，肏大小姨子，大小舅子。不但肏母系，还肏父系，肏奶奶，肏爷爷，肏爹，肏叔，兄弟姐妹，都肏，碰到什么肏什么。比如，废铜烂铁论斤收买，秤完了，大刘喘着气，说，我肏它个秤砣的。"老林却如此反应："大刘肏得这么普遍，有深刻的道理。肏母系，是母系社会血统的确认与反确认，肏父系，也是同样的道理。君臣父子，讲的是政治和血统中的次序，大刘说我肏你妈，就是向对方严厉确定双方在血缘上的次序，我是你爸爸嘛。"老林的"痴"，可见一斑。老林和一个女右派结婚，结果不到一星期，就申请离婚。原因是，"两个人睡觉，鞋子，枕头，摆法各不一样，别扭。独身几十年了，又都不愿意改，何必呢？商量了一下，就算了吧，做个分开住的朋友吧"。此故事，简直可入《笑林广记》。

《平反》写右派老丗的故事。老丗是右派，随和而倔强，被称为老母。在单位人缘好，"吃午饭了，手上离不开的人说，老母，帮我带俩馒头一个一毛五的菜。过半个钟头，老母回来了，十个手指头没有一个闲着，用脚拨开门。屋里的人都说，嚯！帮着把菜碗和馒头接下来。老母甩甩手，说，嚯！下班儿了，老母常常最后走。离开之前，里外看看，还在抽屉外锁上的钥匙她给拨下来，收在自己兜儿里。第二天上班儿，悄悄地给人家说，下回小心点儿。常有这类事儿，大家都很感激老母，以致大家过于放心，把老母当成了钥匙"。1979 年，右派平反。组织部准备为其平反，老母拒绝："我就是右派，无反可平。右派是一个派，左派也应该是一个派嘛，也许人数上多一点。"

《洁癖》写有洁癖者老白。人一旦有癖，不同寻常，人就好玩儿，事就有趣儿。"老白上大学的时候，一间宿舍住八个学生。七个学生都不讲究，手巾不拧干，滴一地水。脸盆像圆表，高高低低结着灰圈儿。碗筷永远是打饭的时候才洗。十四只袜子，七种味儿。老白没法子，跟学校说了，走读。""老白谈过恋爱。两个人到郊外僻静地方儿找着块长石头，老白铺了大手绢儿，两人坐下了。谈得投机，拉手，拥抱，接吻，女的把舌尖儿顶进来，老白一下子就醒了。"书记准备为他落实政策，家访，因为挖鼻孔与老白不欢而散。癖之难改，竟如是也。

《大风》写知识分子老吴、老孙和老齐之间互相倾轧，彼此唇枪舌剑，相互构陷。在原单位，"老孙，几个月前是编辑，听了以后，说，你的意思是毛主席也会出错了？……老齐，几个月前也是编辑，点了数下头，说，深挖下去的话，其实有一层恶毒之处，我们都知道，毛主席是当代最伟大的马克思列宁主义者，是中国革命的伟大领袖，把毛主席等同我们这样的人，大家可以想想，是什么性质的问题！……老齐刚说完，老吴就说，你的意思是，敬爱的毛主席他老人家不是人了？"……在干校中，他们依然如故，蝇营狗苟，较劲儿看护粪场。

《蛋白》写小知识分子詹大。小说聚焦于世俗生活。"詹大有一次在街上，远远见到许多人围着，就走过去站在外面看。原来是有个人在卖老鼠药。后面的人挤不进去，纷纷问詹大，那大个儿，里头干什么哪？詹大个子高，看得见，就一五一十地说，还加上自己的批和评。"又写道："詹大的家是很标准的小，因为詹大个子大，所以显得不是很标准。詹大一直没分到房，理由很简单，就是领导认为詹大的房并不小，只是因为詹大大。"又写道："家里的作息，也和别人一样，儿女占了桌子做功课，父母就在附近的街上慢慢地走。"生活艰辛，物质匮乏，但能自得其乐。

《西装》写寒士老李。老李苦读成才，是励志的典型。"老李知道，自己是看一段书，就闭上眼睛，努力在脑子里再看到那段书。思索的时候，眼睛不盯在书上，或闭眼，或看远处。老李说，书上到处都写着：十五块钱，十五块钱，十五块钱，哪里还敢多看？"西装具政治象征意义，昔领导人着西装统一亮相，具有宣示作用。老李苦出身，学版本学而有成，出国交流，不得不穿西装，然终觉与日常生活不协调。

《定论》写老贾人生几个关键阶段。"老贾年轻的时候脑筋很好使，教授说他书底子厚，又明理路，前途，当然是指学术，前途随便怎样估，都是无限量的。""老贾后来参加了革命，而且在革命队伍中的地位渐渐很高，常做报告，有知识，会发挥。朴素的革命道理如果有学术的论证，再富想象力，报告会是一定有热烈掌声的。""老贾并没有在无产阶级文化大革命时死去，虽然他是当权派和权威，皮肉之苦当然受过，要不怎么叫无产阶级文化大革命呢？老贾很清楚别人当时为什么打他，也因此想了很多，所以老贾恢复原职到办公室的时候，对秘书很和气。"老贾人生几个阶段，涉及中国近代以来社会变化。阿城似不愿意琐琐乎处理细节，只写大略而已。

《仇恨》讨论朋友相处之道。"老张和老李是很多年的朋友。"但因为老张没听过老李一些话，老张遂以为老李不够朋友。"结果您今天跟我说，您有话没跟我说。你说，这话传出去，我这脸往哪儿搁？人家说了，老张老李是不说心里话的朋友。"老张让老李谈对自己意见，老李说："这么多年来，我恨你。"不正确的朋友观念，会给朋友造成道德压力。小说形式上有探索，全篇对话，历史和现实的情节在对话中展现出来。

《观察》说老张故事，亦带传奇腔调。"老张肾气足，头发旺，而且黑，没有一点儿该退休的模样儿，可是退休了。年龄在那儿摆着，文件又是三令五申。"退休的老张，"当然也看儿子，用上班儿时的术语，叫观察。老张没退休之前常上夜班儿，和家里人是阴差阳错。几十年下来，很不容易，儿子生得晚，关心不够，退休了，有时间关心了。老张很快就观察出来，儿子手淫"。单位同事碰到棘手的问题，前来请教老张，"老张笑了，说，知识分子，不供是不是？来人说，听听您的经验。老张说，观察，观察他打手铳的规律。来人问，什么是打手铳？老张说，我看你真是个知识分子，打铳就是自己玩儿自己，春三秋四冬满把，热天儿就用俩。人心都是肉长的，圈起来没有不打铳的。一打铳，就能制，打完铳，万念俱灰，胸无斗志，马上提审，情况就不一样了。要不就点明给他，知识分子脸皮儿薄，威风减了，就好说了。打读书人是下策，精神气儿，越打越得意。也有不经打的，得观察"。老张政工干部，"观察"功夫了得，整治"知识分子"功夫了得。在老张口中，"知识分子"几乎是贬义词，能看出昔年对知识分子态度。

《白纸》有荒诞感。孙仁之接到一封没有内容的信，或恶作剧，或放错。他未在意扔进纸篓，竟被同事告发，以为是"密码信"，打成右派十年。彼时不太平，社会氛围非常紧张，受害者与施害者都高度警惕。这种氛围深深植入潜意识，以至于出现口误。"孙仁之忽然明白事情有点像电影，自己接到密码信，关好窗子，关窗子之前，还探查了一下窗外。之后，打开灯，灯上罩着纸。拿来一盆水，把纸浸到水里，纸上就慢慢显出字来。""孙仁之关于紧张的经验全部来自电影，当他开口回答之前，纸上显现的字是黑的，因为彩色电影里不再拍密码信了。孙仁之说，我没有打水。保卫科的人怔了一下。"

《回忆》写复员士兵大李故事。阿城这类短篇，往往喜欢先设下悬念，讲述一个不合常理故事，然后不停渲染，文末解开谜底。

"大李从部队复员后，等了一年，一九七二年才分配到工作。大李人老实。说起话来，板板眼眼，像复述命令。单位里的复员兵，有几个能说的，又是党员，都很快当了干部，七弄八弄，也都结婚了。大李没有当上干部，也没找到对象，到单位的伙房去洗菜，或者，帮着采购员去买菜。"大家觉得大李不正常，于是打探，无果，遂不再关心。1976年，毛主席去世，各单位要开展回忆运动。大李说在百米内见过毛主席，"他一站到灯下，我就认出来了。他就是，我们伟大的领袖毛主席。我是贫下中农的子弟，我觉得我应该呼口号毛主席万岁。我是右手持枪。我把枪换到左边，因为呼口号要举右手。我把右手举起来，就有一条胳膊卡住我的脖子，把我拖走了。我就是这样见到了我们伟大的领袖毛主席"。水落石出，此前种种疑虑遂得到解释。

《补靪》写老林故事，他稍有补靪癖。"但老林最注意的是补靪，凡是有关补靪，老林都特别注意。比如城里曾经有过补碗的，一个人，挑了一副担子，沿街叫，铜锅铜碗铜大缸。老林听到了，立刻就到街上去。""老林自己的拿手活儿是在衣服上补补靪。裤子的膝盖处，袖子的肘处，磨白了，还没破，老林将补靪补在衣服里面，这样的补靪叫暗补靪，外面看不出来。等到布磨破了，老林就把暗补靪拆下来补到外面，用暗针缝，针脚看不出来。除了这些，老林还有挖补、接补和织补。"全篇围绕着老林癖好，纵横交错地写与之相关的趣事。

《椅子》写大机关管椅子者老周故事。先从机关写起："老周所在的单位是一个很大的机关。大，首先是因为中央级的单位。再者，是因为机关有三千四百五十一人。或者说，首先是因为单位有三千四百五十一人，再者，因为是中央级的机关。数字是有魅力的。"故意饶舌，或示戏谑，具有解构力量。"老周的位置是总务处物资科的副科长，负责这个中央级的单位的一万六千九百零七把椅子。"退休交接，"从五十年代的十三把椅子到八十年代的千军万马，这个政权是老周一手建立起来的。老周心里对上帝有些不满，尤其是，把知识分子正式拉进领导层以后，接替他的是一个还不到三十岁的人，理由是念过大学"。可见退休前心态。重视专业人才，可见机关用人结构之变化。

《觉悟》写被迫还俗释名觉悟俗名老俞者的故事。"老俞因为家里穷，从小被送到庙里，挑水，砍柴，磨谷，浇菜，打扫内外。还有日课，就是打坐念经。打坐的时候，有一次眨了一下一只眼，被值日的师兄望到，劈脸就是一掌，喝道，看什么你看？这里哪样东西是你的你看？小俞把眼睛闭了，想，念了这么多日子的经，都不如这一句管用。"此棒喝也，一掌一喝，似乎禅宗公案。"小俞得了法名觉悟。觉悟每日读经。为了疑难，觉悟云游过。云游后觉悟回来大觉寺，每日在庙里绕着圈走。当年的师兄见了，问，每天这样走，有什么道理在里面？觉悟说，走惯了，一时停不下来。"后来觉悟被迫还俗，"老俞会写字，被派去在墙壁上写一个人高的标语。老俞写的第一条是：提高共产主义觉悟。公社的人逛过来看到了，说，叫你写革命委员会好，谁叫你先写这个了？老俞说，给我的单子上有，可是这条意思不对，觉，悟，觉悟了就是觉悟了，没有高低"。老俞一生几个重要阶段，几笔写出。"文革"之际，寺庙受到冲击，可见一斑。

《小雀》写乡下"四清"的情况。"乡下的阶级斗争，照文件上的说法，甚是严重。"村子里的人喜欢养鸟，"歇息的时候，大家就看鸟，听鸟，评鸟，也有因为鸟而打起来的，也有因为鸟而知心的"。可是，"上面传下指示，说这个乡的养鸟，是一种地主阶级的生活方式，请问旧社会，什么人才养鸟？贫下中农吃不饱，穿不暖，还会养鸟吗？当然不会，结论是，结论是很明白的"。以这个故事，讨论"四清"对世俗社会进行了不当干涉，影响了日常生活。

《阴宅》写盗墓贼老刘、小刘、大韩三者故事。近年"盗墓"成为网络文学重要类型。或因墓本来神秘，盗又添历险、诡异等色彩，故引人好奇心。这篇小说，重心写三者之间互相算计，不似庄子所谓"盗亦有道"，而写盗本无行。始之为分成比例，斗争再三。议成，小刘下墓，却遭老刘和大韩算计，被弃于墓中。在车站，又因分赃不均，大韩杀老刘。这个故事又似写"螳螂捕蝉，黄雀在后"，以不义处之，遂以不义反之。

《南方》似戏作。论南北之别，由来已久。孔子有"南方之强与北方之强"议论。画有南北宗之称。南北之别的讨论，有一定意义，但未必意义很大。"何刚，生在北方，长在北方。"南北到底有何区别？南方水牛耕田，农民戴斗笠；北方黄牛耕田，戴草帽。南方有水，但北方也有水。北方有雪，但南京、杭州也下雪。南方有雨，北方也有雨。南方热，但北方三伏天也热。冬天，何刚去上海出差，"心里明白北方与南方的区别了，那就是冬天南方比北方冷"。小说提到："武汉人夏天夜里躺在竹床上，旁边摆一个水盆，将一节竹筒在水里浸一浸，搂在怀里，热了就再在水里浸一浸，竹筒叫做'竹夫人'。"这些记述，可广见闻。

《唱片》写嗜戏者赵衡生故事。"戏对赵衡生来说，好像是与生俱来的。……长大以后，赵衡生会唱不少戏文，都是随情绪化的，比如夜里走胡同，就唱一段带豪气的，自哼过门儿。有什么得意事儿，赵衡生也会唱上两句，比划两下，有时干脆只念锣鼓点儿。所以戏对于赵衡生来说就是生活的一部分。""文革"期间，赵衡生曾见证"破四旧"，运了一星期抄家所获唱片。

《寻人》写"文革"惨状。小说从闲笔写起："李双林命中缺木，取名双林，就是为补木的不足。……李双林为自己命中缺木这件事苦恼很久，后来去街道办事处改名叫'李兆林'。"李兆林闲极无聊，思虑或有名林兆林者。于是留心访求，果见有右派名林兆霖者。"大字报中或详或略地讲了林兆霖的罪状。李兆林读着，有些心惊肉跳，有点儿幸灾乐祸，有点儿莫名其妙，有点儿不忍。"及至面访，"戴红箍的人说，他还有什么罪行？他早死了。我们批的几个家伙，都是他的学生，所以当然要批他们的先生"。李兆林虽似小说主角，实则叙述者，为了引出林兆林悲剧故事。

　　《纵火》写吴顺德"文革"中事。"吴顺德喜欢收集东西，例如邮票。吴顺德有一张清朝的大龙票。"1966 年，风雨欲来，"吴顺德回到家里坐下，手拄在腿上想，原来我收的这些东西，都是四旧。大龙票，封建王朝的官府凭据；猴虎商标，现在早就是安全火柴了，不安全火柴不是旧的是什么！……吴顺德想起了一样儿东西，一张月份牌儿。这张月份牌儿印的是美人，细美高额，紫色旗袍儿，直鼻子长肉眼，要命的是边儿上的图案里框着一小面青天白日旗"。旧派人物收集旧物件，人与物皆在被清理之列。吴顺德因遍寻月份牌儿不得，不得已纵火焚烧屋子。

　　《被子》写死于"文革"中的张氏父子。"儿子和媳妇是一块儿死的。他们这一派总共死了有三十多人。追悼会开得很隆重，会场上一幅很大的横标'血债要用血来还'，迎风翻滚，口号一浪高过一浪。张武常作为烈士的父亲，被请到台上讲话。张武常觉得自己讲得很不好，但是看到那么多人为自己的儿子媳妇神情激昂，很是感激，觉得一些得意，觉到了安慰，而且血债要用血来还。""张武常回到儿子住的地方，收拾遗物。屋里没有火，阴冷阴冷的，脚脖子冻得没有了知觉。上街买了点儿吃的，没有心肠吃，想生个火，没有心肠生，就冻着坐在床上。"那晚，张常武就冻死在儿子床上。一家悄然死去，如同"冻死苍蝇未足奇"。

《家具》写地主如何养成，又写如何被打倒。"王换三听母亲哼小曲，不知为什么就会立志，让母亲老了的时候，过年吃一个肉丸的饺子。这个志胀得换三胸满满的。"因为勤俭，"果然就发了。头几年还看不出来，等王家地里要请个短工的时候，王家已经有二十几亩地了"。"到一九四八年土改的时候，王家划成了地主成分，换三当家，是地主分子。"于是王换三这个勤劳致富者成了地主，"王家的地，房子，牲口，家具，都分给了村里的贫雇农"。这个故事，对于阶级划分具有颠覆性。

《诗经》结构，不仅是一部书结构，是社会制度结构的反映。十五国风，不尽相同，各有风气，"杂色"也；雅，"形四方之风"，是"一"。一个国家，必要处理好杂与一的关系。杂而不一，国家不定，四方风动，乱世也；国家惟一，地方无特点，人民无个性，社会活力不强，经不起变动。所以，《诗经》结构，有雅有国风，合理处理了杂与一的关系，值得借鉴。此或《杂色》之用心欤。

第四节　古典故事先锋讲法
——论《画龙点睛》

画龙点睛，典出张彦远《历代名画记》："又金陵安乐寺四白龙，不点眼睛，每云'点眼即飞去'。人以为妄诞，固请点之。须臾雷电破壁，二龙乘云腾去上天，二龙未点眼者见在。"[1]此传说

---

① 张彦远：《历代名画记》，浙江人民美术出版社 2011 年，第 120 页。

也，形容张生妙笔。

阿城本此故事框架，作《画龙点睛》，演绎出五个不同的故事。五个故事前面两段相同："从前有座庙，庙里有堵墙，白白的好像缺点什么。庙里的和尚于是请来画家张生在这堵墙上画些东西。张生就画了这四条龙。到庙里来的人都说这四条龙画得真好，可是，为什么不给四条龙画上眼睛呢？"故事的结局相同，都是张生点睛，一龙破壁飞去。

五个故事不同点在何处？张生点睛原因不同。于是本来一个故事，遂成五个故事。

第一个故事。点睛原因令人大跌眼镜。张生画了四条龙，但庙里只给了他三条龙的钱。"张生拿笔到墙前面给其中的一条龙画上眼睛。轰隆一声，有眼睛的龙飞走了。张生说，既然你们只给三条龙的钱，没钱的龙只好到别处去了。"有诙谐意。

第二个故事。大家问为何不画眼睛，张生说，龙有了眼睛就活了，活了就飞走。大家不信，张生点睛一条，龙飞走了。"大家慌了，说，那就让留下的三条龙瞎着吧。"稍涉先见者与民众之关系。

第三个故事。大家问张生为何不点睛，张生说："龙最见不得人间的丑恶，要想留下这四条龙，就得让它们的眼睛瞎着。"大家不信。"张生拿笔到墙前面，给其中的一条龙画上眼睛。有眼睛的龙四下看看，轰隆一声，飞走了。大家高兴了，说，没眼睛就没眼睛吧。""龙最见不得人间的丑恶"云云，或有怨意。

第四个故事。大家问为何不点睛，张生说，龙是道观里的东西，画了眼睛，一看是庙，将飞走。大家不信。张生点睛，龙即飞走。"大家说，那就把这儿换成道观吧。"主题稍涉三教之争。

第五个故事。大家问为何不点睛。"张生叹了一口气拿笔到墙前面，给四条龙画上眼睛。画完一条，轰隆一声，飞走一条。"民不可与虑始，不到黄河心不死。

五个故事，皆能自圆其说，皆有所指，故能各自成立。

《画龙点睛》在阿城的作品中地位特殊。阿城独特的知识结构和思想谱系，似乎不为时代风气所动。这篇作品，最具先锋文学色彩。

故事取材于中国古典作品，此阿城一贯旨趣。画龙点睛是既成之典，至于为何点睛？不知道。于是为故事的开放性留下空间。阿城将一个故事讲成五个，或有戏谑幽默意，或是形式上探索。

古典故事，先锋讲法，是《画龙点睛》的意义所在。

第五节　创伤"考古"：论《色相》《噩梦》《炊烟》

遭受大变故后，虽未必至于精神崩溃，但可能留下心灵创伤。这些创伤或将伴随受害者终生，虽未必精神失常，但会使其有瑕疵，有癖好，有漏洞。何谓心灵创伤？伤害深入到了意识，甚至潜意识，改变了一个人的精神结构或埋下了精神隐患。平常或似无事，遇到诱因则会显现出来。

阿城擅写创伤，他通过小说进行创伤"考古"，稍具"伤痕文学"之意。对于这一类题材，阿城往往采用倒叙，先言某某有特点、癖好，或有出乎意料之外举动，引人疑虑，结尾则道出真相。小说不动声色，却动人心魄。

《色相》《噩梦》两篇，出自《杂色》。

《色相》以老关写"文革"后遗症，所谓因言获罪，遂噤若寒蝉。"老关从来不参加聊天，照党员的说法是，老关不联系群众。""慢慢大家就知道老关爱看东西，特点是什么都看。老鸹在树上垒个窝，下个小老鸹，老关张了个嘴在树下看半天。要下雨了，老关看黑云彩，等着打闪。雨住了，看虹。没有虹，看街上的脏水。有展览了，服装展览，国外卫生设备展，画展，农具展，摄影展，新发明展，废物利用展，儿童用具展，恐龙化石展，出土文物展，收集文物展，都看，没有老关不看的。杂志每期老关都看，每种都看，不看文字，光看图。彩色的，黑白的，翻来翻去。"闭口不言，但观色相，何以故？因为"文革"时老关曾为一句话遭受七年牢狱之灾。老关之名，或含被关意，亦有闭嘴意。老关说："我差点瞎了我就对自己说如果能眼睛好着出去就抓紧时间看东西再被抓起来我已经尽我的能力看了很多东西。"闭口不言，是创伤；多看东西，还是创伤。

《噩梦》亦言"文革"后遗症。老俞爱笑，必事出有因。"老俞笑，有的时候是麻烦。传达文件，不管是局里上百人，还是科里十几个人，都是严肃场合，老俞哈哈大笑，让大家很尴尬，大家愿意私底下笑，或者聊天儿聊到时笑，哈哈大笑。大家都要皇帝的新衣，因此大家有的时候有点儿嫌老俞，照科长的话说就是，不分场合。"若如此写下去，或似王朔作品，笑声具解构意。老俞的笑有点指出皇帝没有穿衣服的意思，使大家尴尬，于是追溯原因。因为"文革"的时候，老俞怕，"我得笑，我一直做噩梦，笑了才好一点"。《色相》因为因言获罪，所以不随便说话；《噩梦》因为害怕，所以反而要笑。之所以不正常，因为有创伤。

《炊烟》写老张饥饿创伤，已近乎恐怖。始之，小说极力渲染老张幸福生活。"美丽是冬天生的。春天了，老张的老婆抱着美丽出来晒太阳。起风了，老张说，还不回去，看吹着。老张的老婆说，不晒太阳，美丽吃的钙根本就吸收不了。老张说，那就屋里窗户边儿上晒嘛。老张的老婆说，紫外线透不过玻璃，人体吸收钙，靠的就是个紫外线，隔着玻璃，还不是白晒。老张说，那就等风停了。老张瞧着老婆给美丽喂奶。老张的老婆书也念得不少，瞧老张老盯着，说，还没瞧够呀，又不是没瞧过。老张说，谁瞧你了，我是怕美丽吃不饱。俩人都笑了，美丽换过一口气，也笑了。"怕美丽吃不饱"，似闲笔，实是伏笔。

可是，因有触机，风云突变。小说写道："有一天，老张的老婆抱着美丽，老张在旁挤眉弄眼，逗得美丽嘎嘎乐，两只小手参着。老张的老婆把美丽凑到老张的脸前，美丽的手就伸进爸爸的嘴里。说时迟，那时快，老张抬手就是一掌，把母女两个打了个趔趄。老张在地质队，天天握探锤打石头，手上总有百来斤的力气。老张的老婆没有提防，就跌倒了。到底是母亲，着地的关头，一扭身仰着将美丽抓在胸口。美丽大哭。老张的老婆脑后淌出血来，从来没有骂过人的人，骂人了，老张的老婆骂老张。老张呆了，浑身哆嗦着，喘不出气来，汗从头上淌进领子里。老张进了医院，两天一夜，才说出话来——"

为何陡转？读者一时摸不着头脑。小说于是倒叙，此前是叙事者叙述模式，后文是老张自述模式，谅是老张出院后向妻子的解释，其实亦是向读者解释。原来，此事与1960年老张的经历有关。"我毕业实习，进山找矿。后来，我迷路了。有指南针，没用。我饿，我饿呀。"老张几乎饿死，终于遇到一户人家。"灶头前靠着个人，眼睛亮得吓人。我说，给口吃的。那人半天才摇摇头。我说，你就是我爷爷，祖宗，给口吃的吧。那人还是摇头。我说，你是说没有吗？那你这灶上烧的什么？喝口热水也行啊。那人眼泪就流下来了。我不管了，伸手就把锅盖揭了。水气散了，我看见了，锅里煮着个小孩儿的手。"真相大白。结尾让人觉得恐怖，颇有《聊斋》风。

阿城写"伤痕"，既关注其"传奇性"，也注重批判性。老关不说话，不同寻常，此谓传奇性；为何不说话，因尝因言获罪，心有余悸，此谓批判性。阿城这一类小说与"伤痕文学"不尽相同，盖"伤痕文学"不重传奇性，惟写批判性。

第六节　阿城的"访碑"
——论《树桩》《茂林》

世事变化，有些历史将被强调，有些历史会被尘封，有些人物将被记住，有些人物或被遗忘。有些历史虽被尘封，但未必完全了无痕迹，有人物尚存，有事迹尚在，可谓活化石，可谓潜在。一旦开发出来，那段历史将跳跃涌动，那些人物也是光芒四射。《树桩》《茂林》，是阿城此类小说。

清初，很多学者热心于访碑。"立碑就一直是中国文化中纪念和标准化的主要方式。若为个人修立，则或是纪念他对公共事务的贡献，或更经常的是以'回顾'视角呈现为死者所写的传记。若由政府所立，则或是颁布儒家经典的官方版本，或是记录意义非凡的历史事件。总之，碑定义了一种合法性的场域，在那里'共识的历史'被建构，并向公众呈现。当后世的历史学家研究过去的时候，碑自然便成为历史知识的一种主要源泉，上面的碑铭为重构过往时代中的晦涩事件提供了文字证据。"① 访碑带有寻访传统、保存传统的意义。阿城的这类小说，好比阿城的访碑。阿

---

① 巫鸿：《废墟的内化：传统中国文化中对"往昔"的视觉感受和审美》，《时空中的美术：巫鸿中国美术史文编二集》，梅玫等译，三联书店 2009 年，第 47 页。

城以小说为访碑，那些潜隐于民间的高人就是无字碑。

"树桩"是绰号。树者，不动貌；桩者，矮小，绝生机貌。树桩，呆若木鸡状态具庄子色彩，好比乔布斯所谓 stay foolish。小说写道："树桩无姓，亦无名，人只唤大爹，年轻时认不得，只知现时是如此。树桩多少年纪？认不得，只听街中老幼皆呼大爹，爹爹相加，又爹爹相减，算不清辈分，只认得老。老，笑是慢慢地笑，烟是慢慢地吃，手慢慢举起来，慢慢抹一把脸，几乎透明的枯肉又慢慢复位。"无姓、无名，既是被遗忘，也可理解为灭迹藏形，隐于民间。多少年纪认不得，老也，历史之象。慢慢，从容也，得道者貌。

树桩所生活"街子"，"其实是在重重大山之下，滇人称为坝子的谷地中"。此地古风尚存，"街子极老极旧，铺面虽宽，进身却窄，仅容一个扁扁的货架，摆一些'金沙江'、'红缨'，间或有锡纸'春城'，并不常见吃烟的人买，锡纸上于是有一层灰。也有铺子卖些针线百货，鲜鲜的更显着门板旧。这街面据说宋时就如此，不敢信，也不由不信"。街子历史悠久，地处偏远，或为"礼不下"之地。然虽在"重重大山之下"，亦不能自外于时代意识形态。"进身却窄，仅容一架"，是《桃花源记》文章之化用。

此地擅歌，"这街子的男女老幼，若不会歌，就被耻为残疾，如哑子般，不得乐趣，处世也难"。此为街子之历史、传统。可是，忽一日风气变化，"只可惜这歌子忽然断了，成为'四旧'，代之以全国唱什么，街子里唱什么"。"全国唱什么，街子里唱什么"，全国一盘棋，好比一胜杂，失却"杂色"。此地的歌子遂从地上转为地下，能歌者亦渐为遗忘。又忽一日，世风又变，歌子又风行，能歌者复受尊崇。时代大变动，从对歌子的态度亦能看出。于是众人忆起昔年"极是会唱"的李二，竟即被人遗忘的树桩。

李二变成树桩，意味着成了传统的化石，昔年的历史被尘封。今日则是一朝出土，再展歌喉。"四面山上又轰出一个好来。年轻人都呆了，想不到老人们当年这样风流。人老了，调情依旧，更显得老歌一股风韵，醇厚幽默，当下就有人记住会了。"老人受尊敬，此时代之变；旧话重提，是重视传统之象。"想不到老人们当年这样风流"，出乎意料，是对年轻人的再教育。"风流"，就是"遍地风流"之风流，具文化、传统意。因为唱歌，树桩失风，死于半路。然而，"自此，这街子，这山里，又唱起了自己的歌子。李二的名字，被年轻人记在心里，见了外地人，便说李二。人人都觉得，大爹替这街子、这山里立了一个碑"。李二是谁？可以是李二，也可以是其他时代转变之际的隐者。"大爹替这街子、这山里立了一个碑"，立了什么碑？传统之碑。阿城通过小说访碑，所访的碑是人，他们是"化石"。阿城的小说，就是他们的碑文。

赵园说："欣赏民间奇人、异人，也出于中国文人式的文化信念：礼失而求诸野，相信野唱的樵夫荷锄的田野父老间藏龙卧虎，有异人异才异智。文化亦如歌子，一脉流淌，从未阻断过。'街子哑了歌声，山里却还有。'"[1] 大致能说出阿城追求。但树桩这一形象稍存破绽，未必可以高人视之。他成为树桩，养气多年，不动心久之。一俟处境转变，竟不注意保养，至于唱歌而气绝。此非高人所为，若庄子笔下人物当不至于此。

《茂林》写知青在茂林深山中偶遇剪纸高人。[2] 茂林深处，人迹罕至，地处偏僻，故能远离时代意识形态。"我"口渴，误入林

---

① 赵园：《"重读"两篇》，《当代作家评论》1991年第5期。

② 阿城于剪纸夙有研究，尝作《剪纸手记》，讨论剪纸相关问题。见《阿城文集》之六，江苏凤凰文艺出版社2016年，第253—259页。

中。"好林子，一架山森森的引眼。"遇见老者，讨水至其家，是古典意象，让人想起《论语》里关于隐者——譬如荷蓧丈人等故事，也想起《桃花源记》。

在老者家忽见，"好剪刀。原来窗纸上，反面贴了许多剪纸窗花：公鸡、母鸡、小兔、大狗、偷油的鼠、骑驴的媳妇子，又有一个吃烟的老汉，还有一个织布的女子。都剪得大气，粗如屋檩，细若游丝。那鸡那狗那兔那鼠，若憨若巧若痴若刁，闹闹嚷嚷，上上下下，一时竟看呆了"。又写道："婆婆竟有些腼腆，笑着从柜里取出一个纸包，打开，各色的纸都有。看那包的纸，是一张极早的《陕西日报》，黄了，只是不坏。婆婆将各色纸铺开，一时我竟喜得哑住。只见各种人物极古极拙，怕是只有秦腔才吼得动，又有房屋竹树，都奇诡异常，满纸塞而不滞，通而不泄。""极古极拙"，言有来源，有传统。彼时剪纸是"四旧"，"破四旧"如火如荼。老婆婆是"漏网之鱼"，是时代意识形态之外者，所以只能隐于深山，处在茂林，从事剪纸。《茂林》亦以小说的形式，为"旧文化"化石立碑。

第七节　他人有心，予忖度之
——论《会餐》《卧铺》

他人有心，予忖度之。阿城能够理解各种心灵类型，既知具传奇色彩的心灵类型，譬如王一生等；也知常人心理，譬如《会餐》中的队长、《卧铺》中的河南兵等。可见阿城宽博，知识光谱宽泛。

以小说忖度他人之心，又可有两种形式。一是全知型，好比上帝视角，众生所为，皆看在眼里；二是有限视角，以有限见无限，以"我"观众生。阿城皆有尝试，《会餐》是前者，《卧铺》属后者。

"会餐"，"会"可知乃多人也，与"会"者有旗里干部、队长、老人、成人、知青、妇女和孩子，类型不同等。"餐"当有秩序和规矩，尊爵位，故首先要请旗里干部讲话；尊老，故队长给老人斟酒；老人离开后，年轻人赌酒，此尽兴也。《会餐》是全知视角，每一类人物逐一扫描，全部进行了描述。

队长是会餐的主持者和组织者，贯穿全篇。队长到什么山上唱什么歌："队长撇开袄襟儿，手在空中一抓，说：'今年这个八月十五，旗里规定要好好办会餐，还要派人到各队视察，要评比。可他妈钱呢？'"此对村民发言。见到男知青："累了，累了，洋学生咋受过这罪。可既来了，不受咋整？"此对知青说话。

写知青。"男知青们正东倒西歪地在炕上，见了队长，也不大动。""几个知青仍围了看，不肯相信可以做出豆腐。"

写杀猪师傅。"女知青们掩了眼，杀猪师傅高兴地把刀晃一晃，叫：'你们往后嫁了老公，可不兴这么乱叫乱动！'"

写旗里干部。"照例是旗里干部先讲话。庄稼人不识字，所以都仔细听，倒也知道了遥远的大事。"

写老人。"队长给老人们斟酒，老人们颤着手拦，还是满了。"

写成人和知青赌酒。"老人们先出来了。没有了长辈，屋里大乱，开始赌起四大碗。知青们出来一个人，与一个壮汉比。"

写孩子妇女。"窗户上爬满了孩子们，不动眼珠儿地盯着看，女人们在后面拽不动，骂骂咧咧地走开，聚在门外唠嗑。"

每一类都得其所，每一类都见其性格，所以能写出"会餐"之整体。

《卧铺》是有限视角，以"我"之眼叙事，但"我"能看懂每个人，故有限视角亦好比全知视角。

"卧铺"是临时性公共空间，来者五湖四海，各行各业。"我"在中铺。下铺是个兵。对面下铺是位老者。对面中铺是个年轻姑娘。四人是卧铺的主体人物，各有特点，各有性格。

"我"是回城知青，"分到一个常与各省有联系的大单位"，一年之后，被派南方出差，买了卧铺。"我"是故事参与者，亦为叙事者。兵是河南人，有年轻小伙子的咋呼劲，血气方刚，见青年姑娘而心动。年轻姑娘，读诗歌，爱干净，说话不客气。老者少言，不动声色。

对于其他三位的心态，阿城把握到位，三言两语或一个动作神态即写出，诚优秀小说家品质。

写河南兵："部队上发了绒衣裤儿，俺回家探亲，先领了大衣，神气神气。"所谓富贵不还乡，如锦衣夜行。"河南兵仍旧坐得很直"，端着，青年小伙子见年轻姑娘后的自然反应。一个"仍旧"，传神。"河南兵看了看姑娘：'军官得有文化哩。'""看了看姑娘"，有意或无意，"有文化哩"，因姑娘读书。

老者，毕竟经事多，少言动。

写姑娘。"谁的？别放在人家这里行不行？"个人意识强，所在铺位不得受干扰。"我点起一支烟。烟慢慢浮上去，散开。姑娘用手挺快地在脸前挥了挥，眉头皱起来，侧身向里，仍旧看书。"不言，以身体语言言之。

阿城举重若轻，几个人的性格、身份、心态等，一个动作、一句话都写了出来，故见出卧铺整体。

第五章 "三王"

　　阿城以文名，文尤以小说名，小说又尤以"三王"名。虽曾发心作"八王集"或"王八集"，但终未能成，"三王"遂成绝响，故单列一章。譬如王德威说："但大抵而言，阿城的盛名是建立在少数作品上，而且久而久之，盛名成了传奇。"①

第一节　笔记小说底子，"新文学"形式
——论《棋王》

　　《棋王》发表于 1984 年《上海文学》，旋即引起广泛关注。

　　通观《棋王》，可谓中国笔记小说底色，具"新文学"形式而已。笔记体底色，源于阿城旧书店知识结构，源于其品位格调，此《棋王》关键。中国虽经历"现代性"洗礼，经诸多运动清扫，传统毕竟不颓。国人于传奇人物、古之君子、英雄侠义辈，心向往之，今见王一生，固觉亲切。阿城自道："从世俗小说的样貌来说，比如《棋王》里有'英雄传奇'、'现实演义'，'言情'因为

① 王德威：《世俗的技艺——闲话阿城与小说》，https://www.douban.com/group/topic/3088828/。

103

较隐晦，评家们对世俗不熟悉，所以至今还没解读出来，大概总要二三十年吧。"①

王一生，其名有深意存焉。王者往也，一贯三也，读者喜欢王一生，亦为归往之意；一者，不杂也，纯粹也；生者，生生不息也，生气也。王者一其德，故有生气。汪曾祺说："弈虽小道，可以喻大。'用志不分，乃凝于神'，古今成事业者都需要有这么一点精神。这是我们这个时代需要的精神。"②"用志不分，乃凝于神"，所谓一生也。王一生其为人也，专一于棋，凝神于棋，世间虽大乱，但潜藏棋中，虽有忧患，以棋解之。其为人也，具中国古代传奇人物、君子风范与美学，与工农兵形象（五十至七十年代小说）及知识分子形象（八十年代作品，譬如《第二次握手》《哥德巴赫猜想》等）不同。王一生与《彼时正年轻》《杂色》中的吴庆祥、铁良、孙成久、金先生等具有"家族相似性"。若阿城愿意，他可以将《彼时正年轻》《杂色》任一人物，写成《棋王》规格与篇幅。

《棋王》具"新文学"形式，有多个人物，顺时而动。知青生活是《棋王》的背景，但非小说重心。"我"、脚卵、画家等皆知青，是配角。王一生亦知青，是主角。"我"虽起穿针引线的作用，但也参与故事，故《棋王》有复调的效果。

第一部分写插队离京之际。"我"开场，王一生出场，乃铺垫。可注意者为"我"与王一生心态，可见阿城插队之初状态。离别之际，五味杂陈。有人狂热，譬如《树王》中的李立。有人悲痛，譬如食指《四点零八分的北京》：北京在我的脚下／已经缓缓地移动／我再次向北京挥动手臂／想一把抓住她的衣领／然后

① 阿城：《闲话闲说》，《阿城文集》之五，江苏凤凰文艺出版社2016年，第149页。
② 汪曾祺：《汪曾祺说阿城小说〈棋王〉》，《名作欣赏》2005年第1期。

对她大声地叫喊：／永远记着我，妈妈啊北京／终于抓住了什么东西／管他是谁的手，不能松／因为这是我的北京／是我的最后的北京。王一生几乎不动心，无喜无悲。何以故？沉浸棋中，有解忧者，故似置身世界外。第一部分尤为精彩者是收破烂儿老头传棋情节，好比金庸《笑傲江湖》"传剑"。"咱们中国道家讲阴阳，这开篇是借男女讲阴阳之气。阴阳之气相游相交，初不可太盛，太盛则折，折就是'折断'的'折'。我点点头。'太盛则折，太弱则泻'。老头儿说我的毛病是太盛。又说，若对手盛，则以柔化之。可要在化的同时，造成克势。柔不是弱，是容，是收，是含。含而化之，让对手入你的势。这势要你造，需无为而无不为。无为即是道，也就是棋运之大不可变，你想变，就不是象棋，输不用说了，连棋边儿都沾不上。棋运不可悖，但每局的势要自己造。棋运和势既有，那可就无所不为了。玄是真玄，可细琢磨，是那么个理儿。"[1] 以阴阳言棋，论柔为容为收为含等，论柔化之、逐渐克之等，大都见道之言，颇为精彩。阿城被誉为有道家气息，其作品有道家美学精神，或与此相关。[2]

第二部分写王一生来访，言经历和学棋历程，好比朋友相交，互道平生。王一生形象亦逐渐生动立体。脚卵出场，他是世家子弟，沦落民间，与所在地格格不入，与知青有隔膜，但亦自有一股风流。王一生和脚卵，皆有风采。王出乎平民，学棋转益多师，是"寒门高士"；脚卵乃倪云林后代，有家学渊源。二人切磋，下棋罢，有对话："不久，脚卵抬起头，看着王一生说：'天下是你的。'抽出一支烟给王一生，又说：'你的棋是跟谁学的？'王一

① 阿城：《棋王》，《阿城文集》之二，江苏凤凰文艺出版社 2016 年，第 15 页。
② 譬如苏丁、仲呈祥《〈棋王〉与道家美学》，胡河清《论阿城、马原、张炜：道家文化智慧的沿革》，都是强调阿城的道家精神。

生也看着脚卵，说：'跟天下人。'"①此似禅宗公案。下棋好比两位禅师互相考察、切磋、印证。棋罢，主客已分。脚卵能识英雄，故言"天下是你的"。"抽出一支烟给王一生"，此身体力行尊重之象。"跟天下人"，"三人行必有我师焉"象，学无常师象。《棋王》的英雄传奇性，于此可见。

第三部分写比赛前夕，是高潮前宁静。王一生成为传奇："将近半年，王一生不再露面。只是这里那里传来消息，说有个叫王一生的，外号棋呆子，在某处与某某下棋，赢了某某。大家也很高兴，即使有输的消息，都一致否认，说王一生怎么会输呢？"②"将近半年"的情况，叙事速度极快，几笔带过。比赛之前，知青进城，王一生相关赛前情况，叙事速度较慢，作者不厌其烦铺陈细节。王一生未能取得参赛资格，脚卵帮其行贿，方获准参赛。然王一生拒绝："我反正是不赛了，被人作了交易，倒像是我占了便宜。我下得赢下不赢是我自己的事，这样赛，被人戳脊梁骨。"③可见王一生古君子之风，此棋德也。

第四部分写不比赛的比赛，是谓真比赛。不为名利，只为棋本身，是全文之高潮。王一生下盲棋，以一敌九，风采全见，是谓"棋王"，是谓传奇，是谓英雄。小说写王一生下棋状态："王一生孤身一人坐在大屋子中央，瞪眼看着我们，双手支在膝上，铁铸一个细树桩，似无所见，似无所闻。高高的似俯视大千世界，茫茫宇宙。那生命像聚在一头乱发中，久久不散，又慢慢弥漫开来，灼得人脸发烧。"④"树桩"是阿城另一部作品名称，彼处用来形容能歌者，是典型的庄子意象。这里恐不明了，又以"铁铸"

---

① 阿城：《棋王》，《阿城文集》之二，江苏凤凰文艺出版社 2016 年，第 33 页。
② 阿城：《棋王》，《阿城文集》之二，江苏凤凰文艺出版社 2016 年，第 36—37 页。
③ 阿城：《棋王》，《阿城文集》之二，江苏凤凰文艺出版社 2016 年，第 45 页。
④ 阿城：《棋王》，《阿城文集》之二，江苏凤凰文艺出版社 2016 年，第 53 页。

形容之。铁铸也，坚毅也，不动也。以此写王一生状态，以"似无所见，似无所闻"细描，乃从高手内部写。此可谓高手看高手，因为见及，所以写出。尝读诸多描写高人之小说，大都不对，因是外行之见，未能见及也。

《棋王》"新文学"形式，保证了可以符合已受"现代性"洗礼国人的阅读习惯。《棋王》若以笔记体面貌呈现可以如此：有王一生者，北京人，嗜棋如命，号棋呆子。为知青时，尝以盲棋一敌九，大败之，轰动一时。但如此写出，《棋王》恐不会产生广泛影响，不会受到关注，亦不会被写入"文学史"。《棋王》旧酒新瓶，遂可满足方方面面需求。读者取其旧酒，相关文学体制取其新瓶。

很多评论言及《棋王》中的"吃"，或与阿城本人自述、汪曾祺评论等有关。[①]吃的描写，或可见知青生活之不易，以为《棋王》主题或夸大其词矣。

汪曾祺说，阿城受过很多人的影响。"中国的，他受鲁迅的影响是很明显的。"譬如《棋王》写道："人是越来越多。后来的人拼命往前挤，挤不进去。就抓住人打听，以为是杀人的告示。"[②] 这是典型的鲁迅对"看客"的描述。汪曾祺也谈阿城受到道家影响，并有所劝诫："我不希望阿城一头扎进道家里出不来。"[③]阿城对汪曾祺的意见颇为重视，回应过几次。汪曾祺如此劝诫，或见其对道家未必了解。若吾言之，则惟恐阿城"未扎进道家"。《棋王》稍分道家精神，尚且能傲视一时，况深入乎？

1985 年，阿城发表《文化制约着人类》。此文被称为"寻根

---

① 可参见杨晓帆《知青小说如何"寻根"——〈棋王〉的经典化与寻根文学的剥离式批评》，《南方文坛》2010 年第 6 期。

② 阿城：《棋王》，《阿城文集》之二，江苏凤凰文艺出版社 2016 年，第 49 页。

③ 汪曾祺：《汪曾祺说阿城小说〈棋王〉》，《名作欣赏》2005 年第 1 期。

文学"理论宣言。此文说得吞吞吐吐，毕竟其父亲经历让阿城心有余悸。阿城说："我的悲观根据是中国文学尚没有建立在一个广泛深厚的文化开掘之中。没有一个强大的、独特的文化限制，大约是不好达到文学先进水平这种自由的，同样也是与世界文化对不起话的。""中国文学尚没有建立在一个广泛深厚的文化开掘之中"，此言今天依然有针对性。时下文学家欲成就大作品，当突破"新文学"格局，将知识结构置身于更广阔的视野。"文化是一个绝大的命题。文学不认真对待这个高于自己的命题，不会有出息。"不能就文学而谈文学，文学须有文化的视野。"五四运动在社会变革中有着不容否定的进步意义，但它比较全面地对民族文化的虚无主义态度，加上中国社会一直动荡不安，使民族文化的断裂，延续至今。'文化大革命'更其彻底，把民族文化判给阶级文化，横扫一遍，我们差点连遮羞布也没有了。"① 批评"五四"运动，甚至将"文革"起因溯源至"五四"。林毓生亦持此观点②，或所见略同。

这篇文章能见出阿城对"五四""文革"的基本态度。对于"五四"的态度，是诸多立场的重要分水岭。阿城尽管言"五四""有着不容否定的进步意义"，但也批评其导致了文化断裂。所以，在"五四"知识格局下的文学，水准未必高。同时期，被称为"寻根文学"重要宣言的文章，还有韩少功《文学的根》等。韩少功也说："文学有'根'，文学之'根'应深植于民族传说文化的土壤里，根不深，则叶难茂。"③ 文学要有根，此言正确，否

---

① 阿城：《文化制约着人类》，《阿城文集》之六，江苏凤凰文艺出版社 2016 年，第 52—58 页。

② 参见林毓生《中国意识的危机》，贵州人民出版社 1986 年。

③ 韩少功：《文学的"根"》，《作家》1985 年第 4 期。

则是无本之木，是浮萍；或根太浅，未必长得成参天大树。但文学的根在哪儿，韩少功的答案未必正确。民族传说，其中固有精彩之处，但放在中西文化大传统之中，何足道哉。今天的文学，要有根。根在何处？中西文化大传统。好比阿城说："寻根这东西，最后是打开时空，不是要回复一个旧时空，而是要打开这个时空。"[1]

　　"寻根文学"提出之后，产生不同反响。维护"五四"者极力批判，左派最为典型，因为"五四"是左翼文学起点，甚至共和国的合法性之一亦在"五四"。张炯说："对文学的'根'可否作如是解释，以及这个'根'曾经'断裂'，以至今天特别要去'寻'回来之说，我不免有所怀疑。"又说："并非什么'根'都好。须知有的'根'是霉烂了的，岂但不必'寻'回来，倒应早早扔掉为上。"又说："传统是流，不是源。对于文学艺术来说，尤为如此。文艺的真正的'根'是在现实生活之中。"又说："我们今天的文艺固然不是不可以描写现实中残存的神话传说、老庄哲学、佛教神道的影响，不是不可以描写行将消逝的陋风窳俗，但第一，这种描写应该是批判性的，而非欣赏性的；第二，绝不应把这些东西误作我们文学的'根'，而无视今天在社会主义现代化进程中不断变革、前进和沸腾的现实，无视社会主义新人和一代新风正在可喜地茁壮成长。"[2]张炯所宗，乃《在延安文艺座谈会上的讲话》。文学的根在乎现实生活，此为典型的现实主义观点；文学的根不在传统，盖传统之根已朽坏霉烂，是陋风窳俗，当批判而非提倡。"老庄哲学"云云，或直指阿城。张炯不承认

---

[1]　李欧梵、李陀、高行健、阿城：《文学：海外与中国》，《文学自由谈》1986年第 6 期。

[2]　张炯：《文学寻"根"之我见》，《文学自由谈》1986年第 1 期。

"断裂"，或以为是再造文明。

亦有维护阿城者，仲呈祥说："时下出现的文学创作自觉强化民族文化意识的趋向，我以为是与当今整个世界文化的发展走向同步的。"又说："当今，世界各国、各民族、各地域的文化都正在'分支'发展，纷纷为世界文化宝库不断增添具有本国、本民族、本地域特色的新的财富。……已经实行开放并努力走向世界的中国当代文学，很自然地与整个世界文化的发展取同一步调，一批有见识、有才华的青年作家率先以其新作发出了自觉强化民族文化意识的呐喊。这是充满活力、充满希望的呐喊。因为中国文学倘要同世界对话，要加入世界文化的'联合国'，那么，正如要加入政治的联合国必须首先取得自己的国籍一样，就必须渗融鲜明的中华民族文化的意识。"① 以为"寻根"是"自觉强化民族文化意识的呐喊"，是"世界各国、各民族、各地域的文化都正在'分支'发展"。以"改革开放"国策为基本立论点，以为"寻根文学"是"与世界文化的同步发展"，从这个角度为阿城进行了辩护，巧妙。

陈思和作长文，虽基本观点是维护"五四"地位，但是从学术上对"中国文学对文化传统的认识及其演变"进行了梳理，对阿城等创作进行了客观评价。"正是由于'五四'运动比较彻底地批判了传统文化，大量地吸收了西方新文化，才使中国文化充溢了新鲜的血液，使它的生命力从窒息状态中逐渐复活过来，终于完成了由否塞向通泰的伟大转化，给今天的阿城们提供了重新认识传统文化的客观条件。也正是由于对西方文化的开放精神，使新一代的中国人及时吸收了同步的外来文化，在现代意识的基础上去重新审视传统文化，给阿城们提供了重新认识传统文化的主

---

① 仲呈祥：《寻"根"：与世界文化的发展同步》，《当代文坛》1985 年第 11 期。

观条件。以此观之，'五四'造成的文化断裂，不仅无过，而且有功，我们应正确认识它的价值。"①"五四"是转折点和分水岭，之后，"才使中国文化充溢了新鲜的血液"，为阿城们提供了"重新认识传统文化"的主观条件和客观条件。

"寻根文学"，虽似成为历史事件，但依然没有定论。盖因中西之争、古今之争，至今尚未结束。

第二节　肖疙瘩之死
——论《树王》

《树王》的故事骨干是：树在人在，树亡人亡，依然是典型的笔记小说题材。人树感应，在中国古代有原型，阿城不过将此原型放到知青背景中讲，并稍赋时代意义。大树云云，让人想起庄子笔下大而无用之树，又可想到"树犹如此，人何以堪"等，皆古典意象。《树王》与《棋王》类似，虽是笔记小说底子，但亦以"新文学"的形式呈现，它具有现代小说的叙事方式和外表，是"新文学"范畴的小说。

《树王》共十节，顺叙。第一节是第一天，写知青初来乍到，亦肖疙瘩出场之始。对于新环境，知青感受是新鲜的。肖疙瘩出场即不凡，沉默寡言，力大无穷。第二节是第二天，知青们开始熟悉工作环境。李立形象逐渐显露："李立说：'迷信。植物的生长，新陈代谢，自然规律。太大了，太老了，人就迷信为精。'"此执唯物主义者，当时狂热分子，言之铿铿。肖疙瘩儿子肖六爪出场，侧面介绍肖疙瘩，知曾为侦察兵。六爪云云，也是具庄子

---

① 陈思和：《中国新文学对文化传统的认识及其演变》，《复旦学报》1986年第3期。

色彩意象，"骈拇枝指"之谓。第三节写知青开始砍树，砍树是改造旧世界之象。写"我"入肖疙瘩室，睹其家庭情况，其形象逐渐丰满。第四节，砍倒一棵大树，李立与肖疙瘩始形成冲突。第五节，"我"为肖六爪送糖。第六节，肖疙瘩身世之谜浮出水面：曾是立功军人，因稍不慎，遂受处分并转业。李立与肖疙瘩冲突尖锐。第七节，李立和肖疙瘩冲突升级，明确肖疙瘩即"树王"。第八节，大树被砍倒。肖疙瘩渐颓，"只四天，肖疙瘩头发便长出许多，根根立着，竟是灰白色；一脸的皱纹，愈近额头与耳朵便愈密集；上唇缩着，下唇松了；脖子上的皮松顺下去，似乎泄走了一身力气"。第九节，烧山。第十节，肖疙瘩去世。此节又出现"树桩"一词："大家抬了棺材，上山，在树桩根边挖了坑，埋了。"肖疙瘩埋在"树桩"侧，他好比是树桩。《棋王》《树桩》，皆用"树桩"一词，或阿城无意识，尤可见其对此词意蕴之偏好。

《树王》的矛盾主要体现在两人关系之中——李立和肖疙瘩。

李立，知青，好比时代意识形态化身，严肃、古板，强调破除迷信，敢于大破。李立是时代英雄，在"十七年"是正面形象，进入"新时期"后，逐渐成为反面人物，此时代剧变征兆。《班主任》中谢惠敏亦这类人物，她才是真正的"伤痕"，"救救孩子"，就是救以谢惠敏为代表的一类人。李立，其名为立，具有时代豪迈之情，所谓不破不立，他坚持改造旧社会，所以主张伐树。小说开篇描写李立带了一箱子书："原来都是政治读物，四卷雄文自不必说。尚有半尺厚的《列宁选集》，繁体字，青灰漆布面，翻开，字是竖排。又有很厚的《干部必读》、《资本论》、《马恩选集》、全套单行本《九评》，还有各种装潢的《毛主席语录》与林副主席语录。大家都惊叹李立如何收得这样齐整，简直可以开一个图书馆。李立慢慢地说：'这都是我父母的。我来这里，母亲的一套给我，父亲的一套他们还要用。老一辈仍然有一个需要学习的问题。但希望是在我们身上，未来要靠我们脚踏实地去干。'"① 书是知识结构之体现，知识结构塑造着、影响着人的思想。李立这一箱书，能见其思想与为人。

肖疙瘩，本是贵州山民②，犯错的军人（让人想起《杂色·回忆》中的大李）。他坚执护树，好比是民间自在社会的象征。其名为疙瘩，使人想起庄子所言浑沌：肖，似也；肖疙瘩，似乎浑沌也。

《树王》的矛盾就体现在伐树与不伐树之中。伐树，意味着时代意识形态深入民间社会；护树，意味着强调民间社会有自在性，时代意识形态应留余地、稍富弹性，不要全面深入。大树被伐，树王病殁，意味着世俗社会逐渐被改造。民间社会似乎浑沌，不要人为凿破，否则对民间社会破坏极大，庄子所谓七窍凿成而浑沌死。

小说写二人的正面冲突："李立真的恼了，冲冲地说：'这棵树就是要砍倒！它占了这么多地方。这些地方，完全可以用来种有用的树！'肖疙瘩问：'这棵树没有用吗？'李立说：'当然没有用。它能干什么呢？烧柴？做桌椅？盖房子？没有多大的经济价值。'肖疙瘩说：'我看有用。我是粗人，说不来有什么用。可它长成这么大，不容易。它要是个娃儿，养它的人不能砍它。'李立烦躁地晃晃头，说：'谁也没来种这棵树。这种野树太多了。没有这种野树，我们早完成垦殖大业了。一张白纸，好画最新最美的图画。这种野树，是障碍，要砍掉，这是革命，根本不是养什么小孩！'肖疙瘩浑身抖了一下，垂下眼睛，说：'你们有那么多树

---

① 阿城：《树王》,《阿城文集》之二，江苏凤凰文艺出版社 2016 年，第 49 页。
② 20 世纪 30 年代末 40 年代初，庞薰琹尝赴贵州，之后创作了系列作品《贵州山民图》。

可砍，我管不了。'李立说：'你是管不了！'肖疙瘩仍垂着眼睛：'可这棵树要留下来，一个世界都砍光了，也要留下一棵，有个证明。'李立问：'证明什么？'肖疙瘩说：'证明老天爷干过的事。'李立哈哈笑了：'人定胜天。老天爷开过田吗？没有，人开出来了，养活自己。老天爷炼过铁吗？没有，人炼出来了，造成工具，改造自然，当然包括你的老天爷。'"①

李立所执者乃是革命意识形态，强调"人定胜天"，"一张白纸，好画最新最美的图画"，这是典型的时代话语和时代精神。肖疙瘩维护世俗社会的自在性，故强调"一个世界都砍光了，也要留下一棵，有个证明"。然而，时代意识形态浩浩汤汤，大树被伐，肖疙瘩亦死。李立是凿浑沌者，肖疙瘩是浑沌，凿破浑沌，大树被伐，肖疙瘩遂死。肖疙瘩之死是关键时刻，是重大事件，好比民间社会受到极大干扰，好比庄子所谓浑沌死。

"我"是知青，在故事中既是叙述者，起到了穿针引线的作用，也是故事的参与者和事件的见证者。"我"不是中立的，立场偏向于肖疙瘩，尝与李立进行辩论，对于肖疙瘩一直抱有好感与同情，甚至与之建立了友谊。李立理直气壮，且有附和者，"我"则腔调懦弱。"'可是，为什么非要砍树王呢？'李立说：'它在的位置不科学。'我说：'科学不科学，挺好的树，不可惜？'有人说：'每天干的就是这个，可惜就别干了。'我想了想，说：'也许队上的人不愿砍，要砍，早就砍了。'李立不以为然，站起来说：'重要的问题是教育农民。旧的东西，是要具体去破的。树王砍不砍，说到底，没什么。可是，树王一倒，一种观念就被破除了，迷信还在其次，重要的是，人在如何建设的问题上将会思想为之

---

① 阿城：《树王》，《阿城文集》之二，江苏凤凰文艺出版社2016年，第98—99页。

一新，得到净化。'"① "科学"云云，经过"五四"简直成为政治正确。李立要通过砍大树，教育民众，破除迷信。"我"则言，本来是挺好的树，何必强行干涉。

以肖疙瘩之死，实现了对李立的批判，在这个意义上，《树王》在精神上是"新时期"的小说，具有"伤痕文学"的性质。

之后，《树王》被解读为生态主义。② 似可解释，但与阿城之意无关。阿城说："没有常识的操纵权力，革命可以是愚昧，《树王》表达的不是生态意识的自觉，只是一种蒙昧，蒙昧抗拒不了愚昧的权力，失败了，于是有性格悲剧的意味，如此而已。"③

第三节　王与师之争
——关于《孩子王》

若简单言之，《棋王》笔记体小说，《树王》是笔记体＋意识形态批判小说，《孩子王》可谓意识形态批判小说，它不具笔记体小说的传奇性。

《孩子王》主人公是"老杆"，其名或有寓意焉。"老"言历史悠久，经验丰富；"杆"直也，直心是道场，树也，此阿城的经典意象。惟历史经验丰富者，惟直心者，可以为孩子王。小说叙事方式有迹可循，有始有终。全文共分六节。

第一节，写"我"忽接消息，将去做孩子王，行前告别。故

① 阿城：《树王》，《阿城文集》之二，江苏凤凰文艺出版社2016年，第95—96页。
② 譬如有《生态伦理思想的温情光辉——重读阿城〈树王〉》《中国文学与环境危机》等。
③ 阿城：《再见篇》，《阿城文集》之四，江苏凤凰文艺出版社2016年，第153页。

事起点为 1976 年。"我在生产队已经干了七年。砍坝，烧荒，挖穴，挑苗，锄带，翻地，种谷，喂猪，脱坯，割草，都已会做，只是身体弱，样样不能做到人先。自己心下却还坦然，觉得毕竟是自食其力。"①《棋王》从北京车站写起，将去插队；《树王》从始至插队目的地写起；《孩子王》则已插队七年，故心态迥异。第二节写开始做孩子王。"我"逐渐摸索出教书路径，以识字为先，以能作文为本。王福出场。第三节，启动教学改革，作文追求真实，惟"社论腔"之务去。第四节，"我"与王福打赌。其中"我"与女教师的对话值得注意："女老师说：'你净搞些歪门邪道，和学生们打什么赌？告诉你，你每天瞎教学生，听说总场教育科都知道了，说是要整顿呢！不骗你，你可小心。'我笑了，说：'我怎么是瞎教？我一个一个教字，一点儿不瞎，教就教有用的。'女老师将水泼出去，惊起远处的鸡，又用手撩开垂在脸前的湿发，歪着眼睛看我，说：'统一教材你不教，查问起来，看你怎么交待？'我说：'教材倒真是统一，我都分不清语文课和政治课的区别。学生们学了语文，将来回到队上，是要当支书吗？'女老师说：'德育嘛。'"②这是"我"被清退的伏笔。不按统一教材教，言有自己独立的思考。"分不清语文课和政治课的区别"云云，也是教学改革的重要口号。"我"要语文的归语文，政治的归政治，将语文从政治中解放出来。第五节，看电影，王福抄字典，来娣谱曲。曲子有两句曰："脑袋在肩上，文章靠自己"，有"我手写我口"意，有"独立之精神，自由之思想"意。"五四"时，新文学作家从"语言革命"入手，倡白话文，冀言文一致。"我"

---

① 阿城：《孩子王》，《阿城文集》之二，江苏凤凰文艺出版社 2016 年，第 114 页。
② 阿城：《孩子王》，《阿城文集》之二，江苏凤凰文艺出版社 2016 年，第 151—152 页。

则希望，通过教学改革将孩子从社论腔中解放出来。第六节，王福作文初步写成，虽流水账，但写真实，好比胡适《尝试集》。"我"的教学改革初见成效，但"我"亦被清退。"我"的心态不惊不惧："老陈不看我，说：'总场的意思，是叫你再锻炼一下。分场的意思呢，是叫你自己找一个生产队，如果你不愿意回你原来的生产队。我想呢，你不必很急，将课交待一下，休息休息，考虑考虑。我的意思是你去三队吧。'我一下明白事情很简单，但仍假装想一想，说：'哪个队都一样，活计都是那些活计，不用考虑。课文没有教，不用交待什么。我现在就走，只是这次学生的作文我想带走，不麻烦吧？'老陈和吴干事望望我。我将课本还给老陈。"[1] "我"被聘为孩子王，基本无喜色；"我"被解聘，基本无愠色。心境平静，毕竟插队多年，心已宠辱不惊。阿城谈及《孩子王》说道："它非常简单，就是和谁谁谁不合作。你叫我来，我就说我这一套。你说我这一套不行，你叫我滚蛋，那我就滚蛋。我不说我是冤枉的，你凭什么叫我滚蛋。没有（争论）这些东西。就是跟你不合作。在文革的时候，这是能够做到的，又安全、又保持自己的一个方式。"[2] 用则本自己思考，舍则从容去之，可见这一代人的思想状态。

　　教育是根本的政治。古代，惟尸与师不拜王者，因尸与祖宗有关，师与道有关，故可与王分庭抗礼。"孩子王"应和了师之古意，故孔子称为"素王"。谁抓住了孩子的思想，谁就赢得了未来，就可以为王，所谓"教育要从娃娃抓起"。《孩子王》简言之写王与师之争。天大，地大，王亦大，王居其一焉。王在小说中

---

① 阿城：《孩子王》,《阿城文集》之二，江苏凤凰文艺出版社 2016 年，第 164 页。

② 阿城：《〈孩子王〉留下的是，面对主流权力，你自己可以选择什么》, http://www.anyv.net/index.php/article-285365。

的具体体现为"社论"。①王与师之争具体体现就是，师要求学生免除"社论腔"，要正心诚意，要言之有物，要能直接面对现实。故"我"能否做"孩子王"，"我"这个"孩子王"红旗到底能够打多久，教学改革能否被接受，所关甚大。

时代大变化，往往表现在教育领域。从"文革"向"新时期"变化，反映在教育中，小说较为典型者有刘心武《班主任》和阿城《孩子王》，二者有着类似主题：救救孩子。

"我"教学生，从识字始，以能作文为目的。此古代重要传统，先要识字，故《尔雅》列为"十三经"，《说文解字》在典籍中极重要。"五四"文学革命，从语言入手，强调言文一致。在《孩子王》中，《新华字典》被称为"老师的老师""圣物""愈加神圣"，亦中国传统重字书之象。王福抄字典，具有重要象征意义。被社论体浸染太久，语言被政治化，原义磨损。从字入手，发掘字之本义，是免除社论体重要途径。

识字之后，要作文。学生们沉浸在社论体中久矣："老黑说：'中央台说了上句，我就能对出下句，那都是套路，我摸得很熟，不消听。'我笑起来，说：'大约全国人民都很熟。我那个班上的学生，写作文，社论上的话来得个熟，不用教。你出个庆祝国庆的作文题，他能把去年的十一社论抄来，你还觉得一点儿不过时。'"②可见，社论对人影响之深，对人心灵戕害之大。"把去年的十一社论抄来，你还觉得一点儿不过时"，可见社论成腔，逐渐僵化，不能与时俱进，不复接地气。

社论不是个人声音，是时代的声音，是集体声音，是时代意识形态的集中体现。社论本是重要体裁，在政治生活中发挥着重

---

① 在电影《孩子王》中，"社论"改成了"报纸"，盖敏感云。
② 阿城：《孩子王》，《阿城文集》之二，江苏凤凰文艺出版社 2016 年，第 140 页。

要作用。但脱离实践的社论，远离现实的社论，逐渐沦为政治八股，言之无物、无情感，不能以理服人，不能以情动人。社论体熏染下的作文，"没有用"。"我"教其作文首先要言之有物，要有真情实感。小说写道："就是作文不能再抄社论，不管抄什么，反正是不能再抄了。不抄，那写些什么呢？听好，我每次出一个题目，这样吧，也不出题目了。怎么办呢？你们自己写，就写一件事，随便写什么，字不在多，但一定要把这件事老老实实、清清楚楚地写出来。别给我写些花样，什么'红旗飘扬，战鼓震天'，你们见过几面红旗？你们谁听过打仗的鼓？分场那一只破鼓，哪里会震天？把这些都给我去掉，没用！清清楚楚地写一件事，比如，写上学，那你就写：早上几点起来，干些什么，怎么走到学校来，路上见到些什么——""学生们又有人叫起来：'以前的老师说那是流水账！'我说：'流水账就流水账，能把流水账写清楚就不错。'"[1]这集中体现了"我"这位孩子王的教育思想，集中体现了师与王的冲突。"老老实实"，乃正心诚意，"清清楚楚"，言文风，这是脱去"社论腔"重要途径。

然而，在师与王的冲突下，师失败，"孩子王"的教学改革不被接受，"我"被解聘。但"我"姿态洒脱。阿城说《孩子王》主题是"不合作"："不合作的人看这小说呢，就觉得你写最后这人笑了，这个好。咱们不是燥眉耷眼地走的，咱们是很有信心地走的。"[2]

---

[1] 阿城：《孩子王》，《阿城文集》之二，江苏凤凰文艺出版社 2016 年，第 147 页。

[2] 阿城：《〈孩子王〉留下的是，面对主流权力，你自己可以选择什么》，http://www.anyv.net/index.php/article-285365。

第六章　文章

　　小说是"新文学"宠儿，《中国新文学大系》十卷，小说占三卷。梁启超昔年欲用小说新民，故言"先新小说"，新文学作家因之，鲁迅以创作见出"新文学实绩"。

　　文章虽不为新文学重视，实则中国文学正宗。"五四"诸子强调"性灵"，流弊遂使文章变轻，成为自我呻吟。斥文章为"选学妖孽，桐城谬种"，遂切断文章与政治关系。观夫传统文学观视角下的文学史，譬如钱基博《现代中国文学史》，新文学作家所占比重甚轻。广义而言，《尚书》《庄子》《史记》等皆可谓文章，关于如何内圣，如何外王。阿城的文学成就何止小说，其文章亦多可观处，故论阿城文章。

第一节　阿城的"春秋"
——论《威尼斯日记》

　　阿城说："《威尼斯日记》是应威尼斯市邀请写的。他们每年从世界上挑一个作家住到威尼斯三个月，离开之前把书稿交给他们，他们译成意大利文，印出来，作为威尼斯的礼物，所以是非卖品。"①又说："这里面是有安排的，要是真的日记，像鲁迅的日记，就是流水账，他为了日后查起来方便，那才是日记。凡是发表的，像我写的《威尼斯日记》一看就不是给自己写的，就是要发表的。当年走的时候要交一本书出来，我怎么能保证我走的时候能交出一本书来？我就每天记日记，把它作为要发表的来写，要是那么记日记还得了。"②

阿城鉴于其父亲经历，恐日后被"查账"，故没有记日记习惯。由上所述，可见《威尼斯日记》创作背景和创作状态。阿城受邀访问威尼斯，要交一本作业，即《威尼斯日记》。也真是智者作为，写一部日记"交差"，妥切。日记自由，似其喜欢的"闲话"，可随物赋形，不必拘束。

扩大而言，日记可谓私人"春秋"，可记私人行迹，可写观感，可发议论。故很多重要人物的日记，内含大量消息。《春秋》是国家的日记，是国家日记精选的精选。谁来为国家记日记？史官。为何记国家的日记？资政。《威尼斯日记》固然关乎威尼斯，非"威尼斯的日记"，而只是"在威尼斯"记日记而已。阿城毕竟外国人，于威尼斯历史、传统、现状未必了解，但"威尼斯日记"既可以关乎威尼斯，亦可以思接千载、视通万里，故阿城所观、所论、所遇，范围甚为深广。

这部日记既有私人性质，也有公共性质，可因私见公，亦可由公论见阿城之心。

"日记"是"日"记，居新环境，每日所见不同，故不可执一

---

① 阿城：《答客问》，《阿城文集》之七，江苏凤凰文艺出版社 2016 年，第 320—321 页。

② 阿城：《好电影的本质》，《阿城文集》之六，江苏凤凰文艺出版社 2016 年，第 156 页。

不变，当日日新。《威尼斯日记》是"复调"，涉及多方面内容。

记录时事。第五月第二日："洛杉矶连日暴乱。浓烟自西边掩来，日光黯淡，站在院子里，呛得有些咳嗽。寄居之处离暴乱地区不远，却隔着一座小山，山顶有洛杉矶道奇棒球场，上去西望，广阔的黑烟静静向高空翻动。到今天为止，据报导四十五人死亡，伤一千九百人，七千四百五十九人被捕，起火三千七百处。"[1] 未考证何事。世界永久和平不可能，战争不能消除，生民多艰。

论哲学。三日内有"讲哲学，庄子用散文，老子用韵文，孔子是对话体，两千年来，汉语里再也没有类似他们那样既讲形而上也讲形而下的好文章了。现在是不管有道理没道理，都叙述得令人昏昏欲睡。间或有三两篇好的，就一读再读，好像多读就会多出几篇来"[2]。庄子、老子、孔子文章，形而上与形而下皆好，所谓有德者必有言。今之理论文章，大多晦涩；今之文学文章，大多言之无物。

论艺术。四日内有"据说那段著名的《女人善变》是秘密准备的，临场演唱，极为轰动。演出结束后，威尼斯人举着火把，高唱《女人善变》，穿过小巷，从一个方场游行到另一个方场。威尼斯的女人们听到这样的歌声，怎么想呢？也许女人们也在游行的行列里高唱女人爱变心。旋律是感受的，不是思考的。犹太人说，人类一思考，上帝就笑了。其实上帝一思考，人类也会笑，于是老子说'天地不仁'，'不仁'就是不思考"[3]。由谈《女人善变》，谈及旋律，谈及女人，又谈及犹太谚语，又谈及老子。"天地不仁"云云，阿城曾作对联"大地不含情，能生诸草木"，近

---

① 阿城：《威尼斯日记》，《阿城文集》之三，江苏凤凰文艺出版社2016年，第2页。
② 阿城：《威尼斯日记》，《阿城文集》之三，江苏凤凰文艺出版社2016年，第4页。
③ 阿城：《威尼斯日记》，《阿城文集》之三，江苏凤凰文艺出版社2016年，第6页。

似之。

谈随身带的书。《教坊记》是阿城威尼斯此行所带之书。随机所带之书，颇可见其知识结构。五日内有"这次到威尼斯来，随手抓了本唐人崔令钦的《教坊记》，闲时解闷。这书开首即写得好，述了长安、洛阳的教坊位置后，笔下一转，却说：坊南四门外，即苑之东也，其间有顷余水泊，俗谓之月陂，形似偃月，故以名之。古人最是这闲笔好，令文章一下荡开。威尼斯像'赋'，铺陈雕琢，满满荡荡的一篇文章。华丽亦可以是一种压迫"[1]。闲笔云云，见解极高。阿城为文得闲笔之妙，笔宕开去，复宕开去，好像觉得已离题万里，其实还在题义中。以赋譬威尼斯，亦是妙语。

论文章。五日有"好文章不必好句子连着好句子一路下去，要有傻句子笨句子似乎不通的句子，之后而来的好句子才似乎不费力气就好得不得了。人世亦如此，无时无刻不聪明会叫人厌烦"[2]。论文见解已高，后面上出，由论文而论人，所谓大巧若拙，大辩若讷。

论文物。七日有"圣马可广场上有大博物馆 Museo Civico Correr，上二楼，一进门，即看到墙上供着一顶帽子，像极了帝王图里唐太宗头上的那顶。问了，原来是古时威尼斯市长的官帽。往里走，诸般兵器，又像极了《水浒》、《三国演义》小说里的雕版插图，尤其是关云长的青龙偃月刀、吕布的方天画戟、李逵的板斧、张翼德的丈八蛇矛。鞭、铜、锤、爪，一应俱全，一时以为进了京戏班子的后台。问了，原来是昔日威尼斯市长出巡时的仪仗"[3]。"像极了帝王图里唐太宗头上的那顶"，可见阿城博学。

---

① 阿城：《威尼斯日记》，《阿城文集》之三，江苏凤凰文艺出版社2016年，第8页。
② 同上。
③ 阿城：《威尼斯日记》，《阿城文集》之三，江苏凤凰文艺出版社2016年，第12页。

见威尼斯文物，联想到中国典章文物。所谓中西比较，当有立足点，中国的知识结构是阿城的"前理解"，是基础，是坐标系。

论书画。十一日有"黄慎写字好勾连，喜怪笔，字是有名地难认。这幅画上他题了一首诗，首句'学道不成鬓已华'，接下去的两个字即不能辨识，好在他的同乡雷鋐将其诗集辑为《蛟湖诗草》，其中也许收录了这首题画诗。画的落款是他的字'瘿瓢'和名章'黄慎'"[1]。阿城尝志为书画家，书画方面修养颇高，不过为其文名所掩而已。

论禅。十五日有"这近似于中国禅里一句顶一万句的那句话：说出的即不是禅。中国人很久以前就认识到语言的限制，庄子说，'得鱼忘筌'，打到了鱼，鱼篓子就忘掉。中国还有一句'得意忘形'，也是同样的意思。只有到了唐朝的禅宗，中国人对语言的否定才达于极端。中国禅宗的公案有数万个，正是因为禅认为世界是具体的，人类的话语不可能对应无限的具体，所以只好以一对一，以数万对数万，同时又用一句'说出的即不是禅'来警告：语言不等于语言的所指"[2]。阿城于禅宗用力甚勤，"以一对一"云云言禅宗强调具体语境。语言的能指和所指不同，好比言义之辩。禅宗与庄子关系甚深，赤县神州望之有大乘气象，因有庄学故也。故言禅以得意忘形、得鱼忘筌释，不觉突兀。

忆故人。十七日记："克平是我画画朋友中最有才气者之一，他每天都要动手，否则就身体不舒服。一九八八年汉城奥林匹克运动会时，奥委会收藏了他一个两公尺高的木雕，这个木雕原来放在法国乡下他小姨子的院子里，运走时村里人都有些舍不得。"

---

① 阿城：《威尼斯日记》，《阿城文集》之三，江苏凤凰文艺出版社 2016 年，第20 页。

② 阿城：《威尼斯日记》，《阿城文集》之三，江苏凤凰文艺出版社 2016 年，第36 页。

王克平是"星星美展"的重要成员，久不见其消息，由阿城文章见其情况。"每天都要动手，否则就身体不舒服"，可见王克平用功之勤。

论知识分子。二十日，谈及中国读书人："传统中的读书人要读很多年的书，所谓'十年寒窗'。在这个过程当中，读书人经历的是一个自觉改造自己的过程，也就是读圣贤书，将自己思想中非圣贤的部分清除，这样才有可能在考试时答案合格，得以通过而能做官。因此中国的读书人与皇家及其官僚机器的道德一元化是必然的，道德的一元化是政治一元化的基础，读书人与政治的一体性也就是必然的了。"① 读书人是官员后备队，读书是为做官做准备。官吏治理国家，对于国家长治久安关系甚大，故一方面需要德，另一方面也需要政治术。读书的过程就是模仿圣贤，去掉自身渣滓的过程，就是自我修养的过程，就是学习治国理政术的过程。《左传·襄公三十一年》记载，子产说："侨闻学而后入政，未闻以政学者也。若果行此，必有所害。"学而后入政，先自修后从政；以政学，害人害己。

论中国当代作家。二十三日有"中国还有一位女作家王安忆，也是异数，她从《小城之恋》《岗上的世纪》到《米尼》，出现了迷人的宿命主题，使我读后心里觉得很饱满，也使我觉得中国文学重要的不是进化式的创新，而是要达到水平线。这样的作家，还有一些，像刘震云、李锐、余华、刘恒、范小青、史铁生、莫言、贾平凹、朱晓平、马原、李晓等等等等，也许我要改变过去的看法：当代中国内地只有好作品，没有好作家"② 。阿城对

① 阿城：《威尼斯日记》，《阿城文集》之三，江苏凤凰文艺出版社 2016 年，第 45—46 页。

② 阿城：《威尼斯日记》，《阿城文集》之三，江苏凤凰文艺出版社 2016 年，第 50—52 页。

同代作家有颇多关注，谈王安忆，又扫描了刘震云、李锐、余华等人。

论医学。二十六日："火牙，脸上长痘等等等。一般人认为肾虚是房事过多造成的，其实'肾'在中医的概念里是一个系统，任何方面的过劳都可能伤害这个系统，造成'肾'虚。我的原因我自己明白，就是每天从半夜写到院子里的鸟叫了。"①阴阳是中医基本理念，阴阳调和，身体大致无碍，阴阳失调，遂有疾病。阿城知道自身问题，熬夜写作，所谓"知其病病，是以不病"。

论城市。六月一日写："到了公元十七世纪的清初，扬州因为成为全国盐运中心的关系，达到了繁荣的顶峰。据统计，当时，比如康熙年间，全国的年收入是二千三百多万两银，而扬州的盐商每年要赚一千五百多万两，超过国家的岁入的一半。乾隆五年（一七四〇），一个叫汪应庚的商人自己出钱赈饥荒，'活数十万人'，当然我们也要知道当时一个村塾先生每月收入低到不足一两银。"②可见扬州繁华，亦可见阿城于典故之熟识。

论小说。六月十五日："中国小说古来就是跟着世俗走的，包括现在认为地位最高的《红楼梦》，也是世俗小说。小的时候，院子里的妇女们没事时会聚到一起，一个识字的人念，大家听和插嘴，所以常常停下来，我还记得有人说林姑娘就是命苦，可是这样的人也是娶不得，老是话里藏针，三百六十五天可怎么过？我长大后发现'知识分子'都欣赏林黛玉。中国小说在'五四'以后被拔得很高，用来改造'国民性'，性质转成反世俗，变得太

---

① 阿城：《威尼斯日记》，《阿城文集》之三，江苏凤凰文艺出版社 2016 年，第 56—57 页。
② 阿城：《威尼斯日记》，《阿城文集》之三，江苏凤凰文艺出版社 2016 年，第 70 页。

有为。八十年代末，中国内地的小说开始回返世俗。这大概是命运？'性格即命运'，中国小说的性格是世俗。当今最红的王朔，写的就是切近的世俗，嬉笑嗔骂，皆踊动鲜活，受欢迎是当然的，遗憾他没有短篇小说。"① 阿城以"世俗小说"定位《红楼梦》，有其道理，盖因其重视世俗性。阿城明了小说变迁大势，对昔日小说定位、"五四"之后的转向以及当前的状态有深刻的把握。

《威尼斯日记》语言较之"三王"，更为简洁质朴，更为雄健。所用譬喻，出乎意料，但又极为妥切。炼字修辞之功夫，至于斯也。

第二节　祛魅与反思
——《常识与通识》

1997 年至 1998 年，阿城在《收获》开专栏，讨论常识问题，结集为《常识与通识》。一个专栏，围绕着固定主题，开设两年之久，可知所思并非心血来潮，乃深思熟虑、郑重其事。继《棋王》后，《常识与通识》乃阿城极重要的书，体现了他对历史和现实的反思。

若顾名思义，或觉言常识之书应卑之无甚高论，不过亦常识而已。但此书非同一般，阿城多有寄托意。他说："我原打算将栏目题为'煞风景'，后来改为'常识与通识'，规矩多了，但意思还在，因为讲常识，常常煞风景。"② 必然是先有"风景"，才能煞

---

① 阿城：《威尼斯日记》，《阿城文集》之三，江苏凤凰文艺出版社 2016 年，第 101—102 页。

② 阿城：《常识与通识·自序》，《阿城文集》之四，江苏凤凰文艺出版社 2016 年，第 1 页。

风景。必然是不讲常识，于是要强调常识。一些关键话，隐藏在字里行间，要透过"字缝"看此书，方能明其志。

《常识与通识》确能看出阿城知识结构"杂芜"，他大谈"常识"，却引用大量自然科学著作。其"常识"谈，是以非常识性的论述方式进行的。何以故？盖不得已也。吞吞吐吐说话，拉拉杂杂叙述，该短者长，该长者短，以时髦的术语说乃"隐微写作"。

全书共十二篇，看似无甚相关，其实一以贯之，从各个角度讨论常识。十二篇又可分几个系列，因为有些话题一篇不能已，故有二、三。

《思乡与蛋白酶》《爱情与化学》，可作一类。

《思乡与蛋白酶》讨论思乡和蛋白酶关系。思乡，是文学的重要主题，阿城解释为思乡是因为蛋白酶作怪，真是"煞风景"。阿城说："于是所谓思乡，我观察了，基本是由于吃了异乡食物，不好消化，于是开始闹情绪。"[1]以网络语言可译为：我思乡了。说人话！想吃家乡菜了。"所以思乡这个东西，就是思饮食，思饮食的过程，思饮食的气氛。为什么会思这些？因为蛋白酶在作怪。"[2]思乡是形而上词汇，被阿城解构，称为思饮食。这篇文章拉拉杂杂，真见出阿城是"杂家"。他从味觉谈起，说到臭、鲜、河豚、龙利、猪肉、牛肉、羊脖子肉、臭冬瓜、咸臭食品、狗肠糯米、烤鹅掌，食补、《招魂》《礼记·内则》、青铜器上的饕餮纹、牛奶、可口可乐、观音土。为文纵横捭阖，有见识，有经历，有典籍，有趣闻，才情流水一般，不可遏制。

《爱情与化学》谈爱情与化学问题。阿城说："脑神经生理学

---

[1] 阿城：《思乡与蛋白酶》，《阿城文集》之四，江苏凤凰文艺出版社 2016 年，第 11 页。

[2] 阿城：《思乡与蛋白酶》，《阿城文集》之四，江苏凤凰文艺出版社 2016 年，第 13 页。

家发现，人脑中的三种化学物质，多巴胺（dopamine），去甲肾上腺素（norepinephrine）和 phenylethylamine（最后这种化学物我做不出准确译名，总之是苯和胺的化合物）。当脑'浸'于这些化学物质时，人就会堕入情网，所谓'一见钟情'，所谓'爱是盲目的'，所谓'烈火干柴'等等，总之是进入一种迷狂状态。诗歌，故事，小说，戏剧，电影，对此无不讴歌之描写之得意忘形，所谓'永恒的题材'。"[①] 这是爱情与化学的关联。

阿城旁征博引，大篇幅讨论爱情与化学问题，但说了几句关键的闲话。"无产阶级文化大革命是一次软件设计，它输入前额叶区的是'千头万绪就是一句话：造反有理'和'革命不是请客吃饭，不是做文章，不是绘画绣花，不能那样雅致，那样文质彬彬'。将新哺乳类脑的情感中枢功能划限于'阶级感情'，释放爬虫类脑，'革命是暴动，是一个阶级推翻一个阶级的暴烈的行动'，'要武嘛'。当时的众多社论，北京清华附中'红卫兵'的'三论造反有理'，都是要启动释放爬虫类脑功能的软件程序。"[②] 反思"文革"，此十二篇文章重要主题。

阿城又说："这说明文化软件里的不少指令是生理影响心理，心理影响文化，文化的软件形成之后，通过学习再返回来影响心理，可是却很难再进一步明白这一切源于生理。文化形成之后，是集体的形态，有种'公理'也就是不需证明的样子，于是文化也是暴力，它会镇压质疑者。"[③] 很多公理，不是自然而然，是被

---

① 阿城：《爱情与化学》，《阿城文集》之四，江苏凤凰文艺出版社 2016 年，第 26 页。

② 阿城：《爱情与化学》，《阿城文集》之四，江苏凤凰文艺出版社 2016 年，第 25 页。

③ 阿城：《爱情与化学》，《阿城文集》之四，江苏凤凰文艺出版社 2016 年，第 24 页。

建构的。谈常识，就是解构被建构起来的公理。"人被迫创造了文化，结果人又被文化异化，说得难听点，人若不被文化异化，就不是人了。"①阿城对文化进行整体反思，他看到文化的暴力，意识到了文化在异化人，所以他要祛魅，谈生物学意义上的"常识"。

《艺术与催眠》讨论艺术与催眠问题。阿城先讨论大量与催眠有关的理论和实例。之后说："艺术首先是自我催眠，由此而产生的作品再催眠阅读者。你不妨重新拿起手边的一本小说来，开始阅读，并监视自己的阅读。如果你很难监视自己的阅读，你大概就觉到什么是催眠了。如果你看到哪个评论者说'我被感动得哭了'，那你就要警惕这之后的评论文字是不是还在说梦里的话。有些文字你觉得很难读下去，这表明作者制造的暗示系统不适合你已有的暗示系统。"②艺术是催眠系统，可被多种势力利用，所以要警惕艺术催眠作用。又说："音乐是很强的催眠，而只是最古老的催眠手段。孔子将'礼'和'乐'并重，我们到现在还能在许多仪式活动中体会得到。孔子又说过听了'韶乐'之后，竟'三月不知肉味'，这是典型的催眠现象，关闭了一些意识频道。"③言音乐亦是催眠系统。"三月不知肉味"云云以催眠解释，似不恰当。"不图为乐至于斯也"，"至于斯"是什么境界，看到了什么景象，催眠云云似难解释。"电影是最具催眠威力的艺术，它组合了人类辛辛苦苦积累的一切艺术手段，把它们展现在一间黑屋子里，电影院生来就是在模仿催眠师的治疗室。灯一亮，电影散场

---

① 阿城：《爱情与化学》，《阿城文集》之四，江苏凤凰文艺出版社 2016 年，第 30 页。

② 阿城：《艺术与催眠》，《阿城文集》之四，江苏凤凰文艺出版社 2016 年，第 45 页。

③ 阿城：《艺术与催眠》，《阿城文集》之四，江苏凤凰文艺出版社 2016 年，第 47 页。

了，注意你周围人的脸，常常带着典型的被催眠后的麻与乏。也有兴奋的，马上就有人在街上唱出电影主题歌，模仿出大段的对白，催眠造成的记忆真是惊人。当然，也有人回去裹在被子里暗恋不已。"[1] 电影具强大催眠效果，故官方、市场、艺术皆重之。

还是阿城的闲话，才说明文章真正用意。"无产阶级文化大革命是一次成功的催眠秀，我们现在再来看当时的照片，纪录片，宣言，大字报，检讨书等等，从表情到语言表达，都有催眠与自我催眠的典型特征。八次检阅红卫兵，催眠场面之大，催眠效果之佳之不可思议，可以成为世界催眠史上集体催眠的典范之一。"[2] 言艺术具催眠作用是铺垫，"文革"可比艺术作品，是催眠秀。回到常识，就是"呐喊"，将人从催眠中唤醒。

讨论艺术与催眠问题长篇累牍，广泛引用，用力甚勤。但此文本表面结构，内在问题是通过研究催眠问题反思"文革"。为何长篇大论者是表面和铺垫，反而似乎闲笔才是关键？因为讨论的问题比较敏感，因为有"时讳"。

《魂与魄与鬼及孔子》《还是鬼与魂，这回加上神与魄》，属一类。

《魂与魄与鬼及孔子》第一句即有玄机："读中国小说，很久很久读不到一种有趣的东西了，就是鬼。这大概是要求文学取现实主义的结果吧。"[3] 鬼是怪力乱神，不为现实主义允。现实主义，是"五四"新文学之后最为重要的创作范式。因兹事体大，故于

---

[1] 阿城：《艺术与催眠》，《阿城文集》之四，江苏凤凰文艺出版社 2016 年，第 47 页。

[2] 阿城：《艺术与催眠》，《阿城文集》之四，江苏凤凰文艺出版社 2016 年，第 42 页。

[3] 阿城：《魂与魄与鬼及孔子》，《阿城文集》之四，江苏凤凰文艺出版社 2016 年，第 49 页。

此概念稍作梳理。"五四"之际，陈独秀大言炎炎："旗上大书特书吾革命军三大主义：曰，推倒雕琢的、阿谀的贵族文学，建设平易的、抒情的国民文学；曰，推倒陈腐的、铺张的古典文学，建设新鲜的、立诚的写实文学；曰，推倒迂晦的、艰涩的山林文学，建设明了的、通俗的社会文学。"[①] 陈独秀倡"写实文学"，倡导"美术革命"，为了抨击传统，攻击国民性，意图进行思想革命。延安时期，现实主义内涵又一变。写现实就是写工农兵，而且要"歌颂"。毛泽东说："立场问题。我们是站在无产阶级的和人民大众的立场。对于共产党员来说，也就是要站在党的立场，站在党性和党的政策的立场。"又说："态度问题。随着立场，就发生我们对于各种具体事物所采取的具体态度。比如说，歌颂呢，还是暴露呢？这就是态度问题。究竟哪种态度是我们需要的？我说两种都需要，问题是在对什么人。有三种人，一种是敌人，一种是统一战线中的同盟者，一种是自己人，这第三种人就是人民群众及其先锋队。对于这三种人需要有三种态度。对于敌人，对于日本帝国主义和一切人民的敌人，革命文艺工作者的任务是在暴露他们的残暴和欺骗，并指出他们必然要失败的趋势，鼓励抗日军民同心同德，坚决地打倒他们。对于统一战线中各种不同的同盟者，我们的态度应该是有联合，有批评，有各种不同的联合，有各种不同的批评。他们的抗战，我们是赞成的；如果有成绩，我们也是赞扬的。但是如果抗战不积极，我们就应该批评。如果有人要反共反人民，要一天一天走上反动的道路，那我们就要坚决反对。至于对人民群众，对人民的劳动和斗争，对人民的军队，人民的政党，我们当然应该赞扬。人民也有缺点的。无产阶级中还有许多人保留着小资产阶级的思想，农民和城市小资产阶级都

---

① 　陈独秀：《文学革命论》，1917 年 2 月 1 日《新青年》2 卷 6 号。

有落后的思想，这些就是他们在斗争中的负担。我们应该长期地耐心地教育他们，帮助他们摆脱背上的包袱，同自己的缺点错误作斗争，使他们能够大踏步地前进。他们在斗争中已经改造或正在改造自己，我们的文艺应该描写他们的这个改造过程。只要不是坚持错误的人，我们就不应该只看到片面就去错误地讥笑他们，甚至敌视他们。我们所写的东西，应该是使他们团结，使他们进步，使他们同心同德，向前奋斗，去掉落后的东西，发扬革命的东西，而决不是相反。"①《在延安文艺座谈会上的讲话》成为1949年后文艺政策之经，《讲话》所确立的现实主义范式成为作家基本遵循。秦兆阳走出现实主义的曲径小道，试图将"现实主义"宽泛理解②，旋即被打倒。阿城父亲钟惦棐试图批评工农兵文艺者，亦被打倒。

多年之后，阿城子承父业，轻轻一句话，似有若无地批评了"现实主义"。或父辈教训如在目前，或昔年被牵连经历深入骨髓，或毕竟行走江湖多年，阿城"王顾左右而言他"，不对现实主义品头论足，而是谈鬼。《魂与魄与鬼及孔子》深得古代谈鬼小说之道：明明是谈鬼，可是哪里是谈鬼，分明是谈现实，分明是谈人。不知胡适、陈独秀是真不懂，抑或故意装作不懂，怎么就会觉得古人文章不谈现实。阿城说，现实主义的流行，导致中国文学谈鬼者鲜矣。故阿城回顾历史，大段大段引用《阅微草堂笔记》《客窗闲话》《池上草堂笔记》《右台仙馆笔记》《子不语》等，因觉谈鬼是现实主义之外重要传统。现实主义成为政治正确，现实主义反而不现实，谈狐说鬼，反而是现实主义。

---

① 毛泽东：《在延安文艺座谈会上的讲话》，《毛泽东选集》第三卷，人民出版社1991年，第847—877页。

② 秦兆阳：《现实主义——广阔的道路》，《人民文学》1956年第9期。

阿城谈关于鬼故事教化问题时，忽然有闲笔："不过教化是双刃剑，既可以安天下，醇风俗，又可以'天翻地覆慨而慷'，中国无产阶级文化大革命能够发动，有一个原因是不少人真地听信'资产阶级上台，千百万颗人头落地'，怕千百万当中有一颗是自己的。结果呢，结果是不落地的头现在有十二亿颗了。"[1]好像与主题无关，恰是阿城欲言又止，止又不甘心处。

《魂与魄与鬼及孔子》写罢，又作《还是鬼与魂，这回加上神与魄》。结论是："我们不难看出，'魄'，可定义为爬虫类脑和古哺乳类脑；'僵尸'，是仍具有爬虫类脑和古哺乳类脑功能的人类尸体，它应该是远古人类对凶猛动物的原始恐惧记忆，成为我们的潜意识。于是，我们也可以定义'魂'，它应该就是人类的新哺乳类脑，有复杂的社会意识，如果有自我意识，也是在这里。"[2]固然妙解。在具体论述中，阿城忽《伊利亚特》《奥德赛》，忽《封神榜》《诗经》《天问》，忽董仲舒、司马迁，忽"飞僵""僵尸野合""回煞抢亲"，忽《醉茶志怪》鬼偷窥，都为论述"自我意识"。

《攻击与人性》《攻击与人性之二》《攻击与人性之三》《足球与世界大战》，属同一系列。前三篇是阿城读康拉德·劳伦兹《攻击与人性》感受，《足球与世界大战》是看懂《攻击与人性》后的运用。

阿城自述与此书渊源："我之所以有劳伦兹这个人的印象，是因为一九七三年我在云南，生产队上很多人闲来无事听敌台（这四十多年来敌敌友友，友友敌敌，刚刚相逢一笑泯了恩仇，忽然

<hr>

[1] 阿城：《魂与魄与鬼及孔子》，《阿城文集》之四，江苏凤凰文艺出版社 2016 年，第 49 页。

[2] 阿城：《还是鬼与魂，这回加上神与魄》，《阿城文集》之四，江苏凤凰文艺出版社 2016 年，第 66 页。

又要横眉冷对千夫指了），我在当时的敌台中听到当年的诺贝尔生物与医学奖获得者是三位，其中就有这位劳伦兹先生，研究动物行为的。"又说："一九八七年我在香港一家书店见到这本书的台湾中文译本，书名译成《攻击与人性》，于是站着翻看，译文颇拗口，有些句子甚至看不懂，不知是我愚钝还是没有译通。总之，印象中只留下了劳伦兹说到艺术起源于仪式。"又说："今年，一九九七年，我在台北，朋友谢材俊先生送我一册一九八七年我在香港看过的《攻击与人性》的一九八九年再版本，算下来，今年距原文出版已有三十四年了。晚上躺在床上看，拗口的译文毫无改变，当年看不懂的地方，这次确定了，是没有译通。重读，永远是有趣的事情，尤其是有意思的书。"①

1973 年，耳闻此书；1987 年，在香港某书店，站着读此书；1997 年，在台北再看。阿城与此书渊源，长达二十四年。二十四年后，还愿意重读，读完连续以四篇长文讨论该书，足见阿城对《攻击与人性》重视。

作者康拉德·劳伦兹何许人也？阿城有描述："康拉德·劳伦兹是奥地利人，在奥地利和美国读动物学和医学，一九四〇年任教于奥地利康尼斯伯格大学（Konigsberg Universty）。一九四二年，他被德军征调为精神科医生到波兰一家医院，两年后又被送往俄国前线，随即被俘，做了四年战俘。战后，劳伦兹任慕尼黑大学的教授和麦克思普兰克学院（Max Planck Institute）的研究主持人。一九七三年，劳伦兹与荷兰的尼考拉斯·汀伯根（Nicolas Tinbergen）、当时西德的卡尔·凡·弗利施（Karl von Frisch）都因为对动物行为的研究而共享诺贝尔生物和医学奖。不过，劳伦

① 阿城：《攻击与人性》，《阿城文集》之四，江苏凤凰文艺出版社 2016 年，第 70—71 页。

兹与其他动物学者的不同在于，他认为攻击性是动物的本能，并认为攻击性也是人的本能，尤其后者，引发过广泛的争论。"[1]

康拉德·劳伦兹，奥地利人，参与二战，被俘虏，在俄国做战俘四年。释放后，从事生物学研究，作《攻击与人性》，得出攻击性是人本能的结论。观此，知其尝受二战影响巨大，《攻击与人性》或是回应战争、反省战争之作。康拉德·劳伦兹因二战而作此书，阿城则因"文革"而大论此书，二者皆关注人性中的攻击性，试图理解认识攻击性。

《攻击与人性》基本结论是："劳伦兹是由对鱼和鸟的观察与实验中，证明攻击是生物进化的原始动力，也就是'同类相斥'的原则。"[2]阿城基本是大段引用，介绍《攻击与人性》主要观点，未做引申。

《攻击与人性之二》有些按捺不住，开篇就说："无产阶级文化大革命，简单说，就是失去常识能力的闹剧。也因此我不认为文化大革命有什么悲剧性，悲剧早就发生过了。'反右'、'大跃进'已经是失去常识的持续期，是'指鹿为马'，是'何不食肉糜'的当代版，'何不大炼钢，何不多产粮'。在权力面前，说出常识有说出'皇帝没有穿衣服'的危险，但是，我的父辈们确实有人隐瞒常识。他们到学校里来做报告，说以前被地主剥削压迫，所以参加了革命。如果明白被剥削，一定明白一亩地可产多少粮食这种常识吧？一定明白亩产万斤超出常识太多吧？我在的小学，大炼钢铁时也炼出过一块黑疙瘩，校长亲自宣布它是'钢'。当

---

[1] 阿城：《攻击与人性》，《阿城文集》之四，江苏凤凰文艺出版社 2016 年，第71—72 页。

[2] 阿城：《攻击与人性》，《阿城文集》之四，江苏凤凰文艺出版社 2016 年，第72 页。

时我没有关于钢的常识，当然认为它就是'钢'。后来有一门课叫'常识'，是我最感兴趣的。我最感兴趣的永远是常识。在常识面前，不要欺骗孩子。"①"文革"失去常识，今讲常识，就是反思"文革"。非常识影响了孩子，今讲常识，是为"救救孩子"。又说："中国的无产阶级文化大革命，剥去意识形态，剥去理论，剥去口号，是再清楚不过的同种攻击，将意识形态，理论，口号覆盖上去，只是为了更刺激同种攻击，或者说，是为了解除对攻击本能的束缚。"②阿城为何重视《攻击与人性》？因为他以为"文革""是再清楚不过的同种攻击"。阿城看到对"文革"合理解释，反复论之，欲世人知晓。

讨论常识，所为何事？为此。讨论攻击与人性，所为何事？为此。二战是同种攻击，"文革"也是同种攻击，理论口号云云不过是刺激更强地攻击。如此看去，确有豁然开朗感觉。

阿城以为自由平等博爱人权独立等是常识。自由平等博爱云云，是常识还是神话，是自然而然还是建构而成，当然值得再深入讨论。

《攻击与人性之三》不仅反思"文革"，有更深入普遍的思考。既然如此，攻击是不是完全的恶呢？是不是可以想方设法遏制攻击性呢？阿城说："攻击热情驱使人类做各种各样的事情，比如探险，科学研究，经济竞争，选举，犯罪等等，凡是你能想到的创造性活动，人类不息的创造热情，是本能中的攻击热情的转化，所以，我们不能一劳永逸地剔除攻击本能。剔除了，人类的进化

① 阿城：《攻击与人性之二》，《阿城文集》之四，江苏凤凰文艺出版社 2016 年，第 86—87 页。

② 阿城：《攻击与人性之二》，《阿城文集》之四，江苏凤凰文艺出版社 2016 年，第 88 页。

就停止了。"① 又说："'同种攻击'是本能，是自然力，是天地不仁，人类能到如今，是凭它一路'杀'过来的。可是你若对它有所质问，它绝对一脸茫然。"② 同种攻击是本能，不完全是恶，当然也不完全是善，人具有同种攻击的本能，但人性不完全是褒义词，也不完全是贬义词。

关键是如何处理这股"同种攻击"的能量。有人陈义甚高，希望能完全克制"同种攻击"本能。阿城说："秦始皇将有关思想的书烧掉了，之后，从汉儒，再到宋儒，则专门在'思'上做'不可以'的文章。"③ 完全克制，走入极端就是高标准、严要求，但或陷入道德浪漫主义。阿城有深入思索："先秦对'君子'和'小人'是有道德区隔的。"④ 以君子标准要求小人，既伤害了"标准"，也使得小人不得其所。某些时期，受到政治浪漫主义的影响，强调"狠斗私字一闪念"，删除"同种攻击"本能，实现"满街圣贤走"。结果，由此善念出发，却导致了更大的恶。

那么，应该如何处理这股能量？阿城说："这好比水。传说时代的鲧，治水是用堵，总不成功，被舜杀了，鲧的儿子禹来治，用疏，成功了。这是老祖宗留给我们对待自然力的遗训。我想禹治水也要用一些堵，但堵的目的是让水向疏的方向走，导向海。水进入海，平静了，景观很好。"⑤ 治水云云，可喻修身，可喻治

---

① 阿城：《攻击与人性之三》，《阿城文集》之四，江苏凤凰文艺出版社 2016 年，第 110 页。

② 阿城：《攻击与人性之三》，《阿城文集》之四，江苏凤凰文艺出版社 2016 年，第 107 页。

③ 阿城：《攻击与人性之三》，《阿城文集》之四，江苏凤凰文艺出版社 2016 年，第 106 页。

④ 同上。

⑤ 阿城：《攻击与人性之三》，《阿城文集》之四，江苏凤凰文艺出版社 2016 年，第 107 页。

国。治水，当明水之性。堵可以解决一时，但久之必决。疏则可矣，因水之固然，引之导之，用其利，去其害。治"同种攻击"本能，不当堵，而当疏导。

阿城意犹未尽，又作《足球与世界大战》。足球与世界大战，看似二者风马牛不相及，但阿城分析出了二者之间隐秘联系。

阿城定位世界杯："世界杯足球赛煽动起来的攻击性热情，几乎是四年一次的世界大战，奥林匹克运动会无疑是逊了一筹。"[1]或恐为觉危言耸听，所以阿城鲜有论述，几乎只是摆事实。欲托之空言，不若见诸行事之深切著明也，所以他说："我们不妨随便看看我们过去将近七十年里的疯狂。"[2]之后开始罗列某年某年因足球所引发攻击与暴力。

"孟加拉一位三十岁的妇女是喀麦隆球迷，一九九〇年八强大战时喀麦隆输给英格兰，她竟自杀了，遗书上写道：'喀麦隆离开了世界杯，就是我该离开世界的时候了。'""据美国一家研究机构做的调查，一届世界杯下来，全世界会损失四千亿美元。一九八二年，当时的西德对当年在西班牙举办的世界杯赛作了研究，发现德国工人旷工在家看电视转播，损失了六亿工时，等于政府损失了四十多亿美元。""一九三〇年首届世界杯足球赛，阿根廷队对墨西哥队时，阿根廷吃了五次十二码罚球；对智利时又大打出手，裁判只好召警察入场；决赛时对乌拉圭，大批阿根廷球迷持械入场，我估计阿根廷队若输了的话，大批棍棒是打本国队员的。"[3]如此多事实，也难辩驳其论点矣。

① 阿城：《足球与世界大战》，《阿城文集》之四，江苏凤凰文艺出版社 2016 年，第 112 页。
② 同上。
③ 阿城：《足球与世界大战》，《阿城文集》之四，江苏凤凰文艺出版社 2016 年，第 115—117 页。

世界杯是攻击性热情转化方式，世界大战是攻击性热情爆发方式，二者名虽不同，实皆是人性中攻击性热情作怪。

《跟着感觉走》《艺术与情商》，二者有连续性。

《跟着感觉走》以歌名起兴，谈"感觉"问题。阿城开玩笑："我们可以从民生的角度原谅长篇大论的一点是，字多稿酬也就多了。"[①]但确实拉杂了一些，阿城"跟着感觉走"，由钱谈到读书人，谈到穷困潦倒、《孔乙己》《浮生六记》、贵阳读到的一本书、《银元时代生活史》，谈到李白的漫游与饮酒，谈到臭酒、提倡饮臭酒的军阀、洋人的果酒，谈到忧郁症、徐迟，又谈到结核病、《茶花女》《红楼梦》《阿玛迪斯》、莫扎特、贝多芬、鲁迅。一个思想浪花，引发另外一个思想浪花，如烟火般，应接不暇。似乎乱，但每个都有趣味、有见识。可见阿城通达，看到象与象之间隐秘联系。

回到主题，于是谈感觉 EQ。阿城说："海马回管的是客观事实，杏仁核则负责情绪意义，同时也是掌管恐惧感的中枢。如果只留下海马回而切掉杏仁核，我们在荒野中遇到一只狼不会感到恐惧，只是明白它没有被关着而已。又如果有人用一把枪顶在你脑袋上，你会思考出这是一件危险的事，但就是无法感到恐惧，做不出恐惧的反应和表情，同时也不能辨认别人的恐惧表情，于是枪响了。这是不是很危险？杏仁核主管情绪记忆与意义。切除了杏仁核，我们也就没有所谓的情绪了，会对人失去兴趣，甚至会不认识自己的母亲，所谓'绝情'，也没有恐惧与愤怒，所谓'绝义'，甚至不会情绪性地流泪。虽然对话能力并不会失去，但

---

① 阿城：《跟着感觉走》，《阿城文集》之四，江苏凤凰文艺出版社 2016 年，第 128 页。

生命可以说已经失去意义。"[1]

所以阿城名此文"跟着感觉走"，因为"杏仁核"发挥着极为重要作用，所以要重视 EQ。借用阿城使用的术语，其"杏仁核"的少年时期创伤性记忆一直影响着他，他作这一系列"通识"文章，是回应其少年时代的"杏仁核"记忆。

《艺术与情商》，从艺术角度讨论情商问题。阿城以气味起兴，从西德作家苏金斯小说《香水》谈起，还特别以北京方言翻译一段。然后，谈及咸丰年间北京气味、印度烧各种香的气味、日本冷香气、美国热香型；接着谈臭，谈马屁无味，又谈及尖锐的黄鼠狼屁、狐臭，又谈到"不许放屁"。谈到艺术不带气味，歌、诗、音乐、电影没有气味。终于谈到"海马回"和"杏仁核"，谈到了艺术与情商主题。阿城说："所谓'典型'，相对于海马回和杏仁核，就是它们储存过的记忆；相对于情感中枢，就是它储存过的关系整合，如此而已。'典型人物'大约属于海马回，'典型性格'大约属于情感中枢。而先锋文学，是破坏一个既成的符号联结系统，所以它引起的上述的一系列反应就都有些乱，这个乱，也可称之为'新'。对于这个新，有的人引起的情感反应是例如'恶心'，有的人引起的情感反应是'真过瘾'，这些都潜藏着一系列的生理本能反应和情感中枢的既成系统整合的比对的反应。巧妙的先锋，是只偏离既成系统一点合适的距离，偏离得太多了，反应就会是'看不懂'。"[2]

回到常识，以"海马回"和"杏仁核"功能，确实能谈通与艺术相关诸多问题。可是若走到极端，强调艺术只和情商有关，

---

① 阿城：《跟着感觉走》，《阿城文集》之四，江苏凤凰文艺出版社 2016 年，第 132—133 页。

② 阿城：《艺术与情商》，《阿城文集》之四，江苏凤凰文艺出版社 2016 年，第 146—147 页。

而切断"思",不过是"纯文学"另类说法而已。

阿城说:"修艺术例如绘画学分的美国学生,你若问他你学到了什么,他会很严肃地说 thinking,也就是思想。这是不是太暴殄天物呢?因为学别的也可以学到思想呀,为什么偏要从艺术里学思想?读《诗经》而明白'后妃之德',吾深恶之,因为它就是 thinking 之一种。"[1]阿城言外之意是:艺术是艺术,艺术与意识形态无关,艺术不要成为意识形态附庸,好比《孩子王》语文课要与政治课区分开来。艺术切断 thinking,只与 EQ 有关,就变得轻了;《关雎》不再以"后妃之德"解释之,本"五四"意识形态将其定位为"爱情诗",艺术能量降低。今天艺术主要问题,不是切断"后妃之德"的 thinking,而是要重建"后妃之德"的 thinking;不是切断与 IQ 联系,而是应该重建与 IQ 联系。

《再见篇》是专栏告别语。阿城说:"不过写到这里,我发现我本来不是要聊生态环境的,只是因为触到'世纪末',触到由此而来的焦虑,才一路岔开。写作常常是这样,你会被某个字眼不小心撞歪。日常中我也常常误入一条路,不过我常常索性就走一走看。"[2]阿城"一路岔开",好在无论岔到哪儿,都精彩纷呈,见阿城确实杂家。

阿城仿佛是基因论者,基因仿佛是中世纪的"上帝"。阿城说:"生物只不过是基因的载体和基因传递的媒介,这也就是说,生物本身没有意义。如果将来'生物'这个词具体为'人类',我们所谓的尊严将受到致命的打击,说被摧毁也不为过。生命,人生,没有意义,也就无所谓价值,都不过是佛家所说的'幻想',

---

[1] 阿城:《艺术与情商》,《阿城文集》之四,江苏凤凰文艺出版社 2016 年,第 147 页。

[2] 阿城:《再见篇》,《阿城文集》之四,江苏凤凰文艺出版社 2016 年,第 153 页。

人类创造了文明与文化，无非是让人更好地成为基因的载体和传递的媒介。"①

第三节 "礼下庶人"之恶果
——论《闲话闲说》

《闲话闲说》，是阿城 1987 年至 1993 年历次讲谈辑成。此书的写作方式有古风，是谈话记录，不是写作而成；不是一次谈话记录，而是多次谈话的记录。《论语》《柏拉图对话录》等，莫不如此。②

"闲话闲说"是主标题，"中国世俗与中国小说"是副标题。阿城说："我好读闲书和闲读书，可现在有不少'闲书腔'和'闲读腔'，搞得人闲也不是，不闲也不是，只好空坐抽烟。"③"闲话闲说"是一种价值观、状态、特殊腔调、自觉追求。闲话是小说家言，也好比古代的"渔樵闲话"。古今多少事，渔樵闲话而已。"中国世俗与中国小说"是阿城讨论的核心内容。在阿城笔下，世俗是中国文化核心，是褒义、正面、积极。一旦"礼下庶人"，世俗遭破坏，社会单一扁平，在此文化结构基础上生长出来的小说单调乏味，板着面孔。一旦"礼不下庶人"，世俗自足，生机涌动，小说亦千姿百态，与世人相亲。

全书分七十七篇，若言杂乱无章，恐亦过矣；若言体系森严，也不至于。七十七篇，似无关似有关，似无逻辑似有逻辑。阿城

---

① 阿城：《再见篇》，《阿城文集》之四，江苏凤凰文艺出版社 2016 年，第 158 页。
② 今则有张文江记述的《潘雨廷先生谈话录》。
③ 阿城：《闲话闲说》，《阿城文集》之五，江苏凤凰文艺出版社 2016 年，第 146 页。

说:"世俗里的'世',实在是大;世俗之大里的'俗',又是花样百出。我因为喜欢这花样百出,姑且来讲一讲。"[1]中国世俗,大矣广矣,宽也厚也,如何"闲话闲说"世俗,如何切入世俗,如何结构闲话?世俗花样百出,此书也以花样百出应对花样百出,所谓因之也。

《闲话闲说》既是闲话、闲说,笔者不做论文状,也以"闲话""闲说"方式论之。不逐一言之,择精彩处略作评述与回应。

第一篇。自述平生,因为"我"是闲话闲说基础。有什么样的"我",才会有什么样的"闲话"。

第三篇。阿城说:"设若君皇帝在虚位,最少皇家生日世俗间可以用来做休息的借口。海峡两岸的死结,君皇老儿亦有面子做调停,说两家兄弟和了吧,皇太后找两家兄弟媳妇儿凑桌麻将,不计输赢,过几天也许双方的口气真就软了,可当今简直就找不出这么个场面人儿。"[2]虽似玩笑话,且阿城紧接着说,这些话不能当真。真中有假,假中有真,阿城心目中理想政体毕竟能见端倪。

第四篇,阿城说:"中国从近代开始,'新'的意义等于'好'。"[3]非常具有历史的批判性和现实的针对性。为何求新?因为焦虑,因为不定,因为无统。道已不由,经典废黜,圣人打倒,靡知所定,不知循何而行。故向西方取经,但对西方又不了解,一会法德,一会学法,一会追美,又忽"言必称希腊",求新不已,西方各种理论演练一过。但与时俱进、新新不已,其弊朝令夕改,民莫知所从。此弊至今不绝。

---

[1] 阿城:《闲话闲说》,《阿城文集》之五,江苏凤凰文艺出版社 2016 年,第 1 页。
[2] 阿城:《闲话闲说》,《阿城文集》之五,江苏凤凰文艺出版社 2016 年,第 7 页。
[3] 阿城:《闲话闲说》,《阿城文集》之五,江苏凤凰文艺出版社 2016 年,第 9 页。

第七篇，言归正传。"超现实国家所扫除的'旧'里，有一样叫'世俗'。一个很明显的事实是，一九四九年以后，中国的世俗生活被很快地破坏了。"①阿城批判焦点是，"礼下庶人"扫除了社会世俗性。水至清则无鱼，社会逐渐单一化，民间社会丰富性逐渐丧失。如此虽能盛极一时，但社会承受风险能力实际下降，久或不济。还是百花齐放好，一旦"气候""环境"发生变化，一花虽已废，毕竟还有其他花。如果只有一花，一旦有大变化，此花或将灭绝。

第八篇，阿城以自身经历起兴，批评"新社会"无处可隐。第九篇以其插队经历起兴，结论是："中国地界广大，却是乡下每个村、城里每条街必有疯傻的人，病了傻了的人，不必开会，不必学习文件，不必'狠斗私字一闪念'，高层机构低层机构的一切要求，都可以不必理会，自为得很。设若世俗的自为境地只剩下抽烟和疯傻，还好意思叫什么世俗？"②政权一插到底，社会整齐划一，"没有死角"，无所逃于天地之间，哪里去隐？人人皆在体制之中，惟傻子除外，世俗消除殆尽。"寻根文学"多有傻子，且傻子似乎先知先觉，以傻子为先知先觉，令人叹息。

十一篇，谈中国世俗性历史渊源。"我们若是大略了解一些商周甲骨文的内容，可能会有一些想法。那里面基本是在问非常实际的问题，比如牛跑啦，什么意思？回不回得来？女人怀孕了，会难产吗？问得极其虔诚，积了那么多牛骨头乌龟壳，就是不谈玄虚。早于商周甲骨文的古埃及文明的象形文字，则有涉及哲学的部分。"③中国文化务实，商周即已如此，有甲骨文可证。有世

---

① 阿城：《闲话闲说》，《阿城文集》之五，江苏凤凰文艺出版社 2016 年，第 14 页。

② 阿城：《闲话闲说》，《阿城文集》之五，江苏凤凰文艺出版社 2016 年，第 19 页。

③ 阿城：《闲话闲说》，《阿城文集》之五，江苏凤凰文艺出版社 2016 年，第 22 页。

俗的底色，不骛高远，故有生命力。古埃及喜欢谈哲学，民族生命力竟然不长。

十二篇，谈道家。"道家呢，源兵家而来，一部《道德经》，的确讲到哲学，但大部分是讲治理世俗，'治大国若烹小鲜'，煎小鱼儿常翻动就会烂不成形，社会理想则是'甘其食，美其服，安其居，乐其俗'，衣、食、住都要好，'行'，因为'老死不相往来'，所以不提，但要有'世俗'可享乐。"①道家根基于世俗，然而道家不是源兵家而来，而是可以应用于兵家。以兵书观《道德经》，亦能得兵法之要。"甘其食，美其服，安其居"，解释为"衣、食、住都要好"，未必然也，当指不为外物役，食物不好依然甘之，衣服不华依然美之，房屋不崇高依然乐居。十六篇，继续讨论道家。鲁迅说："人往往憎和尚，憎尼姑，憎回教徒，而不憎道士。懂得此理者，懂得中国大半。"阿城一度不明其意，之后懂得："道教是全心全意为人民，也就是全心全意为世俗生活服务的。"②道教能与世俗生活水乳交融，使民日用而不知，所以有旺盛生命力，至今兴盛。十七篇说："道教管理了中国世俗生活中的一切，生、老、病、死、婚、丧、嫁、娶。"③道家与人的世俗生活结合，与每个人都有关，所以信众广泛。道家有此面向，但以为道家就是如此，恐亦认识不全面。好比《中庸》所说："君子之道费而隐。夫妇之愚，可以与知焉，及其至也，虽圣人亦有所不知焉。夫妇之不肖，可以能行焉，及其至也，虽圣人亦有所不能焉。"阿城看到道家"夫妇之愚"能知能行一面，但尤要注意圣人有所不知不行一面。道家彻上彻下，能吸引上智，也能吸引下愚。

① 阿城：《闲话闲说》，《阿城文集》之五，江苏凤凰文艺出版社2016年，第24页。
② 阿城：《闲话闲说》，《阿城文集》之五，江苏凤凰文艺出版社2016年，第33页。
③ 阿城：《闲话闲说》，《阿城文集》之五，江苏凤凰文艺出版社2016年，第34页。

但吸引上智与下愚者，截然不同。

十三篇，讲儒家。"后世将孔子立为圣人而不是英雄，有道理，因为圣人就是俗人的典范，样板，可学。"[1]阿城言，圣人是俗人的典范。圣人不离世俗，故世俗可学。虽可学，但圣人难及，修圣之路漫漫修远兮。十九篇，阿城说："举例来说，儒家演变到儒教的忠、信，是对现实中的人忠和信。孝，是对长辈现实生活的承担。仁，是尊重现实当中的一切人。贞，好像是要求妻子忠于死去的丈夫，其实是男人对现实中的肉欲生活的持久独占的哀求，因为是宋以后才塞进儒教系统的，是礼下庶人的新理性，与世俗精神有冲突，所以经常成为嘲笑的对象。礼、义、廉、耻、忠、信、恕、仁、孝、悌、贞、节……一路数下来，从观念到行为，无不是为维持世俗社会的安定团结。"[2]仁义礼智信，不只是概念，而有现实伦理支撑；非遥不可及，而就在寻常日用中。儒家与世俗相通，与每个人的生活息息相关，百姓日日用而不知，故家庭就是教堂，每人都是传教者和信教者。

二十一篇，谈基督教中国化、世俗化问题。"明末到中国来的传教士，主张信教的中国老百姓可以祭祖先，于是和梵蒂冈的教皇屡生矛盾。结果是，凡教皇同意中国教民祭祖的时候，上帝的中国子民就多，不同意，就少。耶稣会教士利玛窦明末来中国，那时将'耶稣'译成'爷甦'，爷爷死而甦醒，既有祖宗，又有祖宗复活的奇迹，真是译到中国人的心眼儿里去了。天主教中的天堂，实在吸收不了中国人，在中国人看来，进天堂的意思就是永远回不到现世了。反而基督的能治麻风绝症，复活，等同特异功能，对中国人吸收力很大。原罪，中国人根本就怀疑，拒绝承认，

---

[1] 阿城：《闲话闲说》，《阿城文集》之五，江苏凤凰文艺出版社2016年，第27页。

[2] 阿城：《闲话闲说》，《阿城文集》之五，江苏凤凰文艺出版社2016年，第38页。

因为原罪隐含着对祖宗的不敬。"①基督教进入中国，若世俗化，与中国传统伦理融合，官方相对认可，百姓乐于接受；若执原教旨主义，"不拜王者"，不接受传统伦理，不中国化，不世俗化，就会官方驱逐，老百姓排斥。清代的"礼仪之争"，本质是中西之争。"爷甦"真是妙译，必出乎深体中国文化者手笔。

二十二篇，讨论中国佛教世俗化问题。"说到中国佛教的寺庙，二十四史里的《南齐书》记载过佛寺做典当营生，最早的中国当铺就是佛寺。唐代的佛寺，常常搞拍卖会，北宋时有一本《禅苑清规》，详细记载了拍卖衣服的过程，拍卖之前，到处贴广告，知会世俗。元代的时候，佛寺还搞过类似现在彩票的'签筹'，抽到有奖。佛寺的放贷、收租，是我们熟知的。鲁迅的小说《我的师父》，汪曾祺的小说《受戒》，都写到江南的出家人几乎与世俗之人无甚差别。我曾见到过一本北洋政府时期北京广济寺住持和尚写的回忆录，看下来，这住持确是个经理与公关人才。住持和尚不念经是合理的，他要念经，一寺的和尚吃什么？印度佛教东来中国的时候，佛教在印度已经处于灭亡的阶段，其中很大的原因是印度佛教的出世，中国文化中的世俗性格进入佛教，原旨虽然变形，但是流传下来了。大英博物馆藏的敦煌卷子里，记着一条女供养人的祈祷，求佛保佑自己的丈夫拉出屎来，因为他大便干燥，痛苦万分。"②多类材料，排列在一起，竟能恰如其分。佛教之所以能在中国广为流布，信众甚多，因为能中国化，能世俗化。佛教的基础当然在人间，必也与百姓的日常生活有关，所以人间佛教云云能立住。阿城提及大英博物馆的敦煌卷子，极具

① 阿城：《闲话闲说》，《阿城文集》之五，江苏凤凰文艺出版社2016年，第42页。
② 阿城：《闲话闲说》，《阿城文集》之五，江苏凤凰文艺出版社2016年，第43—45页。

典型性，不离事而言理。

二十三篇，讨论禅宗。"据胡适之先生的考证，禅宗南宗的不立文字与顿悟，是为争取不识字的世俗信徒。如此，则是禅宗极其实用的一面。"[①] 禅宗虽与佛教有关，但有着中国思想的底子。胡适先生此言，诚然高论。禅宗不立文，或也与毁佛背景有关，一旦立了文字，就可毁弃，不立文字，可铭于心中。

二十七篇，讨论唐诗的世俗化问题。"我们觉得高雅的唐诗，其实很像现在世俗间的流行歌曲、卡拉OK。""唐代有两千多诗人的五万多首诗留下来，恐怕靠的是世俗的传唱。"[②] 以唐诗譬喻卡拉OK，观唐诗传唱规模，能见出唐诗的世俗性。惟其具世俗性，故可流传。

三十篇，讨论吃的问题。"中国对吃的讲究，古代时是为祭祀，天和在天上的祖宗要闻到飘上来的味儿，才知道俗世搞了些什么名堂，是否有诚意，所以供品要做出香味，味要分得出级别与种类，所谓'味道'。远古的'燎祭'，其中就包括送味道上天。《诗经》、《礼记》里这类郑重描写不在少数。……转回来说这供馔最后要由人来吃，世俗之人嘴越吃越刁，终于造就一门艺术。"[③] 食品本为敬神，阿城此论或得益张光直。张光直说："从《仪礼》里面可见，食物是与祭祀仪式分不开的。"[④] 孔子说："禹，吾无间然矣。菲饮食，而致孝乎鬼神；恶衣服，而致美乎黻冕。"所谓薄己而敬天重祖也。食物世俗化之后，遂有今天之规模，举

---

① 阿城：《闲话闲说》，《阿城文集》之五，江苏凤凰文艺出版社2016年，第47页。

② 阿城：《闲话闲说》，《阿城文集》之五，江苏凤凰文艺出版社2016年，第54—55页。

③ 阿城：《闲话闲说》，《阿城文集》之五，江苏凤凰文艺出版社2016年，第60—61页。

④ 张光直：《中国古代的饮食与饮食具》，三联书店1983年，第223页。

世罕见。《舌尖上的中国》打动国人，盖有历史及现实基础也。

三十一篇，谈及香港。"内地人总讲香港是文化沙漠，我看不是，什么都有，端看你要什么。比如你可以订世界上任何地方的任何书，很快就来了，端看你订不订，这怎么是沙漠？香港又有大量四九年居留下来的内地人，保持着自己带去的生活方式，于是在内地已经消失的世俗精致文化，香港都有，而且是活的。"[1] 香港接续清朝传统，1949 年之后很多老派知识分子赴香港，世俗之风犹有遗存。香港社会的世俗性，可谓古中国的化石，故阿城不以香港无文化说为然。所以阿城说："香港一八四二年由清朝租给英国，所以没有经历过辛亥革命，没有经历过历次政治运动，没有经历过无产阶级文化大革命。中国习俗在保留上没有过重大冲击。中文偏紧，清朗，例如流行歌的词中极难见到'的'字，律文中有时尚可见到'尔等居民'。新界妇女听说还无继承权。可以设计自己的生活方式，有随四时运行帝力于我何有哉的民气，所以是清朝。"[2]

三十二篇，谈及共产主义。"八五年我在香港看陈公博的《苦笑录》，其中讲到当年'马日事变'，陈坐专列从南京到长沙去问究竟，近到长沙，陈下车钻到杀共产党的军队里，说共产党打土豪分田地是为你们这些贫困农民的，你们为什么倒要杀共产党？士兵说共产党杀的是我们一姓的人呀。陈公博是中国共产党的创始人之一，当下领悟，不去长沙回南京了。"[3] 陈公博所感受者涉及阶级和家族冲突。士兵岂知阶级，但认家族，此因非一朝一夕养成的观念，难以遽然改变。马克思讲阶级，中国传统重家族。

---

[1] 阿城：《闲话闲说》，《阿城文集》之五，江苏凤凰文艺出版社 2016 年，第 62 页。

[2] 阿城：《香港与清朝》，《阿城文集》之五，江苏凤凰文艺出版社 2016 年，第 361 页。

[3] 阿城：《闲话闲说》，《阿城文集》之五，江苏凤凰文艺出版社 2016 年，第 64 页。

二者冲突，抑或融合，所关甚大。马克思主义在中国生根发芽，必也中国化，首先就要重视家庭伦理。马克思主义若要生机勃勃，当与世俗社会打成一片，进入寻常日用。不能陈义甚高，百姓望之杳然不可即；不能只是空头讲章，与百姓生活无关。

三十四篇，提出此书最为重要见解。"中国世俗中的所谓卑鄙丑恶，除了生命本能在道德意义上的盲目以外，我想还与几百年来'礼下庶人'造成的结果有关，不妨略说一说。本来《礼记》中记载古代规定'刑不上大夫，礼不下庶人'，讲的是礼的适用范围不包括俗世，因此俗世得以有宽松变通的余地，常保生机。孔子懂得这个意思，所以他以仁讲礼是针对权力阶层的。"[1]三十五篇："我体会'礼不下庶人'的意思是道德有区隔。刑条之外，庶人不受权力阶层的礼的限制，于是有不小的自为空间。礼下庶人的结果，就是道德区隔消失，权力的道德规范延入俗世，再加上刑一直下庶人，日子难过了。解决的方法似乎应该是刑既上大夫也下庶人，所谓法律面前人人平等，礼呢，则依权力层次递减，也就是越到下层越宽松，生机越多。"[2]三十六篇："我在美国，看选举中竞选者若有桃色新闻，立刻败掉，一般公民则无所谓，也就是'礼不下庶人'的意思。因此美国有元气的另一个特点是学英雄而少学圣贤。我体会西方所谓的知识分子，有英雄的意思，但要求英雄还要有理性，实在太难了，所以虽然教育普及读书人多，可称知识分子的还是少。"[3]七十五篇："'礼下庶人'的结果，造成中国世俗间阴毒心理的无可疏理。"[4]阿城以为，"礼下庶人"会打乱世俗生活的自为自足状态，"礼不下庶人"才能保持世俗社

① 阿城：《闲话闲说》，《阿城文集》之五，江苏凤凰文艺出版社2016年，第68页。
② 阿城：《闲话闲说》，《阿城文集》之五，江苏凤凰文艺出版社2016年，第72页。
③ 阿城：《闲话闲说》，《阿城文集》之五，江苏凤凰文艺出版社2016年，第74页。
④ 阿城：《闲话闲说》，《阿城文集》之五，江苏凤凰文艺出版社2016年，第153页。

会的生机。甚至可说，《闲话闲说》整本书都在论述"礼下庶人"的问题，都是在反思"礼下庶人"恶果。

三十九篇之后，开始讨论中国小说。"小说的价值高涨，是'五四'开始的。这之前，小说在中国没有地位，是'闲书'，名正言顺的世俗之物。"[①] 中国有世俗精神，于是中国小说具有世俗性，是闲话。梁启超《论小说与群治之关系》发明小说与群治之关系，小说遂不是"闲书"，而成大说，承担新民大任，传递改革或革命思想。又说："我读《史记》，是当它小说。"又说："《史记》之前的《战国策》，也可作小说来读，但无疑司马迁是中国小说第一人。"[②] 此说欠妥，《史记》之"列传"，或可以小说读之，因为人物确实栩栩如生，情节诚然波澜壮阔。但《史记》岂可以小说视之，"本纪""世家""书""表"等程度岂小说能及。读《太史公自序》，可知司马迁之志。《史记》乃司马迁之《春秋》也；司马迁欲为立法者，《史记》乃立法书。

四十一篇："春秋战国产生那么多寓言，多半是国王逼出来的。"[③] 高论，观夫《庄子》"有说则可，无说则死"，可知君主之霸气。"隐微写作"，避时讳也，不撄王锋，存身也，全生也。阿城能做到寓意说之："我曾经碰到件事，一位女知青恨我不合作，告到支书面前，说我偷看她上厕所。支书问我，我说看了，因为好奇她长了尾巴。支书问她你长了尾巴没有？她说没有。乡下的厕所也真是疏陋，对这样的诬告，你没有办法证明你没看，只能说个不合事实的结果，由此反证你没看。幸亏这位支书有古典明君之风，否则我只靠'说故事'是混不到今天讲什么世俗与小说

---

① 阿城：《闲话闲说》，《阿城文集》之五，江苏凤凰文艺出版社2016年，第78页。
② 阿城：《闲话闲说》，《阿城文集》之五，江苏凤凰文艺出版社2016年，第78—79页。
③ 阿城：《闲话闲说》，《阿城文集》之五，江苏凤凰文艺出版社2016年，第83页。

的。"①此即《史记》所谓"滑稽",正言若反,"谈言微中,亦可以解纷",此滑稽之妙用也,东方朔此中高手。面对强权岂敢直言,故不得不以"寓言"发之。"说真话"的反思,岂能谓之深刻?"古典明君之风"云云,可知昔年阿城处境。

四十四篇,阿城说:"明代是中国古典小说的黄金时代,我们现在读的大部头古典小说,多是明代产生的,《水浒传》《西游记》《金瓶梅词话》《封神演义》、'三言'、'二拍'拟话本等等,无一不是描写世俗的小说,而且明明白白是要世俗之人来读的。……明代小说还有个特点,就是开头结尾的规劝,这可说是我前面提的礼下庶人在世俗读物中的影响。可是小说一展开,其中的世俗性格,其中的细节过程,让你完全忘了作者还有个规劝在前面,就像小时候不得不向老师认错,出了教研室的门该打还打,该追还追。认错是为出那个门,规劝是为转正题,话头罢了。"②世俗性,是中国小说基本属性。"三言""二拍"开头结尾的规劝,不过幌子而已,好比应付道德审查,不得不然,但底子还是世俗性。

四十七篇,讨论《红楼梦》。"但我看李辰冬先生在《科学方法与文学研究》里记述胡先生说《红楼梦》这部小说没有价值。胡先生认为没有价值的小说还有《三国演义》《西游记》等等。……胡先生对《红楼梦》的看法,我想正是所谓'时代精神',反世俗的时代精神。《红楼梦》,说平实了,就是世俗小说。"③王鼎钧也回忆道:"一个题目是《红楼梦的艺术价值》,预定由李辰

---

① 阿城:《闲话闲说》,《阿城文集》之五,江苏凤凰文艺出版社2016年,第83—84页。

② 阿城:《闲话闲说》,《阿城文集》之五,江苏凤凰文艺出版社2016年,第89—90页。

③ 阿城:《闲话闲说》,《阿城文集》之五,江苏凤凰文艺出版社2016年,第96页。

冬教授担任。胡院长看到这个题目忽然提高了嗓门儿，他说《红楼梦》哪有艺术价值！他的理由是《红楼梦》没有 plot，他说他住院检查身体健康的时候，朋友送他一本《基督山恩仇记》，这本小说有 plot，好看，那才有艺术价值。据说这是胡博士一贯的见解，可是我不知道，那天听见了，更是惊诧莫名。"①此胡适一贯主张。胡适《红楼梦考证》等重视作者自叙传，亦是"时代精神"反映到学术研究之中。其后，周汝昌《红楼梦新证》不过拾胡适牙慧，依然是"时代精神"之反映与延续。《红楼梦》固有世俗一面，但以世俗论定未必全面。《红楼梦》言"易"也，荣也转衰，衰中有起色，祸福无常，眼看着起高楼，眼看着楼塌了。

五十四篇，讨论"鸳鸯蝴蝶派"。"鸳鸯蝴蝶派"是中国世俗精神开出的花朵，但被新文学摒弃，斥为"逆流"，进不了新文学范式主导的文学史。久矣，范伯群倡导"两翼齐飞"，但两翼依然不能和合。"清末废科举，难免读过书的人转而写写小说。另一个原因我想是西方的机器印刷术传进来，有点像宋时世俗间有条件大量使用纸。"②科举废除，读书人无出路，仕途绝望，于是部分人开始创作"鸳鸯蝴蝶"小说，好比元代杂剧发达，盖因中科举者少。五十五篇又说："'鸳鸯蝴蝶派'的门类又非常多：言情，这不必说；社会，也不必说；武侠，例如向恺然也就是'平江不肖生'的《江湖奇侠传》，也叫《火烧红莲寺》，李寿民也就是'还珠楼主'的《蜀山剑侠传》；狭邪色情，像张春帆的《九尾龟》、《摩登淫女》，王小逸的《夜来香》；滑稽，像徐卓呆的《何必当初》；历史演义，像蔡东藩的十一部如《前汉通俗演义》到《民国通俗

---

① 王鼎钧：《我从胡适面前走过》，http://www.aisixiang.com/data/98516.html。

② 阿城：《闲话闲说》，《阿城文集》之五，江苏凤凰文艺出版社 2016 年，第110—111 页。

演义》；宫闱，像许啸天的《清宫十三朝演义》，秦瘦鸥译自英文，德龄女士的《御香缥缈录》；侦探，像程小青的《霍桑探案》等等等等。又文言白话翻译杂陈，长篇短篇插图纷披，足以满足世俗需要，这股‘逆流’，实在也是浩浩荡荡了些。"①阿城于源流、类别、作品等了如指掌，可见于此路用功甚勤。又说："我这几年给意大利的《共和报》和一份杂志写东西，有一次分别写了两篇关于中国电影的文字，其中主要的意思就是一九四九年以前的电影，无一不是世俗电影，中国电影的性格，就是世俗，而且产生了一种世俗精神。中国电影的发生，是在中国近现当代世俗小说成了气象后，因此中国电影亦可说是‘鸳鸯蝴蝶派’的影像版。"②此阿城对电影基本定位，观点值得重视，后文将论。六十四篇："我们看郑振铎先生写的文学史，对当时世俗小说的指斥多是不关心国家大事。"③新文学作家鄙薄世俗文学，固有此论。

　　世俗精神为"鸳鸯蝴蝶派"产生精神母体。科举废除，为其创作准备了作者队伍；印刷术兴起，为广泛传播准备了媒介。今之网络文学，既新又旧。新因为网络载体，旧因为不过"鸳鸯蝴蝶派"借网络勃兴而已。读者，本即有之。阿城又论"鸳鸯蝴蝶派"各类型，各类代表作家作品，可谓洋洋大观矣。

　　五十七篇，本世俗精神论翻译问题。"我是主张与其硬译，不如原文硬上，先例是唐的翻译佛经，凡无对应的，就音译，比如‘佛’。音译很大程度上等于原文硬上。前面说过的日本词，我们直接拿来用，就是原文硬上，不过因为是汉字形，不太突兀罢了。"④翻译腔、硬译，不够世俗，难以流传，观昔日"硬译"之

①　阿城：《闲话闲说》，《阿城文集》之五，江苏凤凰文艺出版社2016年，第112页。
②　阿城：《闲话闲说》，《阿城文集》之五，江苏凤凰文艺出版社2016年，第113页。
③　阿城：《闲话闲说》，《阿城文集》之五，江苏凤凰文艺出版社2016年，第131页。
④　阿城：《闲话闲说》，《阿城文集》之五，江苏凤凰文艺出版社2016年，第117页。

作品，今日鲜有人读之；"原文硬上"，久之自然融入世俗。信之失在乎不达不雅，达之失在未必信。好的翻译，当实现信达雅结合。

五十八篇，批评新文学。"有意思的是喝过新文学之酒而成醉翁的许多人，只喝一种酒，而且酒后脾气很大，说别的酒都是坏酒，新文学酒店亦只许一家，所谓宗派主义。"[1]于新文学作家及受新文学熏陶者而言，阿城此言振聋发聩。尝观萧红传记与作品，慨叹而言"新文学作家不足为训"。研究新文学，必要视野广阔，不当被其障住，当认识到新文学发生的背景、过程以及局限，也当认识"鸳鸯蝴蝶派"的价值、意义和局限。

五十九、六十篇，讨论《在延安文艺座谈会上的讲话》。《在延安文艺座谈会上的讲话》确立的文学范式与"五四"新文学范式确有不同，阿城以为《讲话》恢复了被新文学中断的世俗性。六十一篇，阿城说："从小说来看，《新儿女英雄传》、《高玉宝》、《平原游击队》、《铁道游击队》、《敌后武工队》、《烈火金钢》、《红岩》、《苦菜花》、《迎春花》、《林海雪原》、《欧阳海之歌》、《金光大道》等等，都是世俗小说中英雄传奇通俗演义的翻版。才子佳人的翻版则是《青春之歌》、《三家巷》、《苦斗》等等，真也是一个轰轰烈烈的局面。"[2]这些小说，题材是革命的，但基本精神是世俗的；类型似乎是新的，但其实是旧酒新瓶。陈思和提出"潜形结构"概念，亦与阿城见解类似。[3]

六十六篇，讨论八十年代中国始有世俗品格的作品。"当时响

---

[1] 阿城：《闲话闲说》，《阿城文集》之五，江苏凤凰文艺出版社2016年，第120页。

[2] 阿城：《闲话闲说》，《阿城文集》之五，江苏凤凰文艺出版社2016年，第125页。

[3] 可参见陈思和《论"民间"的浮沉——从抗战到文革文学史的一个尝试性解释》，《上海文学》1994年第1期。

彻大街小巷的邓丽君，反对的不少，听的却愈来愈多。邓丽君是什么？就是久违了的世俗之音嘛，久旱逢霖，这霖原本就有，只是久违了，忽自海外飘至，路边的野花可以采。海外飘至的另一个例子是琼瑶，琼瑶是什么？就是久违了的'鸳鸯蝴蝶派'之一种。三毛亦是。之后飘来的越来越多，头等的是武侠。"①风气转变，世俗性加强，世俗性作品必然出现，于是有汪曾祺，有琼瑶、三毛，有邓丽君，有金庸、古龙等。流行之所以能够流行，必然有因。

六十七篇之后，始谈中国当代文学。论贾平凹，肯定其世俗化文学品质，对其批评亦到位："《废都》里有庄之蝶的菜肉采买单，没有往昔城里小康人家的精致讲究，却像野战部队伙食班的军需。明清以来，类似省府里庄之蝶这样的大文人，是不吃牛羊猪肉的，最低的讲究，是内脏的精致烹调。"②菜肉单等物质细节，暴露出粗鄙。先天毕竟不足，省城大文豪距离旧时小康之家尚且有距离，夫复何言。

七十篇，论同代诸子。阿城说："世俗之气漫延开了，八九年前评家定义的'新写实文学'，看来看去就是渐成气候的世俗小说景观。像河南刘震云的小说，散写官场，却大异于清末的《官场现形记》，沙漏一般的小世小俗娓娓道来，机关妙递，只是早期《塔铺》里的草莽元气失了，有点少年老成。""苏童以后的小说，像《妇女生活》、《红粉》、《米》等等，则转向世俗，有了以前的底子，质地绵密通透，光感适宜，再走下去难免成精入化境。"③寥

---

① 阿城：《闲话闲说》，《阿城文集》之五，江苏凤凰文艺出版社2016年，第135页。
② 阿城：《闲话闲说》，《阿城文集》之五，江苏凤凰文艺出版社2016年，第137页。
③ 阿城：《闲话闲说》，《阿城文集》之五，江苏凤凰文艺出版社2016年，第143—145页。

寥数笔，每人的创作历程勾勒清晰，不足与长处各得其所。

七十二篇，讨论港台文学。港台作家导演，阿城交好者有侯孝贤、唐诺、朱天心等。他与侯孝贤合作很多，对其评价很高，初次观其电影即觉"大师原来在台湾"。[①]也尝作文，论朱天心，以"稀有金属"目之。[②]唐诺作文，称大陆作家阿城最像孔子。[③]嘤其鸣矣，求其友声，景象美好。"不过我手上倒有几本朋友送的书，像朱天文、朱天心、张大春等等的小说，看过朱天文七九年的《淡江记》并一直到后来的《世纪末的华丽》，大惊，没有话说，只好想我七九年在云南读些什么鬼东西。"[④]

七十三篇，阿城夫子自道，好比《史记》的《太史公自序》。置于篇末，亦是古风。"语言样貌无非是'话本'变奏，细节过程与转接暗取《老残游记》和《儒林外史》，意象取《史记》和张岱的一些笔记吧，因为我很着迷太史公与张岱之间的一些意象相通点。"[⑤]阿城的作品有世俗品质的自觉追求，语言、细节、意象等皆有所本，故其作品具旧文人格调，不同时人。

---

① 阿城：《且说侯孝贤》，《阿城文集》之六，江苏凤凰文艺出版社 2016 年，第 97 页。

② 阿城：《稀有金属》，《阿城文集》之六，江苏凤凰文艺出版社 2016 年，第 122—124。

③ 唐诺：《伴读／清明世界·朗朗乾坤》，《阿城文集》之四，江苏凤凰文艺出版社 2016 年，第 300—301 页。

④ 阿城：《闲话闲说》，《阿城文集》之五，江苏凤凰文艺出版社 2016 年，第 147 页。

⑤ 阿城：《闲话闲说》，《阿城文集》之五，江苏凤凰文艺出版社 2016 年，第 149—150 页。

第七章　电影

在电影方面，阿城有家学渊源，又熟知中外电影史，做过多部电影编剧，对于电影有着精微理解。他做了很多电影方面工作，一个重要现实原因是，作家不能养活自己和家人，而编剧可以赚到更多钱。

阿城对电影的态度与刘小枫不同。刘小枫说："卖旧书是我的自我调整：卖旧书真正卖掉的是我过去的读书兴趣，算是对自己思想的自我清场。……不仅书，连自己的文章也扔之后快。1983年曾写过一篇分析电影《见习律师》的时间结构的文章，钟惦棐先生颇称赞，但当时因兴趣转向，便扔进了垃圾堆。"[1] 刘小枫卖旧书是自我调整知识结构，旧书好比旧我，卖掉旧书好比与过去之我别。阿城对电影的关注是持续性的，且直接操盘多部电影。

第一节　阿城对电影的理解

阿城虽非电影理论家，但其对电影富有洞见。

---

[1]　刘小枫：《我的学术与旧书买卖》，https://www.douban.com/group/topic/2642277/。

阿城认为，电影是工业。[①]他说："我认为电影是工业。当然可能我见识少，不知道还有哪种工业类型像电影制作，一下投资千万以上，一两月就完成产品，短期内就要收回成本，拿到利润。有点像短线股票吧，所以电影制作类似赌博，所以要有成熟的社会性的工业制作系统。所以各部门被称为'车间'，好像是生产汽车的工厂。在这种状况下究竟能容纳多少艺术？被好莱坞打败，本质上还不是艺术败于娱乐，而是败于工业系统。你可以拼命拍一部大制作，但是成熟的工业系统不必拼命就可以马上拍出十部，而且连续不断，所以是败于工业系统。……电影工业成本的观念影响到我写剧本。比如前两年时我写《郑成功传》，投资不够时只有陆战。投资够了，再加海战。剧本可以看成是工业生产计划书，投资是按剧本来算的，反之，剧本也是适应投资的。"[②]

此阿城对电影基本定位，电影是工业，剧本是工业生产计划书。电影虽是工业，但是特殊文化工业。电影是一个场，其中几方面竞争。一是资本，拍摄电影为赚钱，所谓商业片。二是意识形态，借电影传递或禁闭价值观，所谓主旋律片。三是艺术，将电影视为艺术作品，所谓文艺片、实验片等。资本、意识形态管理部门、艺术，三者有较量，有妥协，也有融合。

因将电影视为工业，所以阿城对电影的基本判断是："中国电影的性格，就是世俗，而且产生了一种世俗精神。中国电影的发生，是在中国近现当代世俗小说成了气象后。"[③]又说："电影

---

① 阿城对电影的理解与 30 年代中期刘呐鸥的观点类似。刘呐鸥说"电影是给眼睛吃的冰淇淋，是给心灵坐的沙发椅"，以为电影是工业，具娱乐功能，抱怨左翼的"革命电影"把电影院里的观众都吓跑了。参见彭小妍《浪荡子美学与跨文化现代性》，联经出版事业股份有限公司 2012 年，第 86—93 页。

② 阿城：《答客问》，《阿城文集》之七，江苏凤凰文艺出版社 2016 年，第 318 页。

③ 阿城：《闲话闲说》，《阿城文集》之五，江苏凤凰文艺出版社 2016 年，第 113 页。

的性格是世俗，'古'今中外都一样。"①又说："中国电影的特点在于它是世俗的，直到今天，中国没有出现过类似西方的试验电影，或者所说的'知识分子电影'。"②这是阿城对"什么是电影"的回答。电影既然是世俗的品质，那么它就是娱乐的。艺术电影或"知识分子电影"，都是旁出，不是正宗。阿城说："电影就是个肤浅的东西，大家也就当它是个娱乐，如果你连肤浅的人性都做不到的话，那也没什么说的了。如果电影不娱乐，那个人最后没从十楼跳下来，大家就要骂街，就要继续娱乐，恶搞就是一种娱乐，于是就有了《一个馒头引发的血案》。"③又说："我们一直把娱乐的价值降得很低，是这个问题，所以才产生了那么多的矛盾。"④试图改造电影，使电影承担"新民"之大任，成为宣传"主义"之工具，但是挤压了电影的娱乐功能，如此未必可以创作出好的电影。

基于对电影的基本认识，阿城批评"第五代"导演，以为他们将电影拍成"知识分子电影"，特别强调艺术性，消除了电影的世俗性，不顾观众感受与体验，将观众赶出了电影院，几乎使电影丧失公共性。"第五代"导演未能与审查机构、观众形成良性的循环。阿城说："'第五代'的电影几乎形成了一个规律：拍片，送审，通不过，造成未演先轰动。西方的电影奖助长了导演与当权者双方的敌意。有意思的是，审查者的封杀行为，具有一种广

① 阿城：《中国电影的世俗性格》，《阿城文集》之六，江苏凤凰文艺出版社2016年，第61页。
② 阿城：《中国人与中国电影》，《阿城文集》之六，江苏凤凰文艺出版社2016年，第73页。
③ 阿城：《看电影不是我们的生活方式》，《阿城文集》之六，江苏凤凰文艺出版社2016年，第80页。
④ 阿城：《好电影的本质》，《阿城文集》之六，江苏凤凰文艺出版社2016年，第170页。

告效果，反而使观众期待被封杀的影片。"①互相敌视，不利长远发展。

基于此，阿城曾做过电影史的梳理。"整个二十年代、三十年代和四十年代，中国都有非常好的电影，包括日本侵略中国的时候。"《小城之春》等，是极佳之作。1949 年之后，中国电影发生了一些变化，意识形态属性挤压了世俗性。"'第五代'电影的共同特征在于它们是反世俗的。"艺术属性挤压了世俗性。"八十年代末与九十年代初，新的变化悄悄开始了，以改编王朔的小说为特征，中国电影开始走向世俗，九〇年被大陆电影观众称为'王朔年'。"②阿城重视王朔，因为王朔的作品试图恢复世俗性。正是因为阿城秉此理念，所以他喜欢民国时期的石挥、费穆等，当代则喜欢侯孝贤。阿城初次看侯孝贤："我心里惨叫一声：这导演是在创造'素读'嘛！苦也，我说在北京这几年怎么总是于心戚戚，大师原来在台湾。"③

阿城强调导演中心制。"之后我要说的是，电影是导演的。这几乎是一句废话，电影进入制作，最终我们看到的影像，也就是电影，是导演造成的。"④中国的电影是导演中心制，导演是电影的中心，阿城对此认可。一般编剧若名气不大，大都隐藏在后面，也不被关注，但阿城不同，他是名作家，故常有人会关注作为编

① 阿城：《中国电影的世俗性格》，《阿城文集》之六，江苏凤凰文艺出版社 2016 年，第 65 页。

② 阿城：《中国电影的世俗性格》，《阿城文集》之六，江苏凤凰文艺出版社 2016 年，第 60—72 页。

③ 阿城：《且说侯孝贤》，《阿城文集》之六，江苏凤凰文艺出版社 2016 年，第 97 页。

④ 阿城：《电影是导演的》，《阿城文集》之六，江苏凤凰文艺出版社 2016 年，第 130 页。

剧的阿城。阿城屡言"电影是导演的",也体现其退藏之道,不抢导演风头。这句话的言外之意是,电影拍得好,是导演之功。或追寻电影的意义,不必问我,因为"电影是导演的"。譬如,有记者问创作《刺客聂隐娘》时,有无"二羊角抵"。阿城道:"我屡次强调电影是导演的,所以不会有什么编剧和导演的激烈碰撞,尤其是和侯导这样的多年朋友。侯导的兴奋点常常会转移,编剧无非是根据导演的兴奋点的转移,不断重新解构剧本……导演中心制的电影制作是不会有激烈碰撞的,导演说了算。"[①]

　　阿城追求电影场景质感,故尤重场景细节。"游走之间,大件道具好办一些,唯痛感小零碎件的烟消云散难寻。契诃夫当年写《海鸥》剧本时,认为舞台上的道具必须是有用的,例如墙上挂一杆枪,那是因为剧中人最后用枪自杀。电影不是这样。电影场景是质感,人物就是在不同的有质感环境中活动来活动去。除了大件,无数的小零碎件铺排出密度,铺排出人物日常性格。"[②]经阿城之手的电影,具细节真实。好比电影本来一切正常,忽有穿帮镜头。分明是汉代,忽然电线杆映入眼帘,明明是清朝,忽然看到人物腰里一部手机,于是总体氛围瞬间被破坏。譬如,《刺客聂隐娘》极力还原唐代现实,人物发饰、衣着、摆件、家具、画面等,都花足了功夫。此应是基本功夫,一部电影细节不对,穿帮镜头太多,难免影响观感。但若只在细节上下功夫,以为此即好电影,亦不足论。

① 阿城:《关于电影〈刺客聂隐娘〉之一》,《阿城文集》之六,江苏凤凰文艺出版社 2016 年,第 109 页。
② 阿城:《繁华因缘》,《阿城文集》之六,江苏凤凰文艺出版社 2016 年,第 120 页。

第二节 决绝的态度
——论阿城对《芙蓉镇》的改编

电影《芙蓉镇》改编自古华同名小说，谢晋执导，阿城参与编剧。

小说《芙蓉镇》获第一届茅盾文学奖。古华有写史诗抱负，要通过胡玉音个人命运变迁写出时代变迁。其实，古华依然是紧跟政策的写法，不过此前胡玉音反面人物，今则视为正面人物。"文革"时期，胡玉音因为从事经营被扣上"新富农"的帽子，于是被打倒；"新时期"她彻底翻身，此固然是个人境况之变，更是政策之变与时代之变。其中，还穿插了胡玉音与右派秦书田爱情，他们历经劫难，修成正果，终于过上正常日子，此亦时代变化之征。

《芙蓉镇》虽可谓政治小说，但也有传统的价值观，故能为几方面接受。谓之政治小说，盖因确实触碰到时代问题，是时代转变的重要表现，与为政者所倡合拍，故此小说可为官方接受，于是获茅盾文学奖。传统价值观，则体现在"善有善报、恶有恶报"等，胡玉音终得善终，亦与秦书田终得团聚；懒汉王秋赦虽嚣张一时，但终受报应。王秋赦是典型的德位不配，故不能久也。强调传统价值观，如此亦使该小说可受到广大民众欢迎。

对于小说《芙蓉镇》，阿城评价道："'文革'后则有得首届'茅盾文学奖'的长篇《芙蓉镇》作继承，只不过作者才力不如前辈，自己啰嗦了一本书的二分之一，世俗其实是不耐烦你来教训人的。"[①] 以为古华议论太多，不若呈现世俗本身。阿城尤对小说《芙蓉镇》结尾不满。小说中，右派分子秦书田最后官复原职。阿

---

① 阿城：《闲话闲说》，《阿城文集》之五，江苏凤凰文艺出版社2016年，第125页。

城说："我对于古华的《芙蓉镇》，有个最大的遗憾，就在于小说一开始'德'的不断被破坏，但到小说的结尾是'道''德'的完成。我读完小说，感到是个事件过去了，而不是一个时代结束了。一个'道'和'德'的事件过去了，而不是一个时代的结束。我为什么喜欢黄健中的《良家妇女》呢？因为它给了我人格和其他方面的冲击。它是反道德的，破坏了这个地区的秩序。疯女人沉塘后，接着就是大音量的瀑布往下流，我确实得到了心理上的宣泄。我明显感到一个时代结束了，这是因为'道'和'德'给破坏了。在《芙蓉镇》里，开头破坏了一个道德，结尾又完成了一个道德。秦书田已不在正常的道德秩序里头了，他已被划成逆于道德关系的，实际上也是在道德关系最末的。社会在德上谴责他，看不起他，使他为了一种生物似的生存和人格的完整用'癫'这个样式保护自己。但他和胡玉音的感情火花一撞，我觉得他的人格已经完成了，两个人的'道'都破坏了，社会上什么秩序他们都不管了，这就产生了新的'道'，新的'德'。但小说到最后，古华的劲儿还没使完，还要完成秦书田的人格，一定要他官复原职。他又回到那个'德'上、'道'上去了，认为这才是人格的完成。我觉得起码这一点可以取消。"①

阿城改写秦书田结局，应是带了强烈个人情感，其父钟惦棐曾被打成右派。阿城曾与父亲讨论平反问题，可以看出他的决绝态度和不妥协立场。阿城说："八十年代初，我父亲的右派身份要改正，要恢复原级别，我跟父亲说：为什么要改？你的人格自己还没建立起来啊？今天可以认可你，明天仍然可以否定你，他手上有否定权嘛。我这样说当然欠通人情，但是我把这样的意思放

---

① 参见《从小说到电影——谈〈芙蓉镇〉的改编》中阿城的相关发言部分，《当代电影》1986 年第 4 期。

入《芙蓉镇》的电影剧本里了，秦书田没有去做那个文化馆长了。看完电影，观众还没看清秦书田吗？还需要当官才能让观众明白吗？"[1]阿城认同《良家妇女》结尾，因为疯女人不与众人妥协，遂自杀，故此电影态度决绝。[2]阿城强调秦书田"用'癫'这个样式保护自己"，亦可见其知识结构，此诚古人存身乱世重要智慧。谢晋接受了阿城这个修改意见，可见谢公之雅量。电影是集体创作，导演是集体中的核心，电影成功与否，关键在导演。导演若能集思广益，从善如流，电影成功率会高；若一意孤行，则可能失败。

经过改编，电影于小说主题已有偏移。秦书田成了电影《芙蓉镇》的重要角色。所以有学者称："《芙蓉镇》（古华的小说和阿城改编谢晋导演的同名电影）很可能为我们的文学之林增添了一个新的有价值的形象：秦书田。如果轻易地甩掉它，若干年后我们仍得返回来寻找这粒杨梅，含在口里反复咀嚼它。"[3]

阿城对王秋赦和胡玉音有独特理解："我觉得两个人是新中国的缩影：有人永远在积累，有人永远要破坏积累。米豆腐一碗碗卖出去，就是积累。"[4]胡玉音为正能量，是积累；王秋赦为负

①　阿城：《与查建英对谈》，《阿城文集》之七，江苏凤凰文艺出版社 2016 年，第191 页。

②　笔者对《良家妇女》解读是：导演女权主义意识浓厚。电影主题曲："青蔻蔻的茅茅草，趴在地上偷偷地笑，趴在地上悄悄地哭。由绿变黄，黄变焦，就这样死了。"茅茅草就是普通妇女的命运写照。但结尾女人自杀，实在未必是新意识之体现。若女人不自杀，离开小孩丈夫，选择新欢，此是典型的"五四"新思想。离开了小孩丈夫，但最终自杀，体现的是女人在新旧道德之中的矛盾心情，体现了对新秩序的向往，但也未必是对旧秩序的破坏。

③　钱冠连：《论秦书田：逆境胜利意识》，《鄂西大学学报》（社会科学版）1988 年第 1 期。

④　参见《从小说到电影——谈〈芙蓉镇〉的改编》中阿城的相关发言部分，《当代电影》1986 年第 4 期。

能量，是消耗。此可见阿城思路，他不要才子佳人，不要感情戏。他要深入反思，要冲突尖锐二者针尖对麦芒。谢晋没有接受这个意见，或因觉"恋爱"也是改革的重要方式。故电影《芙蓉镇》可谓"改革＋恋爱"的故事模式。依阿城之见，不要"恋爱"，只要"改革"与否的正面冲突，只留积累和破坏的直接对立。此可见阿城与谢晋不同。总体来看，电影《芙蓉镇》"恋爱"的因素似显得多余。

第三节　具情色、鬼怪、武侠元素的商业电影
——论《画皮之阴阳法王》

　　《画皮之阴阳法王》1993 年在香港上映，由胡金铨执导，郑少秋、王祖贤、洪金宝等主演。阿城与胡金铨合作编剧。阿城称胡金铨："胡导演是个典故篓子"，"好比名贵瓷器，碎一件，少一件"。①

　　关于这部电影缘起，阿城说："90 年代初的时候，有一天胡导演在聊天的时候说到想拍《画皮》，我说这个故事在《聊斋志异》里总是受到注意，就是因为它多了一层皮。'如果导演你来拍，何不再多一层皮甚至几层皮？人性是兽性的一层皮，但人性可不止一层皮啊！性格是多重组合，皮应该不止一张。观众都知道小说里只有一层画皮，导演你拍出的如果是画了一层又一层，就是新的意思了。'导演很兴奋，说：'就你来写这个剧本吧。'"②

　　《画皮之阴阳法王》本自《聊斋志异·画皮》。"画皮"象耳，

①　阿城：《碎一个，少一个》，《阿城文集》之六，江苏凤凰文艺出版社 2016 年，第 336—337 页。

②　阿城：《碎一个，少一个》，《阿城文集》之六，江苏凤凰文艺出版社 2016 年，第 334—335 页。

其意见于"异史氏"总结:"愚哉世人!明明妖也,而以为美。迷哉愚人!明明忠也,而以为妄。"就文本言,妖以为美者,指画皮鬼言;忠以为妄者,指市中丐也。大而言之,或批评国家所任者非人,适当者不为用。蒲松龄《聊斋志异》好比屈原《离骚》,此蒲松龄悲愤之言、激切之语也。《聊斋志异》"异史氏曰",本于《史记》"太史公曰",由是可知蒲松龄之志,《聊斋志异》岂可以小说视之。

阿城对《聊斋志异》颇有微词:"到了魏晋的志怪志人,以至唐的传奇,没有太史公不着痕迹的布局功力,却有笔记的随记随奇,一派天真。后来的《聊斋志异》,虽然也写狐怪,却没有了天真,但故事的收集方法,蒲松龄则是请教世俗。"[1]阿城肯定蒲松龄收集故事的方法,但批评他干预故事,即反对蒲松龄"异史氏曰"。阿城更喜欢纯粹志怪小说,譬如《子不语》《阅微草堂笔记》等,因觉此类作品实录,未受到读书人干预。这个批评对不对,值得再讨论。"异史氏曰"的传统其来有自,好比《诗经》有小序。"五四"之后,《诗》大序、小序不讲,结果是对《诗经》理解更为混乱,诗遂轻薄。

阿城虽言,要拍多层皮,揭示人性之复杂、多面,但《画皮之阴阳法王》似追求纯粹的娱乐,全剧内容不甚通,是一部具有情色、恐怖、武侠、神怪等元素的商业片而已。

《画皮之阴阳法王》稍取《画皮》[2],所取者显得合理,所改编者则稍欠圆满。所取者,譬如书生道遇女鬼尤枫。书生言语挑之,引其归家,此可见渔色乃祸端也,于今仍有劝诫意义。所改

---

[1] 阿城:《闲话闲说》,《阿城文集》之五,江苏凤凰文艺出版社 2016 年,第 80 页。
[2] 《画皮》亦成超级 IP,无数电影以为题材,或借用其元素。由是可见古典作品之魅力。

编者，譬如书生见道人幻化为卖狗肉者，实是败笔。此何意也？
有道者闲来无事，幻化吓人？或道人预知其事，先与见面？或不
过渲染恐怖气氛而已。女鬼未加害书生，转而引出阴阳法王。阴
阳法王颇似金庸《天龙八部》星宿老仙，似有政治寓意，或影射
"文革"。两个道士作怪弄人，明知不敌却多管闲事，弄得一死一
伤。有道者焉能如是不自量？太乙真人，取自《画皮》市中道丐，
但有较大改编。太乙真人隐于守桃园者，此象颇对。但出山救人，
云乃为了修炼，亦不知所云。太乙真人降伏阴阳法王，变成了
"武侠＋神怪斗法"。

　　阿城屡强调，电影就是商业电影。此或其重视胡金铨之故
欤？此或阿城改编《画皮》之精神欤？今我论之，或被阿城批评
为本知识分子立场干预电影。但虽然商业电影，亦当周全。

第四节　发乎情止乎礼义
——论《小城之春》

　　1948 年，费穆拍摄《小城之春》。田壮壮表示，在其未拍电
影的十年间，每年都会看一遍费穆《小城之春》。似乎，这部电影
成了田壮壮灵感源泉，也成了他较量的对手。2002 年，田壮壮重
拍《小城之春》，阿城是编剧，似是致敬，似是镜子。

　　《小城之春》是被发掘出来的电影，费穆是"浮出历史地
表"的人物。阿城说："上个世纪八〇年代初，是它的出土时期。
一九八一年伦敦'中国电影五十年回顾展'、意大利都灵'中国
电影回顾展'，受到重视的一是石挥的《我这一辈子》，另一个
就是费穆的《小城之春》。之后八三年北京举行'二〇年代至四

〇年代中国电影回顾展'，香港举行'中国电影名作展：三〇至五〇年代'，和八四年香港'探索的年代：早期中国电影展'，都选了《小城之春》。从电影史的角度，《小城之春》得到非常的注视。"[1] 石挥、费穆皆阿城欣赏的导演。

费穆《小城之春》拍于抗日战争后，战乱久之，民心思定，由此电影可见。"小城"，苏州也，天堂之地，亦多灾难之所；"之春"，乍暖还寒时候。这是一个三角恋爱故事，小城苏州有夫妇玉纹与礼言，玉纹郁郁寡欢，礼言身体有恙，二人貌合神离，过着寡淡日子。礼言尚有未成年的妹妹和老仆，妹妹青春活泼，老仆忠心耿耿。志忱是礼言的好友，访友而来，孰料玉纹竟是其初恋女友，二人因为战乱而分开。故事至此，可有多种讲法。

若秉"五四"精神，玉纹与志忱相遇，可以情欲战胜伦理，二人碰撞出剧烈火花，可以抛弃礼言，做娜拉，"离家出走"，与志忱私奔。若更为激烈与卑劣，甚至二人合谋，不顾廉耻谋杀礼言（电影中玉纹尝言"除非他死了"），很多笔记小说有类似情节。若秉承存天理灭人欲之观念，玉纹虽见到志忱，依然波澜不惊，心不生妄念，二者以礼处之，相安无事。

前者纵欲，不及；后者纯理，过矣。《小城之春》择中，"发乎情止乎礼义"。志忱与玉纹相见，二者情欲炙热。妹妹十六岁生日宴，二者借酒情欲几胜，但经挣扎，天理战胜情欲，终能止乎礼义。以情始，以礼义终，此人性之美，见人之高贵。电影中情欲与礼义之张力，细节不具言之，此电影分外精彩处。

礼言察言观色，见出端倪。其抉择是君子的抉择，欲牺牲自己，自杀而成全二人，然幸为救回。此让之德，具君子风也。

---

[1] 阿城：《电影是导演的》，《阿城文集》之六，江苏凤凰文艺出版社 2016 年，第 125 页。

电影结尾时，故事圆满，人际和谐，止于礼义。矛盾不是通过激烈的冲突解决，而是以退让解之，乃柔弱胜刚强。

《小城之春》更似传统戏曲，展现的是传统道德和伦理。这部电影之所以长盛不衰，之所以被出土，除了电影语言之外，或与其价值取向亦密切相关。中国人毕竟喜欢"中庸之道"，毕竟不乐激烈或高亢。

阿城改编这部电影时，《小城之春》故事框架没有改变，对其展现出的价值取向基本认同。虽曰未改编，但二者毕竟已经不同。

视野不同是关键。费穆《小城之春》拍于 1948 年，看到的是当前和历史。阿城则是从 2002 年看 1948 年故事，他看到的不仅是 1948 年情景，他还看到了之后情况，看到了主人公之后命运。阿城带着这样的情绪和视野改编《小城之春》，是悲悯的视角。阿城说："我第一次看《小城之春》的时候想到的，剧中的三个人，如果活到共和国时代，会发生什么？他们肯定会活到共和国时代的，而其中最可能去到香港的，应该是章志忱。从演员来说，是韦伟去了香港。戴礼言，应该是那个小城的士绅，他不但有家园残败之痛，亦会有在小城里脸面上的尴尬，这在原版电影里没有透露。但家园即使残破，改朝换代后是完全保不住的，他和玉纹会被逐出宅院，之后和玉纹相濡以沫，这是任何一个经历过那个时代的人视为常识的结果。章志忱会再来看他们吗？如果章志忱去了香港，他会像电视连续剧那样衣着光鲜地数十年后再来寻找吗？这和改编《小城之春》的剧本有关系吗？有。因为我目击了《小城之春》之后的时代，我不是一个空我。因此我在剧本的结尾，让戴礼言与玉纹开始相濡以沫。"[1] 因二者将面临更大的危机，

<hr>

[1] 阿城：《电影是导演的》，《阿城文集》之六，江苏凤凰文艺出版社 2016 年，第 127 页。

将面临更为残酷的现实，若二者不相濡以沫，难以存身。

田壮壮版《小城之春》删除了玉纹心理独白，去掉话剧腔调，由黑白改成了彩色，然此细节问题，不关电影大局，故不论。

两部电影的演员毕竟不同，前者本来就生活在那个时代的人，后者是表演那个时代的人。前者自然而然，后者虽努力，毕竟不同于那个时代做派、格调和气质。所以田壮壮阿城版《小城之春》表演显得过亢，不够含蓄，过于活泼，不够沉稳。

第五节　向高人致敬
——论《吴清源》

吴清源被目为"昭和棋圣"，围棋界神一样的存在。阿城评价吴清源："我现在向日本的棋手说起吴清源，个个还都是佩服得五体投地，他们常常在酣战之前用吴先生的棋谱作热身。因为我本人不会下棋，所以我又问，你能不能用一种最简单的方式让我明白，吴先生的棋到底哪好？他们就说了一句，吴先生的棋赢得好看。"[1]

如何以电影形式表现"棋圣"？"武圣"或还好处理，武术虽难，毕竟有"花架子"，有可供拍摄的"表"。南怀瑾说，现在武侠片没法看，因为动作大都不对。但方家能有几人？所以武侠片在海内外皆流行。棋圣，因为其棋艺近乎道矣。但电影针对普通观众，总不能完全拍摄对弈吧，那岂不成了专业赛事的实录，普通观众哪能看得懂。阿城说："如果一部电影完全在描写下棋的情景，谁来看呢？观众和我们一样，大多数不会棋。"[2]但既表现棋

---

[1] 参见阿城与朱新建的对话，https://www.douban.com/group/topic/1391738/。

[2] 阿城：《还不够清贫吗》，《阿城文集》之五，江苏凤凰文艺出版社 2016 年，第189 页。

圣，不能没有对弈。棋手境界高妙，臻乎圣境，故曰棋圣。或者，拍成一部纪录片，原原本本记录吴清源的一生。

电影《吴清源》在人、棋与圣三者间寻得平衡。虽不能称为纪录片，但颇有纪录片之风，虽非对弈实录，但其中颇多对弈之局。

棋局好处理，吴清源战绩显赫，有大量名局，可以"表演之"。当然不是全部复盘，只选择"典型"稍加示意即可。电影中穿插了大量棋局，譬如与本因坊秀哉、木谷实等人对弈，也有车祸之后对弈，还有隐退之际对弈。电影重心不在对弈本身，要通过对弈，见出吴清源"这个人"。

关键是，如何去表现"圣"。棋圣之养成，主要还是过内心的关卡。表面或许平静如水，但内心何啻腾跃万里。境界每一次提升，在于内心变化，内心或有冲突，解决后遂转入平和。

电影《吴清源》，大致本乎吴清源自传《中的精神》。吴清源经历是电影主线，通过经历讲述棋圣如何养成。吴清源出生于福州，儿时至北京。段祺瑞喜欢围棋，吴清源获其资助。十四岁赴日，和多人对弈，逐渐立足，受到赞誉，遭逢挫折，收到过恐吓信，被国民党悬赏，娶妻，加入日本国籍，遭逢战争，名满天下，忽遇车祸，访伪满洲国、台湾等地。其一生虽主要与围棋有关，没有动人心魄经历，没有千载难逢奇遇，但他处在日本、伪满洲国、国、共之间，处战争和平之际，处棋与事之间，处各种势力对决之中，可谓艰难困苦，但吴清源出入无疾，最后善终。其一生，是一盘大棋，吴清源与天地人在对弈，非常精彩。

吴清源于"中"之精神尤有体会，追求最善一着。他说："'中'这个字，中间的一竖将口字分成左右两部分，这左右两部分分别代表着阴和阳。而阴阳平衡的那一点正好是'中'。在围棋上，我经常说，要思考'中'的那一点，中和了棋盘上各个子的作用的那一点，就是正着。"①"喜怒哀乐之未发谓之中"，电影擅表现已发，然而未发如何表现？这些问题，田壮壮和阿城不得不首先考虑，也是这部电影面对的最为重要问题。

他们选择世俗一面，去表现吴清源之"圣"。弈棋虽看似与世无涉，但其实与世俗生活息息相关。电影按照吴清源人生经历，顺时而下，选择了一些重要节点，进行了深度描述。

电影始于 2004 年，九十岁的吴清源及妻子中原和子，与张震和日本演员伊藤步闲聊。此实录，是致敬之笔，之后转入电影叙事。

譬如，战争。吴清源是中国人，在日本弈棋。中日战争爆发，何去何从？于吴清源而言，此重要抉择。他所本者"围棋无国界"，最终选择留在日本，加入日本国籍，继续下棋。但日本一些势力、国民党对吴清源此举未必认可，日本人觉得他是中国人，非我族类其心必异，国民党认定他是"汉奸"，曾悬赏其项上人头。其住处玻璃被砸破，曾收到恐吓信。吴清源周旋其间，从容中道，真不易也。

譬如，信仰。吴清源了解到红卍字会教义："从神那里获得灵魂的根本，相互友善，相互合作，不牵扯党派，不涉及政治，消灭无益之事，实现世界和平，是为红卍字会布道之目的。"他大为感动，遂加入，从事慈善，甚至一度为信仰放弃下棋。甚至差点自杀——"因为玺光尊给我下了命令：'必须把那人带来。'所以，那天晚上我很烦恼，甚至想到了自杀——跳入河里死了算了。在我这一生中，想到自杀的也就那时唯一的一次。"②之后，吴清源逐渐与教主决裂，复归棋坛。

譬如，爱情。吴清源与妻子一起在道场修业，战时食物短缺，

① 吴清源：《中的精神》，中信出版社 2003 年，第 29 页。
② 吴清源：《中的精神》，中信出版社 2003 年，第 132 页。

二人同甘共苦、相濡以沫，令人感动。

譬如，车祸。人有旦夕祸福，吴清源忽遭车祸。之后，棋力下降，遂逐渐引退。

吴清源本即守静，围棋亦以静见动。电影《吴清源》得其神，故动作多而语言少。

画鬼容易画人难。画人容易画圣更难。因为圣有过人处，有纯粹处，首先要体会到，才能表现出来。故对于导演、编剧和演员等皆要求甚高。

电影《吴清源》，对于如何表现圣进行了探索，确属难能。

第六节 舍国是而重家庭
——《聂隐娘》论

《聂隐娘》，2015 年上映，侯孝贤执导，舒淇、张震等主演，阿城等编剧。

电影《聂隐娘》本唐传奇《聂隐娘》。然而，观此两个文本，极为不同。唐传奇乃典型古代文本，讲刺客（而非侠客）故事；电影是"五四"精神洗礼后的文本，讲现代人的故事。

唐传奇《聂隐娘》有三点稍可注意：一具神怪性质，聂隐娘处人神之间，二小说具良禽择木而栖的主题，三写刺客行迹。

小说写聂隐娘被尼携去，教以剑术，学成后杀人如探囊。譬如："今宵请剪发系之以红绡，送于魏帅枕前，以表不回。"两地相距千里，一夕往返，悄无声息。系红绡于枕前，不被觉察，更属难为也。妙手空空来时，"但以于阗玉周其颈，拥以衾，隐娘当化为蠛蠓，潜入仆射肠中听伺，其余无逃避处"。化为蠛蠓，潜藏肠中，更神怪所为。此唐传奇神怪之性质。

君择臣，臣亦择君，所谓良禽择木而栖。聂隐娘弃魏帅，随刘悟。"魏帅稍知其异，遂以金帛署为左右吏。"因魏帅与刘悟不协，派聂隐娘往杀之。小说写道："刘能神算，已知其来。召衙将，令来日至城北，候一丈夫一女子，各跨白黑卫至门，遇有鹊前噪，丈夫以弓弹之不中，妻夺夫弹，一丸而毙鹊者，揖之云，吾欲相见，故远相袛迎也。衙将受约束，遇之。隐娘曰：刘仆射果神人。不然者，何以洞吾也，愿见刘公。"衙将候之，待之以礼，聂隐娘为刘悟感动、折服，遂受其节制。为其杀精精儿，退妙手空空。刘悟薨时，骑驴赴京师为之恸哭。此为贤者哭，为赏识者哭，为知音哭也。

唐传奇中聂隐娘是刺客，好比雇佣兵，其良好品质是具专业精神，谁出钱，给谁完成任务。刺某大僚，归晚，因见其戏儿，未忍便下手，此是成长过程小插曲而已。嫁磨镜少年，托迹平民，不过以为掩饰而已，亦非今之所谓爱情。聂隐娘弃魏帅，随刘悟，不强调忠诚，而强调善择。

电影《聂隐娘》引人瞩目者有三：

电影细节、画面极好，颇见唐风。能还原出如此效果确让人赞叹，此必阿城之功。观电影《聂隐娘》，能见到《虢国夫人游春图》《捣练图》《韩熙载夜宴图》《江村秋晓图》等画作痕迹，虽未必具体，但整体意境、服饰等取乎此。电影试图还原到唐朝世界，故于风景、建筑、服饰、器物等应是下了一番考据功夫，较诸粗制滥造电影，高出何止一筹。为了还原相对真实的历史场景，所以人物语言很少，聂隐娘几乎没有台词，或因一开口就远离了还原的历史真实。

电影《聂隐娘》讲的是人的故事。电影中的聂隐娘不是一飞千里，不能随物化形，不能飞剑杀人。她不是神怪，是刺客，可感知，很具体，甚至还受过伤。聂隐娘有"恻隐之心"，杀大僚时，见其戏儿，未忍下手，遂未杀。唐传奇中，亦有此情节，然此示聂隐娘在成长过程中的"不成熟"，且虽未忍遽杀，终杀之。

电影《聂隐娘》讲的是现代人在家庭和国家之间的困境。聂隐娘在国是家庭之间，放弃国是，选择家庭。她不重视国是，即杀魏博可缓解藩镇割据。她重视家庭人伦，故不杀田季安。尼，是聂隐娘之师，此取自唐传奇。但尼是公主，此阿城与侯孝贤改编，故尼与聂隐娘虽曰师徒，其实君臣。电影结尾处，尼与聂隐娘起了激烈冲突，此可谓国与家的冲突。聂隐娘说："杀田季安，嗣子年幼，魏博必乱，弟子不杀。"尼怪其道："剑道无亲，不与圣人同忧，汝今剑术已成，惟不能斩绝人伦之情。"聂隐娘的抉择是放弃君臣伦理，与父、夫偕隐，坚守人伦之情。

电影《色戒》似与电影《聂隐娘》类同，二者皆写女刺客，主人公最终皆放弃刺杀任务。但二者有质的不同，《色戒》中王佳芝因为性爱欢愉爱上欲刺杀者，故关键时刻放其逃走。《色戒》强调个人利益和个人感觉，只要个人欢愉，管什么家国，管什么大义。此可以美化为个人自由云云，实则极端自私。剥除家庭，抛弃国家，不要崇高，只要性爱欢愉，此所谓极端个人主义，何足道哉，岂可宣扬。《聂隐娘》重家庭伦理。好比孔子与人论直："父为子隐，子为父隐，直在其中。"好比孟子所论："舜为天子，皋陶为士，瞽瞍杀人，则如之何？孟子曰：执之而已矣。然则舜不禁与？曰：夫舜恶得而禁之？夫有所受之也。然则舜如之何？曰：舜视弃天下犹弃敝屣也。窃负而逃，遵海滨而处，终身欣然，乐而忘天下。"故《色戒》与《聂隐娘》，二者相去甚远，形似神不同也。

第八章　美术

　　阿城少年即喜欢绘画——"我画得很杂，喜欢画什么就画什么，喜欢怎么画就怎么画。有一次画了一张花木兰给可汗搓澡，被老师没收了，估计是被老师收藏了，因为找家长谈话后没有还给我。"[1] 其后一直绘画未辍。七十年代末，阿城曾为人作插画；曾参与"星星美展"，是"星星画会"的活跃分子。之后，阿城也写过不少美术评论，往往能独抒己见。但因其文名颇盛，故掩盖了其绘画成绩而已。

第一节　参与"星星美展"

　　"星星画会"分别于 1979 年和 1980 年举办画展，在当时激起了很大社会反响，也产生争议。吴甲丰说："'星展'的作品，大家感到新而近乎'奇'，因此两届展出，都有一大群观众熙攘往来，围观作品；脸上露出赞赏或惊讶的表情，当然，摇头叹气的也不少。文化界对'星展'也有不少议论。"[2]"星星美展"是后来

---

① 阿城：《古董》，《阿城文集》之六，江苏凤凰文艺出版社 2016 年，第 379 页。
② 吴甲丰：《看"星星美展"，漫谈艺术形式》，《读书》1980 年第 11 期。

"八五新潮"等先声，可谓"美术革命"的陈胜吴广。郎绍君说："一九七九年的'星星美展'，标志了一个动荡与变革的美术新纪元的开始。"①"星星美展"，诚如其名，确实起到了"星星之火，可以燎原"的效果。

第一届"星星美展"前言称："我们用自己的眼睛认识世界，用自己的画笔和雕刀参与世界，我们的画里有各自的表情，我们的表情诉说各自的理想。"②尤其强调"主体性"，"我们""自己""各自"等反复出现。虽未言断裂，但已特别强调"我们"。

第二届"星星美展"前言称："我们不再是孩子了，我们要用新的、更加成熟的语言和世界对话。""那些惧怕形式的人，只是恐惧除自己之外的任何存在。""今天，我们的新大陆就在我们自身。一种新的角度，一种新的选择，就是一次对世界的掘进。现实生活有无尽的题材。"③"新的"指要与"旧的"范式断裂，要进行"美术革命"。"和世界对话"意味着美术需要新视野，需要新榜样。"星星画会"几位艺术家大多抛弃"苏联模式"，也不甚重视中国传统，往往借鉴西欧现代主义绘画名作的造型、构图、色彩等。此谓"新宗"，是所谓"和世界对话"，是所谓"对世界的掘进"，"世界"特指西方现代派。以李爽为例，她在自传中流露出来的对西方态度非常具有代表性。譬如，谈及其祖上："母亲家和父亲家是完全两样儿的家庭。只有一个相同之处，那就是他们都爱西方文化。"④譬如，谈及"星星画会"聚会喝咖啡，仿佛具有仪式性："'咖啡来喽！'我们压低声音快乐地欢呼。……最后

① 郎绍君：《论新潮美术》，《文艺研究》1987 年第 5 期。
② 转引自易丹《星星历史》，湖南美术出版社 2002 年，第 16 页。
③ 转引自易丹《星星历史》，湖南美术出版社 2002 年，第 18 页。
④ 李爽：《爽——七十年代私人札记》，新星出版社 2013 年，第 3 页。

咖啡被煮得一点味道都没了，喝起来已经像马尿了，一帮人还喝呢，一壶咖啡加了无数次热水，恨不得给北岛他家的厕所留下一吨尿。"① "压低声音"，或惧被人听见？"快乐地欢呼"，内心有喜悦。这是对西方"物"的艳羡，亦能见出他们的精神状态和艺术追求。"星星画会"重视"形式"问题，这是现代派重要诉求。宣称"现实生活有无尽的题材"，是对《在延安文艺座谈会上的讲话》的反拨。

"星星美展"主要参与者有黄锐、马德升、阿城、曲磊磊、王克平、李爽、严力等，他们不是美院学生，不是美协体制内美术工作者，大都是美术体制之外者，是在野派。王克平回忆道："黄锐在皮件厂做工，亦是民刊《今天》的美术编辑。马德升在机械厂研究所描图，常在各民刊上插画。阿城下乡十年，是七八年云南省知识青年大罢工的策划人之一，刚回北京，在《世界图书》杂志当临时编辑，其父是电影评论家钟惦棐。李永存化名'薄云'，刚考入中央美术学院美术史系研究生，也是民刊《沃土》的编委。曲磊磊在中央电视台照明部，民刊上常有他署名'陆石'的钢笔画，其父是著名作家曲波。我在中央广播电视剧团，也在民刊《北京之春》、《沃土》发表剧本。"② 这是"星星美展"参与者的基本家庭和工作情况，很少是专业的美术工作者。黄锐说："我们把这些已经存在的非主流，即完全被美术馆、美术学院、展览系统排斥出来的根本不能与体制调和的这些人联合在一起。"③ 参与"星星"的大多是非主流，他们的画路不是学院派，

---

① 李爽:《爽——七十年代私人札记》，新星出版社 2013 年，第 172 页。

② 王克平:《星星往事》，http://art.ifeng.com/2015/0805/2459009.shtml。

③ 参见高名潞与黄锐的对话，http://collection.sina.com.cn/cjrw/20130926/1217128485.shtml。

多是西方现代派。

陈丹青回忆道："只听马德升扯着嗓子咆哮道：'官方画家彻底完蛋！搞什么艺术！就知道他妈挣稿费！'——那时哪来画廊和拍卖行呢，除了工资，穷画家确是接点连环画挣稿费……黄锐也句句不买账，可惜远在'古代'，此刻记不确。王克平穿着才刚时兴的喇叭裤，坦然四顾，神色介于流氓和公子之间。阿城说话，镇定、清晰，南方不易见到这样无畏而老成的青年。不知为什么，初起我认定他是四五运动天安门广场的讲演者，听他说下去，才知道他是远赴云南的老知青，泡了整整十二年。他们一律是北京人。'他妈'之类，轻快带过，'稿儿费'，卷舌，字字重音。"[①] 这是"星星美展"参与者在中央美院的讲演状态，他们以在野自居，攻击美术的在位者。马德升出口骂人，阿城笃定，王克平着牛仔裤，各具风采。

始之，"星星画会"不过希望能在中国美术馆举办展览，能被承认为艺术家。易丹说："他们最初的冲动，无非是要将自己的作品放进艺术殿堂中去：要展览，就是要把作品放进中国美术馆这个中国美术家协会的大本营。因为一旦他们的作品进入这个象征性的空间，他们的作品的'艺术'性质，他们自己作为艺术家的身份，就可以被确立。"[②] 展览地点选在美术馆侧，一个在内，一个在外，一个在朝，一个在野，是相互对峙之势。美协体制并未松动，没有接纳他们，"星星美展"参与者亦不退让，于是形成冲突。"星星美展"参与者以游行的方式进行了抗议，最后官方妥协。1980 年 8 月 20 日，第二届"星星美展"终于登陆中国美术馆。

---

① 陈丹青：《仍然在野——纪念星星画展 28 周年》，《当代艺术与投资》2007 年第 11 期。

② 易丹：《星星历史》，湖南美术出版社 2002 年，第 15 页。

《人民日报》亦刊登了展览消息。这群体制外者，终于以反抗的方式，实现了"被招安"。

"星星美展"的一些作品，也是非主流，是具有西方现代派色彩作品。如黄锐《街道生产组的挑补织女工》，画的是"工农兵"，但没有体现出工农兵的"先进性"。画面中的女工们坐姿东倒西歪，最右侧的女工在打大大的哈欠，显出疲惫或厌倦的情态。图中女工大多身材轻盈，面容姣好。女工们的坐姿、神情到形貌特征，都与此前"社会主义现实主义"创作范式下出现的大量"铁姑娘"形象形成鲜明对比。画法上则借鉴了后期印象派的风格，以粗拙的单线和显露笔触的涂色来完成结构和块面关系的造型。

在"星星美展"中，阿城是参与者。他说："天气热得漆发黏，但终于还是把柜门拉开了，我的画在里面。黄锐要看看它们是不是可以参加一个画展。黄锐看了，说还可以。我很感激，也明白自己有几两重。三十岁，不是狂的时候了，二十不狂三十狂，都有点发育不良。如约在几天后赶去参加筹备画展的聚会，地点在东四十条的一个大杂院儿里，西屋，墙壁斑驳。晚上，灯还没罩儿，映得人如木版画，越近灯下，越有木口板的精细。灯左马德升，灯右黄锐，两个发起人，都谦和、热情，声音中气足。屋里坐满了人，几乎都抽烟。烟弥满到屋外，屋外也有人，站着，凡遇到紧要处，就挤到门口。"[1]这是昔年阿城被邀参展缘起与过程。"很感激"，是被认可的自然反应。李爽回忆阿城道："大叔又带来了阿城（钟阿城），著名电影评论家钟惦棐的儿子。他瘦瘦的，像一片微弯的大搓板，五官上没有任何可以刺激视觉的地方，蓝制服也和街上的普通人一样。他戴眼镜，眼镜象征着知识，知

---

① 阿城：《星星点点》，《阿城文集》之六，江苏凤凰文艺出版社2016年，第198页。

识就是力量，但那是脑袋里的，不是胳膊腿上的。所以乍一看阿城，女人是不会心慌意乱的。但最好在他嘴上贴个封条，他说话太特别了，稳、准、狠，但又不是激进分子狭隘的申辩和审判，他的话像一面照妖镜——人本性臭美嘛，受到镜子的吸引，就往镜子前凑，站不了几分钟，你会发现，已经被他扒光了。没点定力的人，还真得小心怕扛不住。阿城和磊磊一样画钢笔画，东西很实际，无可挑剔的女人体，画得很逼真的周恩来的头像。我对他的感觉是，他来参加'星星'的活动，是身子在眼睛不在，因为他说出的话很抽离，仿佛他是从老远的地方在观察一个点上的骚动。他也是'星星'初创时期难得的活宝，老有故事讲。阿城自己画不画都无所谓的，更喜欢看，有点贪婪，爱看好东西。"[1] 留给李爽深刻印象的不是阿城的画，而是他的状态，他的谈吐，他的睿智。"身子在眼睛不在"，对于阿城昔日的状态把握很准确。黄锐说："我们找'星星'的其他合伙者都是这样的，比如找钟阿城，他一月才画一张小钢笔画，但在当时的情况下，他是很直接的，是在一种特殊情绪下作的作品。"

同道们对阿城的印象主要集中于"智慧"，而未必是艺术本身。阿城参展作品，多为钢笔写生小品，譬如女人体，线条是刚毅的，形象是半遮半掩的。叼着烟斗者，人物神态好似老人，但整齐的牙齿似又未必是老人。他像是知识分子，皱纹满面，是饱经沧桑的。他的笑容是劫后余生的，甚至透出凄凉。老大娘像，人物是少数民族特征，帽子可证，她满面皱纹透出劳作的艰辛。

"星星画会"是一个松散共同体，参与者年龄相仿，知识结构未必相同，人员未必固定，进进出出。他们是"文革"后中国现

---

① 李爽：《爽——七十年代私人札记》，新星出版社 2013 年，第 208—209 页。

代派绘画的先声，是感春江水暖之鸭，是立尖尖小荷之角的蜻蜓。所以，他们面对的阻力是巨大的，受到了干涉。在当时，他们有争议，有批判者，也有支持者。"星星画会"是向西方现代派求取资源者，是西方文化的向往者，所以之后他们纷纷到国外求学、生活、定居。当时他们还年轻，几十年过去，不知今天对西方理解如何，对中国理解如何。阿城对"星星美展"有清醒认识："大致说来，'星星画展'是一个社会活动而非艺术活动。……如果要我给'星星'个说法，那就是'以艺术的名义'。"①青春、西方、艺术之名、社会运动，大致说清了"星星"的性质和特点。

第二节　阿城的美术评论

阿城论画文章多篇，他往往以所论绘画为由头，将笔宕出去。所以阿城形成了奇怪的美术评论风格，讨论被评论的对象不过三言两语，论述其他问题则长篇累牍。阿城喜欢说："话要说明白，就得讲远一些。"②此非琐琐乎为"文本细读"，而是大格局视野下的美术评论。

《心道合一——观刘丹画作》讨论刘丹作品。有记者采访阿城，见"沙发围着壁炉，壁炉连着漆成全黑的烟道外壁，像起居室的鼻子。墙上挂着画家刘丹的作品《触石兴云》，画的是同一块石头的六个面"③。家中悬挂刘丹作品，可知二人交情，亦知阿城

---

① 阿城：《〈爽〉繁体版序》，《阿城文集》之七，江苏凤凰文艺出版社 2016 年，第 100—101 页。

② 阿城：《纵深是表情》，《阿城文集》之六，江苏凤凰文艺出版社 2016 年，第 231 页。

③ 参见《阿城访谈》，https://www.douban.com/group/topic/2387348/?type=like。

对其作品认可。此文言刘丹："刘丹以怪石为题材，种种怪石，应该是心与道的关系映射。怪石既是道的映射，又是心处自由状态的映射。"[①] 乃褒扬刘丹。文中言及老子、孔子、庄子、柏拉图、亚里士多德等人意义，这些观点阿城又系统地表述于《洛书河图》一书，兹不辩，后文详析。

《乐乐画画》讨论徐乐乐，谈及对古代"审丑"传统理解。"陈老莲继承了一种丑的原理，这种丑，可以从历代人物造型当中发现，例如汉画像石，例如顾恺之等等等等。尤其是大致从宋以来文人画对笔墨原理的不断发现及对个人痕迹的极端重视，因此常常出现'复古'，也就是说，再从最朴素的原理出发，用个人的痕迹走一遍。相对于渐失个人痕迹且强奸原理的'美'，丑是复活原理，是维护原理，其实也就是常说的创新。"[②] 阿城论陈老莲的创作之路，几乎与艾略特《传统与个人才能》同调。所谓"天才"，不是浪漫派的论调，不是因为是天纵之将圣，而是复古，循古人痕迹走一遍。在"与古为徒"的过程中，发现自己的创造力所在。有志"创新"者，此论为正途，不可不省。又说："乐乐迷人的地方还不在以上，区别于其他学陈老莲的人，她独有一份仿不来的颓废与天真。"[③]

在《人老珠黄》中，阿城说："我发现中国西画界没有晶状体老化的常识。"这篇文章其实谈"常识"，按主题可以归入《常识与通识》中。阿城说："晚年的列宾没有放弃油画，但他的画作的画面调子开始越来越偏冷，一些人指出他色彩不准确，这对一个

---

① 阿城：《心道合一——观刘丹画作》，《阿城文集》之六，江苏凤凰文艺出版社2016年，第205页。

② 阿城：《乐乐画画》，《阿城文集》之六，江苏凤凰文艺出版社2016年，第209页。

③ 阿城：《乐乐画画》，《阿城文集》之六，江苏凤凰文艺出版社2016年，第210页。

185

画了一辈子写实的画家来说，几乎是侮辱。但旁观者是对的，列宾不知道自己的晶状体开始变'暖'，于是他在调整的时候，多加冷色，到他认为准确的时候，我们看来就过分了。法国画家莫奈也是如此。他晚年的'睡莲'，偏冷，紫色用得很猛。我在法国看到这幅巨画，知道是因为他的晶状体老化了，很为他悲哀，因为他和他的同志们，印象派画家，致力的就是画出光中的色彩的真实。"[1] 阿城对色彩把握非常准确，尝在中央美院开设与色彩有关课程。于美术创作而言，色彩准确与否是基本功问题，故须重视晶状体开始变"暖"问题。

《纵深是表情》借张路江画，讨论绘画中的摄影纵深问题。洋洋洒洒，一篇讨论罢，文末才说了一句"张路江是自觉的后者"。此文，是典型的阿城式美术评论。

《领风气之先》讨论袁运甫、袁运生。这篇文章不是往远了说，几乎是贴着他们说，盖因二者都较重要。阿城说："以我的见闻，我认为在高丽纸和水粉颜色互为关系的发明上，袁运甫先生是首创者。"此言袁运甫擅用材料，以高丽纸配水粉颜色会相得益彰。又说："袁运生又是另外一种领风气之先。上世纪 70 年代末，袁运生到云南写生，之后在昆明有画展，其中的大幅线描人物，引发轰动。袁运生使用顿笔的方法完成线，造成了线的重量感和闪烁感，勉强可以用清黄癯飘的勾线相比附。画人物而眼不画眸，这些都有一种奇异的现代感，令人激动。再之后，是首都机场袁运生的傣族泼水节壁画，裸体虽然成为当时的争执点，实在是冤枉了此作在彼时真正的现代性。回想袁运生 50 年代学生时

---

① 阿城：《人老珠黄》，《阿城文集》之六，江苏凤凰文艺出版社 2016 年，第 228—229 页。

期的《水乡的回忆》，端倪已在那时发生。"① 袁运生绘画的现代感由来已久，非一朝一夕之功。《泼水节——生命的赞歌》当年触发禁区，曾引发较大争论。王端阳说："海外媒体报道：'中国在公共场所的墙壁上出现了女人体，预示了真正意义上的改革开放。'壁画出现后一个多月，首都机场门前广场上停满了载客前来参观的大巴。人们争相一睹究竟。也有一些部门负责人以民族关系的理由加以反对。争论升温，引起高层注意。当年 10 月的一天，邓小平和其他领导人到机场参观，他看过这幅壁画后说：'我看没有什么吧！'邓小平肯定性的表态保住了这幅壁画。"② 《泼水节——生命的赞歌》的争论远远超出了美术领域，成为"政治风向标"，引发了当时关于开放与保守、极"左"与创新等争论。③ 阿城的评论点出袁运生彼时在形式感上的创造性，以为是此作"真正的现代性"表征。

《丹青的联画》也是贴着陈丹青讲："在我看来，丹青不是一个搞事情的人，他只是迷恋用笔绘画。但是传播媒介如此疯狂的现在，这好像不是一句好话，有点科举时代只读书而不去赶考的人是呆子的意思。不过平实来看，现代人亦是忙着'赶考'，只不过话语系统不同，进入的手段不同罢了。积极并置不同的话语系统所产生的图片，透露出丹青的旁观热情。旁观并非只限冷眼，也有热眼旁观的，不插嘴就是了。"④ "丹青不是一个搞事情的人"，可能是阿城以前的印象，可见昔日陈丹青于绘画用功甚勤。

---

① 阿城：《领风气之先》，《阿城文集》之六，江苏凤凰文艺出版社 2016 年，第 236—237 页。
② 王端阳：《袁运生首都机场壁画创作前后》，《炎黄春秋》2016 年第 7 期。
③ 林钰源：《袁运生与〈泼水节——生命的赞歌〉》，《文艺争鸣》2010 年第 8 期。
④ 阿城：《丹青的联画》，《阿城文集》之六，江苏凤凰文艺出版社 2016 年，第 245—246 页。

《缺一个？缺什么？》篇幅虽短，内涵却富，言简意赅地讨论了西方两次现代化。阿城说："西方人自从发现了古希腊，将其视为源头，接上古罗马，一次是造成文艺复兴的因素之一，再一次是工业革命，终于确立科学精神，从此势不可挡。也从此造成自1840年至今的我们的焦虑，即关于现代化的焦虑。第一次世界大战，第二次世界大战，之后，西方反躬思省西方文明，已完成工业现代化的西方放弃管理殖民地成本，着力金融全球化，市场全球化，逐渐转入第二次现代化，终于形成所谓后现代。……如果不稍稍明白我们将两个现代化混成一个现代化，而我们最焦虑的其实是第一次现代化，知识结构和意识结构也是为其而备，那么好了，悲剧，喜剧，悲喜剧，闹剧，国王会一直新衣着，因为那个孩子似乎还没有出生，出生了？那就是他似乎还没有学会说话。既然我们不可能两次踏入同一条河，那么我们想一次踏入两条河吗？这就是我们的焦虑根源。"① 阿城讨论当下艺术焦虑的根源，是将两次现代化混而为一。缺一个？缺一个。缺什么？缺第一次现代化。阿城认为，此今日中国当务之急。若欲同时补两次现代化，可能未审主次，且很难实现，于是"焦虑"。

　　《内心风景》《从来没有救世主》讨论季大纯。阿城说："季大纯的画，当中的痕迹的生长关系就像是自然中的生物，不按概念中的逻辑发展，而是像孔子说的'从心所欲，不逾矩'，意思是自由而没有违犯。内心自由的外化，画笔停止的时候，也是画面永生的时候。"② 又说："所以季大纯的形象选择和制作，说有儿童的稚趣，在我看来，是不合适的。他是瓦解。他甚至瓦解了杜尚的

---

①　阿城：《缺一个？缺什么？》，《阿城文集》之六，江苏凤凰文艺出版社2016年，第239—240页。

②　阿城：《内心风景》，《阿城文集》之六，江苏凤凰文艺出版社2016年，第248页。

小便池，因为这个小便池一百年来已经成了瓦解的神或瓦解的救世主了。"[1]

《剪纸手记》研究民间艺术剪纸。阿城说："中国民间剪纸的素描观念，十分强调线在心理意识上的准确。这样就影响到透视关系的构成，也具有心理意识准确的特点。因此，以这样的素描与透视观念为基础的中国民间剪纸造型艺术，特点就在于它与中国其它造型艺术一样，是追求神似。这个神似，往往主要不是审美对象的神，而是审美主体心理感受的这个神。""素描""透视"云云，本是西方造型艺术的术语，被阿城挪用概括剪纸的特征。阿城强调，汉民族造型艺术可与西方艺术并驾齐驱，要认识剪纸的独特处，要意识到"神似"的独特追求，不能以西方为指导。又说："总之，中国民间艺术既不应该是雅士们眼中的野草闲花，也不应只是客厅中的风雅点缀，它应该作为一种气质，进入中国现代艺术。有某些方面洋人对我们的土玩意儿比我们自己还重视，但这只是说明艺术作为一种科学，作为一种独特气质的表现，有识之士都会认识到。我们的不识，正说明我们需要做尽多的踏实的研究，形成一种识。如果不去研究，那么就不会视民间艺术为高品位的艺术，就不会产生尊重。"[2] 阿城插队，在西南民间多年，于剪纸艺术等非常了解，他讨论具体的民间剪纸作品，是为民间艺术正名。要深入认识剪纸的价值，不能视为点缀，要将其作为"一种气质"，"进入中国现代艺术"。在昔年美术界模仿现代派的大潮下，阿城发出这样的声音委实不易。

---

[1]　阿城：《从来没有救世主》，《阿城文集》之六，江苏凤凰文艺出版社 2016 年，第 250 页。

[2]　阿城：《剪纸手记》，《阿城文集》之六，江苏凤凰文艺出版社 2016 年，第 253—259 页。

《收藏之难》讨论收藏问题。阿城说："积累久了，也能起码谈起来头头是道。以上已经进入赏的范围。一般的鉴赏者修到了这个地步，说起来，也算可以了，其中的佼佼者，也可以自称或者被别人称为收藏家了。不过事情到此，从鉴赏来说，还差一步，或者说，还差得远。……这说不清的部分，中国人称为'养'。修养，修养，修可以按部就班，养，就难了，常常是无迹可循。到这个地步，看个人的养成了。"[1] 阿城认为，成为藏家难矣哉，要久浸其中，耳濡目染，有深厚的积累。

第三节　被赋予过多含义的身体：关于刘小东

刘小东有三个重要特点：一是画家而喜欢介入影视。他参演影视作品，或被作为纪录片主角。影视毕竟今之朝阳传播载体，受众广泛，影响力大。二是深度介入生活。刘小东一直在行动，真是"深入生活，扎根人民"，他喜欢去小城，下和田，到三峡一线。三是创作具有表演性。不仅他的创作作品是作品，他的创作本身也成了作品，故其作品和创作过程都成了事件。

1993 年，王小帅拍《冬春的日子》。刘小东（饰冬）与其妻喻红（饰春）本色出演。电影名字"冬春"是神来之笔。冬，冬天；春，春天；"冬春"，是冬向春的过渡，虽为冬天，却有春意，虽有春意，毕竟冬天。1993 年，距大变不远，离南方谈话过去不久，社会在蓄积变化，但一时尚未变动，这个时间节点就是"冬春"，好比复卦，阳气积蓄，但尚未发扬出来，是"黎明前的黑

---

① 阿城：《收藏之难》，《阿城文集》之六，江苏凤凰文艺出版社 2016 年，第 261—263 页。

暗"。因为《冬春的日子》没有充足资金，不能处理大场面，故不得已只好聚焦两个画家日常生活，故为冬春的"日子"。

王小帅以电影为日记，记录两个年轻画家的生活，单调无聊压抑，卖画是期望，做爱是程式。二人一度矛盾重重，一度和好，但终至于春赴美，冬发了疯。自其优点观之，"日记"可以以小见大，见微知著；自其弱点观之，"日记"不过二人之事。

刘小东回乡创作，与侯孝贤合作，遂有纪录片《金城小子》。回乡是永恒主题，也是一件复杂事情。纪录片记录了刘小东创作的画稿、笔记，创作过程，也记录了被画人物，记录了他与被画者之间互动。刘小东是纪录片叙事者，他以创作为事件，撬动其家乡世界。东北老工业基地，今朝破败如是；昔年工人老大哥，今日精神颓靡如此。今昔对比，让人叹息。刘小东创作油画，加上著名导演的纪录片，强强联合，其创作遂成为事件。

阿城非常重视刘小东，写过多篇文章讨论他的画。

刘小东作品贴近现实，画三峡，画和田，画故乡；画具体人物，画迁徙者，画采玉者，画昔日同学。很多人称刘小东是现实主义画家，但刘小东不予承认。当然，这涉及如何理解现实主义问题。《老子》的不同版本，对"执古之道"与"执今之道"有不同作法。当然要执今之道，理解今天的处境和问题；处今之世，反古之道，殆矣。[1] 现实是什么？观看者境界不同看到的现实不同。譬如，一个人，有人看其外表，以为此即现实。有人看其内在，也以为是现实。有人看到其优缺点，看到其性格，看到其命运，也是现实。孰高孰低？关键在于观看者之见识。

阿城作《现实反而不是一切》，借讨论刘小东的画讨论现实

---

[1] 《老残游记》曾讽刺泥古不化者，执贾让"治河三策"治理黄河，结果造成巨大的灾难。

主义问题。"艺术的创造性就在于我们怎么看现实。如果现实只有一种价值，人类只需一个复制者去描摹即可。如果价值在我们怎么看，则凡是人心的取向都是珍贵的，只是你画出'你怎么看'，或者你根本就不屑于去画。小东的画是这样：我们都看到了，为什么你画出来的不是我看到的？为什么你画出来的不是我感觉到的？为什么你画出来的不是我注意到的？好像是眼睛的问题，其实不是，是因为心的选择而导致视而不见，视而另见。……所以，自觉的艺术家，不是能说出他的感觉，而是能感觉他自己的感觉。现实呢？随便吧。"[1]

《现实反而不是一切》，文章名称即具挑战性。按唯物主义要求，物质第一性，意识第二性，物质决定意识，故现实是一切。阿城重视画家的"心"，所谓"万法唯识"。现实固在那里，但为何刘小东可以发现，可以画出，而别人则未必？故比现实更为关键的是"心"，现实则"随便吧"。

2003年，刘小东作《三峡大移民》《三峡新移民》。贾樟柯拍摄纪录片《东》，记录刘小东创作过程。强强联合，各自粉丝本来就多，故收较大反响。刘小东说："三峡大坝是目前世界上最大的水泥工程，它影响了千千万万人的生活以及地理人文环境。我觉得艺术家除了探索个人的艺术风格外还有责任质疑社会问题。我把10米的画布拉到三峡现场去画工人赤身赌博，绘画对社会的影响力是微弱的，请贾樟柯赴现场拍摄电影，电影的传播是广泛的，这样合作或许能提示更多的人：社会的飞速发展是以什么为代价的？是否全社会都参与着这场未知的赌博？"[2]言"质疑社会

---

[1]　阿城：《现实反而不是一切》，《阿城文集》之六，江苏凤凰文艺出版社2016年，第212页。

[2]　参见《汤尼·雷恩对刘小东的访问》，《刘小东写生》，岭南美术出版社2006年，第635页。

问题"，见其创作初衷。

《东》后半段没作解释，忽然刘小东到了泰国。刘小东说，对这里的风土人情不熟悉，深知阳光也是陌生的，只对人的身体熟悉。所以，他在泰国画了很多女性，甚至就只是女性身体。这是很暴露底色的话，可以移植到《三峡新移民》中进行讨论。他对三峡的历史熟悉吗？对于风土人情了解吗？对于三峡利弊种种有多少考虑？其作品重心还是身体，只是变成了男性身体。这些身体有的健壮，有的已渐衰老，有站立者，有蹲卧者，神情各不相同。背景则是白云、远山，运货的车，骑摩托车的人，还有杂乱无章的或似拆除的现场。身体，真的如此重要？能够承担"三峡移民"这样宏大主题？能够表现三峡移民？如果给这幅作品换一个名字，譬如叫"重庆的男人们"，或"农民工们"，或"男人体"等，似乎也无不妥。所以，刘小东《三峡新移民》事件意义大于作品本身，命名大于作品本身，其创作都有此类问题。

阿城曾为刘小东写了十万字的文章《长江辑录》，以为刘小东绘画的背景资料，供其察览。"辑录"云者，辑，编辑，录，实录。虽好似不是出乎己手，但查找哪些资料，编辑哪些，记录哪些，选择哪些，体例如何，详略如何，立场在哪儿，尤见眼光和功力，此是史家功夫。且欲明白历史脉络、现实是非，必也广取博采，了解各种史实与言论，广搜各种立场。言及刘小东不过一句："尤其是，刘小东的画作是严肃的。"[①]刘小东的画是引发阿城思索三峡问题触媒，《长江辑录》尤见阿城大视野和大格局。此文浩浩汤汤，在大的时空格局中讨论三峡问题，将三峡移民的前因后果、相关争论等进行了"辑录"。讨论三峡问题必不能只关注三

---

① 参见刘小东《三峡大移民》，北京雅昌印制，第 38 页。

峡本身，必也放到古今大历史背景，放在中国经济、政治、军事、社会等大视野下讨论。阿城作了一个三峡从古至今大事记，好比"三峡志"，或好比三峡"春秋"。此"辑录"从西周说起，至三国、宋代、元代、明代，至于近代，至于孙中山、毛泽东等等。此志尤以今为详细，讨论今天又尤以昔日三峡大坝决策过程为重。决策过程，又尤以反对派为重。反对派，又尤其重点讨论了郭来喜、黄万里等。黄万里的相关讨论、坚守、预判，读之让人慨叹不已。如此，关于三峡相关问题、是是非非一目了然。作者虽欲无言，读者可以自行判断。

刘小东赴和田写生，也将写生本身变成作品。他请欧宁、侯瀚如策展，请阿城监制纪录片。刘小东作《东》《西》《南》《北》四幅油画，从玉的产业链最底端入手，表现底层挖玉者状态，表现被挖得千疮百孔的大地。东西南北，方位也，言四方皆已如此。阿城评价刘小东道："在我看来，是不是在和田画，是不是画和田人，对小东都不具终极意义，他画就是了，所以才会有去和田之前不问青红皂白，才会有沙尘暴之苦，那样的棚子根本不适合那样的气候环境。小东以自己的直面能力，抓住了我们现在在画面上看到的人。"[1]刘小东画出了具体的人，画出性格、处境等，此其功力。阿城又道："他的画画的朋友们都反映说，刘小东每到一个地方，不用待多久，待十天或者一天，他马上就能把那个地方的东西抓到了，这个东西是什么东西？当然学者爱说是精神实质等等，其实不是，它就是萨满的一部分，只是直感，小东对直感的抓取性是非常强的，我觉得在目前的中国画家里，不管是传统题材、传统技法的，或者是现代的等等，我认为还没有一个人

---

① 阿城：《何似天之涯》，《阿城文集》之六，江苏凤凰文艺出版社 2016 年，第 214 页。

在直觉上超过刘小东，甚至还差很大距离，这是我对小东注意的一点。"①阿城高度评价刘小东的直觉，刘小东诚然如此，能隐隐约约看到现实的价值，看到矛盾的交汇点，于是迅速扑上去，画出来。

《三峡大移民》是横构图、大尺幅的作品，观众需要站得较远才能把握整幅画面的全貌，其扑面而来的现场纪实感有如纪录片片段，视觉效果接近"第五代"导演自然主义风格的长镜头。阿城说是"萨满的一部分"，不可说，不可说。然而，刘小东对和田等是否真有深入的研究？他能否举重若轻，以几个人物就能把握住要害？他一幅表现挖玉者的油画，能否承担起理解和田的重大任务？这几幅油画到底有多大的力量与价值呢？却可以存疑。他虽然是中国"直感抓取性"最强者之一（是否"惟一"则未必），但若论理解和传达特定社会群体的精神特征的深度和强度，他与同样擅画社会群像百态的忻东旺存在一定距离。忻东旺在造像绘画语言中掺入了更多表现性成分，具有看似理性冷静，实则充满思考和判断的笔触与笔调。忻东旺所作的人物肖像有类似于德国"新客观"绘画特征，对人物精神气质的精准把握可谓"入骨三分"，不但"准"而且"狠"。

刘小东画具体人物，喜欢冠以宏大的主题。他的宏大叙事，落实在具体人物的身体中。其志向宏大，但力稍不逮。典型环境中的典型人物，是很好的说法，若准备充足、选择得当，能够做到见一叶而知秋，见鸭子而知水暖。但从目前刘小东创作情况看，或未必至此程度。

---

① 阿城：《在新疆：艺术与社会》，《阿城文集》之六，江苏凤凰文艺出版社 2016年，第 226—227 页。

第四节　探索中华文明的起源
——论《洛书河图：文明的造型探源》

2009 年，中央美术学院造型学院聘请阿城为客座教授，讲课内容整理成书，即是《洛书河图：文明的造型探源》。此书主题志向远大，欲论中华文明源头。书的时空结构宏阔，上及十一万年之前，下论春秋战国诸子，学科涉及天文学、考古学、易学、哲学、地理学、文学等等。就当今作家言之，此书志向、格局、规模无能出其右者，应亦是迄今阿城水准最高著作。

民国时期，有学者秉"礼失求诸野"观念，研究苗族文化。譬如，抗战时期，为增强边疆民族国家认同计，以"西南民族"为对象的民族考古学和人类学研究更进一步成为显学。抗战时期中博院筹备处迁至西南大后方，由渝迁昆，由昆迁叙。而在由渝迁昆之前，该处就有设"西南民族特殊习俗之一室"的计划。[①] 1941年，史语所民族学学者胡庆钧在给傅斯年的信里，以"礼失求诸野"来概括中研院在三十年代以来进行的西南民族研究的意义。[②] 在三十年代末至四十年代初这段时期，和庞薰琹一起工作的中博院和史语所的学者们赋予了这句古语富于现代性的"寻根"意涵。他们采集西南民族物质文化，认为此中华民族早期文明的活化石："中国远古之文化确有一部分来自西南，为欲了解全国文

---

① 参见《国立中央博物院筹备处 1933 年 4 月—1941 年 1 月筹备经过报告》，中国第二历史档案馆藏。

② 参见拙文《〈职贡图〉的现代回响与变异——庞薰琹〈贵州山民图〉的跨文化、跨学科、跨媒介属性及其多个观看视角》，发表于 2017 年 11 月召开的"美术史在中国：中央美术学院美术史学科创立六十周年国际学术研讨会暨第十一届全国高校美术史学年会"。

化之渊源起见，西南考古自应积极进行。"①阿城对西南民族的研究，应在此脉络中理解。

阿城对苗族服饰的关注由来已久。韩少功说："在前不久一次座谈会上，我遇到了《棋王》的作者阿城，发现他对中国的民俗、字画、医道诸方面都颇有知识。他在会上谈了对苗族服装的精辟见解，最后说：'一个民族自己的过去，是很容易被忘记的，也是不那么容易被忘记的。'"②阿城曾在云南插队，耳濡目染。苗族文化的"活化石"对其有所触动，苗绣图案对其有所冲击。七十年代中期，他还曾见苗族"鬼师"着法衣，为人治病。"这件衣服，布满绣片，背上的图案中，有个不大不小的八角形。"③阿城后来才意识到，这就是洛书图案。在这样的环境中久之，他被苗族文化吸引并有所研究当不足为怪。

二十世纪三四十年代，民国时期的人类学和民族考古学者，因战争离开中心城市，迁居西南。他们在西南少数民族民间文化中探寻未遭现代性"污染"的上古中华文明遗存。六七十年代阿城因为插队，离开北京，居云南数载。中心城市历经多次劫难，经现代性洗礼，生活形态大变化，"礼失"矣。当他们将目光停留于西南风物，难免大吃一惊，他们在"野"中看到了失去的"礼"。故有人访之，拾遗补阙；有人以之为活化石、标本，借之解释上古。此为人类学家思路，将空间中"偏远"之物视作时间上"久远"之物的当下遗存。张光直论中国上古形态，常以世界各地现存少数民族的形态为例进行证明，即此思路。阿城认为"孔子说，'礼失求诸野'，其实是最早的人类学田野考察的方法"，他所循思路与民国时期中研院的民族学学者及张光直等人何其相

---

① 《国立中央博物院筹备处 1933 年 4 月—1941 年 1 月筹备经过报告》，中国第二历史档案馆藏。

② 韩少功：《文学的"根"》，《作家》1985 年第 4 期。

③ 阿城：《洛书河图：文明的造型探源》，中华书局 2014 年，第 12 页。

似，欲通过"活生生地存在"的"民族学材料"追寻中华文明的源头，通过"引用大量苗绣"，佐之以考古材料，来分别证明中国上古的一些造型意涵。[①]

对于苗族图案，阿城形成自觉的研究意识与张光直有关："在这之前，我在八十年代初的时候看过他的《中国青铜时代》。于是，听他谈之后，我一下子知道我还可以做什么了，我的知识构成和文化结构中，有一大块，可以迅速成形了。"[②]所以，阿城屡屡提及张光直。阿城说："要提醒注意的是，授课前我并无讲义，因为内容早已烂熟于心。"[③]可见，阿城确实念兹在兹，思虑多年。

《洛书河图》通过分析西南民族物质文化中大量图像，要树立一个观点：中华文明之源可以从西南民族物质文化中追溯。阿城说："彝族早在西汉以前就有着高度发达的易学。西汉著名易学家严遵（扬雄的老师，字君平），就是从彝族学者那里学到的易学。"[④]又说："再回头看贵州的苗族刺绣图形，它们同时保留着河图与洛书，而我在已知的青铜器的纹样里，只找到河图图形，很难找到洛书符形。这是不是说，苗族的图形承接，早于商，来自新石器时代？要知道，贵州这个地方，天无三日晴，山无三尺平，极端不利观看天象。这意味着苗族对上古符形的保存，超乎想象地顽强？自称传承中华文明的汉族，反而迷失，异化了，尤其于今为烈？苗族文化是罕见的活化石，我们绝对应该'子子孙孙永宝之'。"[⑤]又说："苗族的天极符形直接传自新石器时代。"[⑥]

① 参见阿城《洛书河图：文明的造型探源》，中华书局2014年，第13页。
② 阿城：《与查建英对谈》，《阿城文集》之七，江苏凤凰文艺出版社2016年，第212页。
③ 阿城：《洛书河图：文明的造型探源》，中华书局2014年，第1页。
④ 阿城：《洛书河图：文明的造型探源》，中华书局2014年，第5页。
⑤ 阿城：《洛书河图：文明的造型探源》，中华书局2014年，第57页。
⑥ 阿城：《洛书河图：文明的造型探源》，中华书局2014年，第73页。

《洛书河图》的用意从此书副标题亦能见出——"文明的造型探源"。他要进行中华民族的文明探源，途径是通过"造型"。文字、图画、造型，皆象也，皆可表意，且语言表意不过近来事。庄子所谓："闻诸副墨之子，副墨之子闻诸洛诵之孙，洛诵之孙闻之瞻明，瞻明闻之聂许，聂许闻之需役，需役闻之於讴，於讴闻之玄冥，玄冥闻之参寥，参寥闻之疑始。"没有文字，依然有文明；通过造型探索文明起源，是一条重要的途径。孔子之时都感叹夏商"文献不足故也"，刺绣纹样、青铜器纹样等都是"文献"，由之可征也。

通过什么"造型"？苗族的刺绣。西周青铜器鲜有洛书造型，而苗族的刺绣造型有洛书、河图。一般俗称"河图洛书"，而阿城书名"洛书河图"，颠倒用之，不是立异，而是因为苗族造型中有洛书。

阿城这些结论，得益于云南插队经历。在彼处生活多年，有所触动，念兹在兹，好比人类学家深度介入当地生活。[1] 在此意义上，《洛书河图》与《狼图腾》有近似处。《狼图腾》虽言知青事，但作者借外论之，另有志向，以"狼图腾"概括蒙古族尚武精神，以之为资源进行国民性批判。[2]《洛书河图》整合知青经历和后来

---

[1] 画家杨刚也有类似情况。他曾在内蒙古插队五年。与内蒙古有关的一些意象，尤其马这个意象，深深融入其笔下。他对具体事件的思路，对很多抽象问题的思索，都通过马这个意象表现出来。所以，其笔下的马与内蒙古有关亦无关，其马的形象与马有关亦无关。

[2] 但小说出版之后被过度阐释或误读，或以民族冲突论解之，或以自由之精神释之，或以为言环境保护，或谓隐喻市场经济竞争精神。电影《狼图腾》截断众流，惟取主题之一。电影强调腾格里对大草原自有调节，高者抑之，下者举之，有余者损之，不足者补之，于是人狼和谐，天地万物相安，此长治久安之道也。可是由于外来者介入，或因权势之威，或携启蒙之傲慢，或因生存压力，侵狼领地，夺狼食物，犯狼忌讳，人狼平衡局面遂逐渐打破。

研究，通过研究苗绣图案，欲探究中华文明起源。《狼图腾》与《洛书河图》，虽风马牛不相及，但立意有相似处。

苗族刺绣是中华民族文明的源头？还是河图洛书融入西南民族日常生活，恰是中原文明向心力之表现？今天难下定论。中华传统文化强调"不离事言理""我欲载之空言不如见诸行事之深切著明也"，在刺绣纹样中融入河图洛书，百姓日用而不知，日日受其熏染，是否才是苗族相关纹样的意义？

《洛书河图》一个重要的结论是："这就是'河出图'！河是银河，河汉，让你们扫兴了，不是黄河。"① 又提出"天极星"崇拜。这都是阿城极为看重的结论，他自称"本书的这一部分，是汉学中第一次释读出天极和天极神符形，意义重大"②。阿城观点确否，出乎我的知识结构之外，故不敢下大的判断。

阿城研究《九歌·东皇太一》，一句一句进行分析，实是妙解。"祭祀极星，也就是祭祀最高的神，上帝，古代只留下这个资料，万幸，珍贵。"③《离骚》岂能以文学作品视之，阿城的解释，开人眼界。

阿城讲"天极与先秦哲学"，似思虑不甚精审。阿城这些想法，曾在《心道合一——观刘丹画作》中进行了表达，也在其他场合说："如果大家对孔子有了解的话，就知道'子不语怪力乱神'，就是不讲萨满的那一套，他要讲人，这样就没有萨满那样的魔幻世界了，进入人的理性思维，进入个体或族群本身的权利价值，这个其实一直延续到我们今天。"④

---

① 阿城：《洛书河图：文明的造型探源》，中华书局 2014 年，第 57 页。

② 阿城：《洛书河图：文明的造型探源》，中华书局 2014 年，第 1 页。

③ 阿城：《洛书河图：文明的造型探源》，中华书局 2014 年，第 128 页。

④ 阿城：《在新疆：艺术与社会》，《阿城文集》之六，江苏凤凰文艺出版社 2016 年，第 225 页。

阿城立足于雅斯贝尔斯《轴心时代》，先论孔子。如何理解孔子，是思想分界线的根本点。圣人视之，诸子视之，天壤之别。阿城说："孔子是中国文明史上一个关键的觉醒者。""孔子的觉醒首先表现在'子不语怪力乱神'。怪力乱神可以四字分读，怪、力、乱、神。这四样，几乎概括了巫时代的蒙昧。""子不语怪力乱神，那么子语什么呢？孔子被记录得最多的是讲仁。"

谈荀子："荀子是孔子的原始儒学的异化者。但其实他最能看出孔子的觉醒价值，最理解礼的约束性本质，人之为人，在于对自己有约束。"

讲老子："《老子》是返回式觉醒。孔子是现世型觉醒，目标是自由状态，随心不逾矩；《老子》的觉醒，同样不语怪力乱神，只讲乾坤冲气以为和。原始儒家和原始道家，并不冲突，他们共同构成了中国在轴心时代的觉醒，昭示我们子子孙孙。"[1]

这是阿城对孔子、老子等定位。阿城以为二者具有划时代意义，此前巫时代，之后个人觉醒阶段。如此定位孔子、老子，恐非缘孔子、老子本身定位二者，或阿城经历之投射。阿城经历过"文革"，此阶段类似"巫时代"。"漫漫长夜"可比"文革时期"，摆脱"文革"影响，或是觉醒之始。八十年代一度谈回到"五四"，追求个人觉醒。阿城对孔子、老子理解，恐是这些时代潜意识和个人经历的潜意识的投射。东周礼崩乐坏，周天子退为诸侯，射王中肩者有之，问鼎之轻重者有之，天下大乱。孔子要维护的恰恰是夏商周一脉相承的"传统"，要批判的恰恰是败坏传统和规矩者。孔子"从周"，乃维护周天子体系。一旦不为用，不能存亡继绝、挽大厦于将倾，目睹王家文化散乱，遂退而整理王

---

① 阿城：《洛书河图：文明的造型探源》，中华书局 2014 年，第 140—161 页。

官文化，以待来者。古文经学与今文经学分判，大致可以说古文经学以为孔子整理了六经，今文经学以为六经属孔子。老子，周守藏室之史。老子保存着王家文化相关资料，看懂历史上兴衰成败得失，也看懂了周的形势，于是西出隐藏，务无名。

阿城年谱

1949 年，阿城出生。其父为钟惦棐。

1956 年，阿城七岁。钟惦棐发表《电影的锣鼓》，境况急转直下。1957 年，钟惦棐从十级干部降了四级，发配唐山柏各庄农场劳动改造。覆巢之下安有完卵，阿城境况大转变，童年即处困境。少年时期，阿城在旧书店游荡，始读到革命文化之外图书，逐渐养成与同代人不同的知识结构；曾去某同学家，看到革命景象之外的另外的世俗生活，对其有所触动。

1968 年，阿城下放山西插队。有同插队者告诫阿城说："像你这种出身不硬的，做人不可八面玲珑，要六面玲珑，还有两面得是刺。"此言对阿城有一定影响。很多人觉得阿城随和，此"六面玲珑"；譬如有人觉其不好相与，譬如不让拍照等，此"两面是刺"。后赴内蒙古插队，又去云南农场插队。插队时期，开始创作——"'遍地风流'、'彼时正年轻'，及'杂色'里的一些，是我在乡下时无事所写。"

1978 年，参与云南知青大罢工。

1979 年，阿城回北京。协助父亲钟惦棐编写《电影美学》。在北大、清华、北师大等学校旁听。因感于其兄高考因家庭成分不好而入山西农学院，遂决定不考大学。为陈建功《飘逝的花头巾》画插图。参加"星星美展"。之后，曾在中国图书进出口公司工作，后任《世界图书》编辑等。

1984 年，《棋王》发表，引起广泛关注，获 1983—1984 年全国优秀中篇小说奖。为《作家》撰写《自传》。

1985 年，加入中国作家协会。发表《树王》《孩子王》。发表《文化制约着人类》，被认为是"寻根文学"代表人物。阿城从单位辞职，和芒克等朋友合伙办公司。曾计划写"八王集"或"王八集"，《车王》投稿给《钟山》，手稿途中丢失。

1985 年，赴美参加美国图书馆年会。

1986 年，赴哥伦比亚大学访问。经聂华苓推荐成为美国爱荷华大学国际写作计划驻校作家。之后，留在美国，居洛杉矶。《芙蓉镇》上映。在美国十余年，做各种"不动脑筋的活儿"，"以工养读"，阅读了大量书籍。与张光直先生相识。经陈丹青介绍认识木心。读到胡兰成。开始用电脑写作。

1987 年，钟惦棐逝世。

1992 年获意大利 Nonino 国际文学奖。成为意大利威尼斯驻市作家，作《威尼斯日记》。

1993 年，《画皮之阴阳法王》上映。

1995 年为香港科技大学驻校艺术家。

1997—1998 年，在《收获》开设专栏"通识与常识"。

1998 年，《遍地风流》出版。

2000 年为台北驻市作家。开始常住北京。

2002 年，完成《长江辑录》。田壮壮版《小城之春》上映。

2005 年，担任第六十二届威尼斯电影节金狮奖评委。应刘小东、喻红之约，在中央美术学院油画系讲课。

2006 年，为"多米诺：刘小东新作品"制作图片记录和纪录片。

2007 年，《吴清源》上映。

2009 年，应约为中央美术学院造型学院授课。

2014 年，《洛书河图：文明的造型探源》由中华书局出版。

2015 年，《聂隐娘》上映。

2016 年，《阿城文集》七卷本由江苏凤凰文艺出版社出版。

后 记

很早之前读过"三王"，听过很多关于阿城的传说。2014年，《洛书河图：文明的造型探源》出版，很快买来读过。也曾想过系统阅读他的作品，但因为读书兴趣逐渐转移，遂鲜关注时人作品。

谢有顺老师主编一套作家研究丛书，来信问我爱人可否选择一位作家来写。他与我商量之后，决定选择阿城。然而他忙于工作，几乎没有时间阅读、搜集资料、写作。阿城文学方面的写作只是开了个头，之后写作这部书的任务就逐渐落到了我的头上。

阿城的知识结构、文学和美术成绩及居美的经验等，皆与我有相通处。我对阿城的基本判断是，他是中国当代第一流的作家。阿城的格局、视野、规模，当代作家鲜有能及者。《棋王》等可谓早期阿城的代表作；《闲话闲说》《洛书河图：文明的造型探源》应是阿城转型之后的代表作，最见其规模、见识。其人岂能以作家论定，他多才艺，除了文学之外，画亦斐然成章，对电影也有独特理解。

研究阿城，迈不过钟惦棐。钟先生可以说是左派文艺干部中没太有"党八股腔"者。尤其钟先生下放之后，对《资治通鉴》下了极大功夫，当于历史变迁、兴衰、荣辱有了更深体验。故复出之后，依然有光芒。阿城之所以为阿城，与钟惦棐密切相关。钟先生的荣辱，深深影响了阿城的知识结构、经历，甚至立场。

写阿城，以钟惦棐为前提，能够看到两代知识分子的境界和境况。在写作过程中，笔者也在反观自省。今之时与钟惦棐之时与阿城之时，同时耶？异时耶？处今之世，笔者当"何居乎"？当何去何从？

此书将成之际，给阿城老师打了个电话。冬日某个下午，我与爱人往访。初次见面，不觉谈了四个半小时。始之，因不熟识，阿城稍有戒备，渐谈，完全放松，凡有所问，知无不言。谈毕，我和爱人都有内心的喜悦。

2017 年，我经历了几次剧变。在变化中，我一边应对，一边调整，一边写作。好在今日终于完成此书。

感谢谢有顺老师的邀请，使我有机会系统总结并写出对阿城的看法。感谢李宏伟兄，谢谢他的包容，催促再三，却之再三，依然和颜悦色。感谢我爱人刘涛，他为此书的写作与框架提供了不少中肯的意见。

杨肖

2017 年 12 月 31 日

图书在版编目（CIP）数据

阿城论／杨肖著. -- 北京：作家出版社，2018.5
（中国当代作家论）

ISBN 978-7-5212-0002-7

Ⅰ.①阿…　Ⅱ.①杨…　Ⅲ.①阿城–作家评论
Ⅳ.①I206.7

中国版本图书馆 CIP 数据核字（2018）第 064619 号

阿城论

总 策 划：吴义勤
主　　编：谢有顺
作　　者：杨 肖
出版统筹：李宏伟
责任编辑：杨新月
装帧设计：合和工作室
出版发行：作家出版社
社　　址：北京农展馆南里 10 号　　邮　　编：100125
电话传真：86 - 10 - 65930756（出版发行部）
　　　　　86 - 10 - 65004079（总编室）
　　　　　86 - 10 - 65015116（邮购部）
E - mail: zuojia@zuojia.net.cn
http://www.haozuojia.com（作家在线）
印　　刷：北京明月印务有限责任公司
成品尺寸：152×230
字　　数：180 千
印　　张：14
版　　次：2018 年 5 月第 1 版
印　　次：2018 年 5 月第 1 次印刷
ISBN 978-7-5212-0002-7
定　　价：39.00 元

中国当代作家论

第一辑

阿城论　　杨　肖　著　　定价：39.00元

昌耀论　　张光昕　著　　定价：46.00元

格非论　　陈斯拉　著　　定价：45.00元

贾平凹论　苏沙丽　著　　定价：45.00元

路遥论　　杨晓帆　著　　定价：45.00元

王蒙论　　王春林　著　　定价：48.00元

王小波论　房　伟　著　　定价：45.00元

严歌苓论　刘　艳　著　　定价：45.00元

余华论　　刘　旭　著　　定价：46.00元